西方夜譚

抗戰西遷文人文藝彙編

（復刻典藏本）

張慧劍・編選　蔡登山・導讀

編輯說明：

本書原書名為《西方夜譚》，今復刻出版後，新增一副書名，作《西方夜譚：抗戰西遷文人文藝彙編（復刻典藏本）》。特此說明。

張慧劍和他編的《西方夜譚》一書

蔡登山

民國報壇有所謂「三張」，乃指張恨水、張慧劍、張友鸞三人也。有人說他們三人是兄弟，其實是大誤。三張雖然都屬安徽人，但張恨水祖籍安徽潛山，生於江西廣信府。張慧劍是安徽石埭人，張友鸞則是安徽安慶人，完全沒有血緣關係。「三張」中張慧劍、張友鸞同齡，皆一九〇四年生。張恨水年長九歲，一八九五年生，張慧劍、張友鸞均稱其為大哥，而且張恨水後來以寫小說聞名。

他們也被稱為「南京三張」，是因為他們三人都曾定居南京、都曾在南京辦報、又都十分熱愛南京。其中的兩位——張慧劍、張友鸞，身後也都安葬在南京郊區牛首山下。另有稱他們為「《新民報》三張」，則由於他們先後都曾在《新民報》主持筆政，把《新民報》辦得有聲有色，為《新民報》的發展做出卓越的貢獻。張友鸞在回憶文章中寫道：「抗戰期間，重慶《新民報》創刊，我拉恨水、慧劍參加，就有人說是『新民報三張』了」。

張慧劍學歷不高，唯讀過兩江師範文科。但他的天賦極好，博聞強記，讀書過目不忘，古典文學基礎相當扎實。他久居南京古城，先後主持南京《朝報》、《南京人報》。他與詩人盧冀野、胡健中亦為朋友，平日詩酒酬酢，無話不說。一九三四年，胡健中在浙江杭州主持《東南日報》，重金禮聘，把張慧劍從南京《朝報》挖到杭州，主持副刊。他編的副刊內容豐富多彩，還善於利用「報屁股」作補白，三言兩語，針砭時弊，頗具膽識。後來他還擔任過《新民報》重慶、成都、南京、上海、北平五個社副刊的主編，受到《新民報》老闆陳銘德、鄧季惺的器重。

張慧劍辦報筆鋒犀利，版面活潑，取稿精審，可讀性強。而他的散文優美，詩句清麗，評論文章尖銳潑辣，深受讀者喜愛。他的作品散登於二〇年代到五〇年代的多種報刊。他的《辰子說林》彙編了他一九四一年到一九四五年間在成都《新民報》主編副刊時所撰寫的兩百多篇專欄文章。這些文章是筆記、雜文、歷史掌故、時事記載的混合體，兼有文學與新聞的特色，並都閃爍著知識的光輝。

一九四六年初，張慧劍任上海《新民晚報》副刊《夜光杯》的首任主編。一九五三年，夏衍將其借調到上海劇本創作所，編寫劇本《李時珍》。該影片由趙丹主演，上映後受到國內外廣泛好評，數次獲獎。一九五六年，張慧劍被調回南京，仍住城南白酒坊舊居。北京人民文學出版社請他為吳敬梓的《儒林外史》作校注，他歷時半年，圓滿地完成任務。一九五九年開始著手編寫《明清江蘇文學人物年表》。文革中多次受到批鬥。一九六八年被送進江蘇省五七幹校，養過雞，種過菜，受了不少折磨，直到一九七〇年病逝。由於他終身未娶，並無子嗣。他著有《辰子說林》、《賽金花故事編年》、《馬斯河的哀怨》、《明清江蘇文學人物年表》、《李時珍》（電影劇本），還校注過《儒林外史》等。編有《夜譚拔萃》、《西方夜譚》。

張慧劍素以「副刊聖手」享譽報壇。《西方夜譚》是他在擔任《新民報晚刊》編輯時，將所負責的副刊專欄文章編選而成的文集。《新民報》於一九二九年九月九日在南京創刊，創辦人是陳銘德、吳竹似、劉正華，並由陳銘德任社長。「九一八」事變後，《新民報》積極宣傳抗日，主張抗敵禦侮的言論和宣傳報導，大得人心。由此報紙影響擴大，一個月內，發行數由二三千份上升到一萬多份。一九三七年七月一日報社成立南京新民報社股份有限公司，向現代化的新聞事業轉化，推選蕭同茲為董事長，陳銘德為總經理。因抗戰軍興，一九三七年十一月，《新民報》決定遷往重慶繼續出版。一九三八年一月十五日，《新民報》重慶版發刊；一九四二年十一月一日，重慶《新民報晚刊》問世；「西方夜譚」其實是《新民報晚刊》副刊的名字，當時重慶是在中國的西方，而因為是晚報，所以名為「夜談」。

《西方夜譚》被當為《新民報》文藝叢書的第八本出版，前面七本分別是張恨水的《八十一夢》、《巷戰之夜》、《大江東去》、《偶像》；張慧劍的《辰子說林》、趙超構的《延安一月》、趙敏恆的《倫敦去來》等。發行人陳銘德在《西方夜譚》的序言中說：「在『夜談』發表的諸多作品中，另外具有一個特色，就是史料與箚記特別多，這些作品儘管是回溯性的，而實際仍然與現實之一面有關，所謂『述故可以悟今』，作者大都是老於寫作的名手，技巧與內容的豐郁，是讀者所一致讚賞的，有若干且已被學校選為教材。許多讀者建議，將這些比較具有保存性的作品選出，另外輯為專書，做為本報『年刊』式的一種貢獻。這部《西方夜譚》，就是接受這一要求而產生的。」

正如陳銘德所說的，《西方夜譚》這本選集，作者約五十位；包括有知名的人物，如吳稚暉、高語罕、盧冀野（前）、潘伯鷹、老舍、張友鸞、易君左、夏衍、張慧劍（辰子）等等，另外還有一些使用筆名的文人，應該都是老於寫作的名手。例如被稱為「江南才子」的盧冀野是一位戲曲家，既搞研究也創作，他的小品文寫得非常好，在短短的四五百字裡，寫人狀物，信手拈來，餘韻迴盪，宛如他寫的散曲一般。我曾編輯他的小品文《柴室小品》四冊在秀威資訊出版過。本書中選的〈文壇散策〉，亦屬於文壇掌故類的短文，其中談到世人把李審言的

「輕薄子玄猶並世」誤成「輕薄子雲猶未死」，而認為該詩是指況周頤（夔笙）的。盧冀野則認為當指劉師培（申叔），他說：「罵申叔無行，是為家國大事：與夔笙等不過私怨，何至形於筆墨呢？」確有其見地。而曾著有小說多種，後潛心於詩詞及書法，被稱為「狂人」的潘伯鷹，寫〈哀林庚白〉說他才在重慶和詩人林庚白見面，數天後庚白夫婦飛抵香港，不久為日軍所殺，死耗傳至重慶，他慼嘆庚白「以其清才運氣，橫屍通逵。夫何天之酷也。」

《西方夜譚》的內容有許多是對於史事人物的回憶。從晚清的李鴻章、黃遵憲，乃至於陳三立（散原）、林庚白、蔣百里、蔡鍔、吳清源等等。寫人敘事都有獨特的觀點，有很高的史料價值。另外書中還有涉及時事，抒發個人所見的。例如，關於國民參政會中有人提倡恢復讀經，因此高語罕提出〈讀經問題〉：（一）經是什麼？（二）經的真偽如何辨識？（三）怎樣讀法？（四）什麼人應該讀它？（五）必須具備什麼條件始能讀它？這些問題，至今都仍是值得深思的問題。除此而外書中還有不少寫重慶生活、成都花會，農人日記、鄉居生活，也反映出當時社會的生活面。能讓人能見微知著，瞭解當時當地人們的生活。

難能可貴的是編者張慧劍能利用晚報副刊這小小的方塊文章，編出這樣精彩的文集，正如玄圃在〈晚報與雜文〉中說：「雜文也許是泥沙裡的碎金，也許是米麥中的粃糠，這要看寫作者的程度，但若以為雜文是可以隨隨便便寫得好的，那卻錯了。怎樣把長文短做？怎樣把深話淺說？怎樣使每一句話，甚至每一個字都能在紙上突起，不從人的眼角邊溜過？這是容易的嗎？讀的人不要花費多的時間，不要多的學識素養，但寫的人卻正因此而更要極豐富的常識，極深刻的思慮，讀的人有時不過是輕微的一笑，但這卻是從寫的人深厚的同情，強烈的忿恨，充實的經驗與反覆的觀察換取得來的。」七十多年後讀之，仍然發人深省。

序言

本報重慶版增出晚刊，始于三十年十一月一日，經過兩年多的試驗，使我們相信此一編輯形式，確能接近多數讀者，其中之「西方夜談」一部分，因爲是節約新聞版面所得的地位，內容儘管與一般新聞有別，而選取稿件的基本原則，仍在求其與社會的脈搏息息相通，換句話，就是力求反映現實。從側面提出一個社會問題，並從側面給予這問題以適當的答案，是三年來之「西方夜談」的一貫的編輯方針。雖然由乎客觀環境的限制，並未能切實想到這一點，同時爲了過分講求滋味的複雜，彙收並蓄，始終沒有造成一種精純簡一的理做版面，不過同人仍本于上述的方針，繼續努力，以期能有尺寸的改進。

在夜談發表的諸多作品中，另外具有一個特色，就是史料與劄記特別多，這些作品儘管是回溯性的，而實際仍然與現實問題之一面有關，所謂「溫故可以悟今」，作者大都是老於寫作的名手，技巧與內容的豐郁，是讀者所一致讚賞的，有若干且已被學校選爲教材。

許多讀者建議，將這些比較具有保存性的作品選出，另外輯爲專書，作爲本報「年刊」式的一種貢獻。這部「西方夜談」，就是接受這一要求而產生的。

民國三十四年一月陳銘德

西方夜譚

西方夜譚

目次

西方夜譚

作家

目次

西方夜譚

小型報

吳稚暉

今日世界報紙尋常之尺寸，其始不過適于紙張原料，及適于機印，非有合理之準則也。紙張之原料，爲今日尋常報紙之兩張。機印所謂全張，卽兩張同印，所謂對開，卽一張單印。印成而日報急於傳觀，自然不加裁訂。然兩張印者，則必加以割開，且加以摺疊，一張印者，亦必加以摺疊。三四十年來，印報大都改用捲筒紙，而亦必割成爲今日尋常報紙之尺寸，此乃沿習舊式，爲無意識之舉動。其實今日割裁摺疊，皆可另附機件于機上，任何尺寸，皆可如意取得。

今日尋常之尺寸，果爲合理之尺寸乎？則曰否否。中國人習用報紙包物糊壁，廢物利用，當然尺寸愈大愈好。（惟外人視之皆認爲惡俗）。除此以外，今日尋常報紙之尺寸，無在而不生麻煩。車船中於風前發之，往返挾持不屈伏。客座間以棍棒夾之，懸掛取讀皆累墜。又有最大缺點，僅適于剪貼，不適于册釘。勉強册釘，絕非輕便橱架可容。諸如此類之劣點，不一而足。故倫敦泰晤士報，雖非報紙之始祖，公認爲報紙之大王。其日刊狃于積習，尚未能改，而週刊則半其尺度，寄遞册藏皆大適，故購藏泰晤士報者，藏其週刊，十居八九焉。

我國報紙采用適度尺寸之風氣，最近十年間曾一度流行，不料世界大戰以與，一切裁割摺疊之自動機件，無法增備，遂因陋就簡，仍沿用舊式。

惟西移重慶之新民報乃獨立不懼，本其革命精神，仍爲此適度之尺寸而奮鬥。且加改良，故吾人皆忘其藐小，視之過于所謂大報。適度尺寸之中流砥柱，吾料戰後事事改從合理，必爭相效慕，能奏其改革之全績矣。張慧劍先生因新民報將增出晚刊，徵一短文及余，因貢所見如上。

徐霞客談農事

徐霞客遊記中滇遊日記七（崇禎十二年二月初九）記麗江耕作制度有言：『其地田畝，三年種禾一番，次年即種豆菜之類，第三年則停而不種，又次年乃復種禾』。是合輪種制（Crops corelation）與更替制（Alternation system）爲一，較漢武帝時代之『代田』或金之『區田』以及歐洲中古時代食邑制度下之更替制均爲進步也。

又黔遊日記一（崇禎十一年四月初一）記『此處已用牛耕，不若六寨以南之用檵欘矣』。按人力耕種迄今黔桂之處仍有之，其器如農政全書所言之耒，徐霞客所指爲檵欘者，或即耒之遺制也。

（豫夫）

讀經問題

高語罕

前次參政會中有人提出讀經的議案，從報紙看出有反對贊成兩派。如何反對，如何贊成，暫且不去管它，依我的意見，這個問題應該這樣地提出，就是：

（一）經是什麼？（二）經的眞僞如何辨識？（三）怎樣讀法？（四）什麼人應該讀它？（五）必須具備什麼條件始能讀它？

所謂「經」者常道也，古人之言有足爲後世法者往往被人尊之爲經。孔子的教義因緣政治關係，支配中國人心兩千多年，所以歷代統治的君主皆尊孔子一派的傳統學說與典籍爲經，但是道家一派亦以自尊其主要典籍爲經，如老子名道德經，莊子爲南華經，列子爲冲虛經，墨家尊墨子所著書爲墨經，黃帝論醫理之書，則曰內經，孫子十三篇，有人名之曰武經，至於佛徒則亦尊釋迦說法之書爲經，如華嚴經，楞嚴經，涅槃經之類。今之所謂讀經，自然是專指儒家典籍而言，但是儒家經典，自清代乾嘉學者，痛下一番爬梳工夫以後，始知大半爲後人所僞造，即論語一書亦多摻雜漢人贋品，則什麼是經，與夫如何辨識其眞僞，正復不易。

居今日而言讀經，即使乾嘉學者復生，亦不能爲海內宗師，因爲我們現在讀經的目的，不在考據而在從諸經中研究以下各種問題：

（一）中國古代的開端與地質學的人類學的關係；（二）中國古代社會之史的發展；（三）中國古代思想之史的發展；（四）中國古代人種之史的發展；（五）中國古代民族之史的發展；（六）中國古代的疆域之史的發展；（七）以及中國古代經濟，古代政治，古代軍制，兵學之史的發展等等。

若果提議讀經的人不能反對我上面所提出的「怎樣讀經？」的一些問題，那麼讀經的自然是少數專門學者，至少也應該是大學中專科的學生。就是說：

對於天文學和地質學沒有相當研究的人不能讀經；

對於社會科學沒有深切研究的人不能讀經；

對於哲學史和思想史沒有深切研究的人不能讀經；

對於政治學經濟學沒有相當研究的人不能讀經；

對於考古學和人種學沒有相當研究的人不能讀經；

對於古代世界歷史地理及本國的歷史地理沒有相當研究的人不能讀經。

我想主張讀經的人或未嘗想到這些問題，但是我們若果眞有勇氣，要從陳腐堆中發見所謂古代文化，那就非具備這樣的條件不可。

那末，中等學校以下的青年可不可，或應不應讀經呢？那也不是絕對的，若果準備下面三個條件就可以讀，也應該讀。什麼條件呢？

（一）經學通俗化，（二）經文國語化，（三）國語文拉丁化。

怎樣叫做通俗化呢？就是把經典上許多富於教訓而又生趣盎然的故事選擇出來，如孟子的「齊人有一妻一妾」，「孟子之平陸」章，「孟子謂戴不勝曰」章；又論語，如「季氏將伐顓臾」章，「齊景公有馬千駟」章，詩經多史詩，應選擇其中之關於社會人心的各篇，當做故事，春秋書法非青年人所宜讀，若退一步，取材三傳，則可選出許多極有趣極生動的故事。若果這樣辦，可按其年級以爲繁簡，則不惟中學生可以讀經，即小學生亦可讀經，這就是「經學通俗化」。

耶教聖經原爲希伯來文，但世界各國率皆譯之爲近代語言，如英，德各國的譯本幾成爲國民文學範本，中國政府若想把中國的經典（不但儒家的經典，即周秦諸子之書皆然）中所蘊蓄的精神灌輸給一般國民，也非把它們譯成近代語文不可，這就是「經文國語化」。

但是這樣還是不夠，因爲中國這種方塊的字體實在令學習的人頭痛，時間與腦力皆所費不貲。中國的文化果眞要普及，並且要快快地普及以適應抗戰建國的需要，那只有改用拼音的文字，但是有人對於提倡拼音的拉丁化的文字有一種懷疑，實則這是誤會。馬相伯先生在上海徐家匯時，我曾向他提出關於這個問題的疑問，先生告我：拉丁化的中國文字創始於中國天主教的神甫。他們因爲男女教徒不識字，不能寫作的太多，遂創立拉丁化的中國文字教他們，結果，收效極速，極大，不要三個月，人人都可寫信可讀書，我們有這種利器不用，反而因咽廢食，竊爲智者不取。我現在鄭重向教育當局提議，把中國古代的經典（不止是儒家所說的經典，連周秦諸子的經典都在內）擇要用拉丁化的國語譯出做爲國民教育的利器，這就是「國語文拉丁化。」若果，這些意見都被採納，那我並希望各大學皆應特立『中國古代文化』一科，以從事上述經典之研究，中國文化或不會終成一堆破爛朝報已乎！

東關頭河岸

我所深憶的南京，乃在東關頭之城角下。這是二十五年攝得的一點「心像」。

黃昏已逝，暮靄顯得人間更蒼老了，我閒蕩止於秦淮一角的東關頭。據說這裏是儒林外史時常提到的，而兪爲明末時代反映的名倡，如李，卞，寇諸人，也在這裏住過。我並沒有想到她們，而兩個垂朽的畫舫被擲在河涘，像戀人走後冷然地歪斜地留下兩隻拖鞋，「鳳去樓空」的寂寞爬來。雉堞上層兩尺左右的亂草濃濃地遙在頂上，古城黯然龐然還在我前。一蝙蝠展其翼盤旋，啾啾地叫，我想到韓文公詩中『黃昏到寺蝙蝠飛』的境調了，雖然黃昏已過，且沒有寺。（穆）

中國近代思想界中幾個代表人物

高語罕

一　梁啟超

梁任公這個人確是中國近代學術思想中一個極重要的人物，老實說，他的政治思想在初期雖然帶着保皇黨的色彩，但他那種鋒利無比的文字，却給了滿清以致命的打擊。我們在辛亥革命以前所有的一點革命思想，大部分是被任公的「新民叢報」，「中國魂」等等一類的作品鼓動起來的。任公當時雖然只要求改革政治，不要求清廷讓位，但是三百年被壓抑，被宰制的民族，一旦覺醒，結果就必然要走到推翻異族的統治並他的君主制度而掃除之的地步。飲水思源，我們不能不時時回憶到他在政治思想方面所給我們的影響。這里不說，單說他在中國近代學術思想界中的功績，却也值得我們大大地稱頌。

任公在學術思想史上有幾個特點：（一）他是時時在進步的：他在戊戌政變以前，始制舉業，後遇康有為講學，遂盡棄其學而從康遊；迨至遊日本，吸收了西方科學的空氣，又對其師康有為的理論表示不滿，遂與之分道揚鑣，此所謂「康梁分派」是也。迨五四運動新文學運動相繼而起，胡適號稱以西方邏輯的思想方法，做「中國古代哲學史大綱」，任公也因之做清代學術概論以及佛學研究等等，都是應用哲學史家的態度，并以邏輯的思想方法爲根據的，尤其對于「佛教哲學」做歷史的研究，不能不說是中國哲學思想史上的新的一頁。(二)他是一個大胆而熱心的人物，他對於所研究的某種學問，一且有了結論，或快有結論，便趕快把它發表，以他的那種生花之筆，便說得蓬蓬勃勃，饒有生氣，此種態度，要用清代學者治學的謹嚴的規律來說，固然有點輕率，但學問是公的，我有了一知半解，便說出來，訪求比我高明的人指教，或大家藉此公開的切磋，也未始於學術界沒有益處，所以任公自己就說，「啓超之在思想界，其破壞確不小，而建設則未有聞，晚清思想界之粗率淺薄，啓超與有罪焉。啓超常稱佛說，謂，「未能自度，而先度人，是謂菩薩發心」故其生平著作極多，皆隨有所見，隨即發表。彼嘗言：「我讀到『性本善』則教人明『人之初』而已」，殊不思『性相近』以下尙未讀通，恐並『人之初』一句亦不能解」；與其說這是他的短處，毋寧說，這是他的長進，是他的大膽處，是他的不斷進步之最重要的因素。(三)他對於所謂經學和孔學都有極正確的批評，孔子删述六經，所以一談到孔學我們便不能不說到經學；而一般經學自然也不能不提孔學，所以孔學與經學在某種限度內是分不開的。我們從學術研究的立場出發，對於任何一種思想，任何一種理論與任何教義，都不應該忽視，都應該根據現代科學的見地去研究它，分析它。中國人，一般的說來，都缺乏時間觀念。他們硬想把兩千數百年前的斷爛朝報拿來當做我們現在起死回生的萬應寶丹，而且經學和孔學在這個兩千多年的過程中，不知經過幾許變化，幾許僞造，到了現在巳經完全不是那會事了，這一層任公也早已給了我們當頭棒喝。他說……各自以爲孔教，而排斥他人以爲非孔教……寖假而孔子變爲黃江都，何邵公矣，寖假而孔子變爲馬季長，鄭康成矣，寖假而孔子變爲韓退之歐陽永叔矣，寖假而孔子變爲程伊川，朱晦菴矣，寖假而孔子變爲陸象山，王陽明矣，寖假而孔子變爲顧亭林，戴東原矣，皆由思想束縛於一點，不能自開生面……此二千年來保教黨所生之結果也」。於此我們看出經學幾經後人僞造之歷程；於此我們亦可看出所謂孔子的面目幾經變換的經過，尤其是到了宋明，孔子的學說，實在是道佛（尤其佛學，尤其是佛學中的禪宗）的餘緒，而披上一件洙泗派的朝衣，戴上一頂洙泗派的朝冠而已！而一般所謂孔學的愛好者不知也。

(四)任公大聲疾呼主張學術思想的自由，主張學術上的新知創見，一則曰：「我國學界之光明，人物之偉大，莫盛於戰國，蓋思想自由之明效也」。再則曰：「學問非一派可盡，凡屬學問，其性質皆爲有益無害，萬不可求思想統一，如二千年來所謂「表章某某，罷黜某某」者」，三則曰：「……吾所惡乎舞文賤儒，動以西字緣附中學者，以其名爲開新，實則保守煽惑思想界之奴性而滋益之也」。固然，任公爲中國近代學術的思想界的開山，他却不是沒有短處的，他的短處也就在尙未完全擺脫，他所激烈攻擊的對象之中，他的思想有時，甚至往往陷於籠統，陷於形式。例如他也常唱『爲學問而學問』的那種老調，因爲這句話，根本不通。我們要問：『你爲什麼要求學問？』你說：『我爲學問而求學問。』這等於說：『爲什麼要吃飯，要穿衣？』答道：『我爲吃飯而吃飯，爲穿衣而穿衣。』墨子批評孔子的『室以爲室』的答語爲不通，也就在此。雖然，這是多數中國學者的通病，豈止任公一人爲然哉？要之，任公有以上所說的因頹功績，實在值得我們稱頌，我們同時代的學者能對任公而無愧的究有幾人？究有幾人？

二　胡適

一、他具體地忝彰明較著地提出了文字改革的主張。中國百年以來，對外作戰，屢次失敗，中英中日（甲午）中法，和庚子八國聯軍諸役，割地賠款，相繼而至，國勢飄搖，危亡無日，但這個東方睡獅，也就因此慢慢地開始覺醒，於是辛亥革命起來推倒了滿清，豎起了民主共和國的招牌，於是民族資本，民族工業，也就漸漸地形成，因此，它在商業上，文化上等等都不得不要求與之有密切關係的文字形式的革新，這是世界各國工商業發展以後或正在發展的時候所必然經過的歷史教訓，在中國自然也莫能例外。在戊戌政變前後，有梁任公輸入日本和西文的名詞，術語以及文字的構造，辛亥革命以前不久，則有陳獨秀在安徽蕪湖所辦之安徽白話報，已爲這一運動——文字改革運動的先聲，但是到了胡適給新青年撰文的時候，他方和陳獨秀堂堂正正，大吹大擂地揚起了『文學革命』的大旗。這並非他們憑空結撰的創造，而是先見地，勇敢地，喊出全國文化界和工商業的迫切的實際要求；他們能並且敢適應這種要求，就不能不說是他——他和陳獨秀——的劃時代的功績了。因爲我們都是親身參與這一改革運動的人，確實知道這種運動在當時（甚至直到現在）不是不會經過幾多披荆斬棘的辛苦的。諸位讀者要曉得：文字的改革乃是舊文學中的奧伏赫變，並不是不管三七二十一，把舊文字中所包含的優點一概抹殺，而是把它在另一平易近人的方式中盡量地加以保存，同時並加上新時代的各種文字上的因素，使它成爲一種表達意旨，發表感情，傳之久遠的優良的交通工具。而且主張文學革命的急先鋒——胡適和陳獨秀－不但會做白話文，並且先會做文言文；不但會做，而且做得很不壞。總而言之，他們都是從文言文中翻了幾多觔斗來的。

二、他鮮明地用科學方法整理中國古代的典籍。我們曉得，清代漢學家們用歸納法研究經學以及其他周秦諸子的典籍所以能對於古籍盡了爬梳剔抉的作用，但他們爲時代所限，只僅僅在文字上做了一部分辨別整理的工夫，所謂『識古書之眞僞』是也。這一派的學者半出於徽州，而胡氏一門經學家輩出，胡適就是從這種氛圍中生長出來的，他的父親就是一位湛深經術的學者，所以他對於經學的相當修養，是不足奇的。到了留學美國，把美國實驗主義的思想方法和中國的經學基礎聯繫起來，遂成了他因此得名的『中國古代哲學史大綱』。這部哲學史大綱的前身是他的『中國先秦名學史』。這個先秦名學史是用英文寫的，就是他的博士論文。他對於中國哲學思想上的貢獻是：(一)他把清代學者用以整理國故的治學方法(歸納法的思想方法)表面化，具體化了，清代學者是未嘗意識地具體地，運用這種方法，而胡適却乾脆地喊出了科學方法，邏輯思想，並彰明較著地運用它，確實是一個大進步，雖不能如他自己所說，自此以後，中國治哲學的，休想離開它這種方法(大意如此)但是在五四運動後十年來，他的哲學史的方法論確實發生了大作用。(二)因此他把美國的實驗介紹到中國的學術界來了。『饑者易爲食，渴者易爲飲』，正在饑渴的中國的學術思想界，自然一時地不得不拿它來聊以充饑和解渴了。但是他的兩種功績自然都是相對的，一旦事過境遷，時時在前進的車輪，便不得不把它們丟在後面去了！因爲他的文學革命只做到一部分的文字上的改革，而革命文學並沒有建立起來，而且現代生活對於文學上的要求已經不是胡適所提倡的白話文所能滿足的了。至於他的哲學思想和方法也成問題，就拿他所說的『思想沿革變遷的三個原因』——個人才性不同，所處的時勢不同和所受的思想學術不同——來考察一下，便可窺見他的哲學思想的底蘊了。所謂個人才性不同，必有其所以不同的原因，荀子的『蓬生麻中，不扶而直；蘭槐之根是爲芷，』和『居楚而楚，居越而越，居夏而夏，是非天性也，積靡使然也，』一些話，便可說明才性不同，並不是最後的原因；而黑格爾所謂『這一個人固然可以比其他許多個人有所區別，却不能自異於民族精神。這一個人固然可比其他許多個人有更豐富的精神，然而他却不能凌駕他的民族意識。精神豐富的人只是那知道民族精神並且自己知道適應民族精神的人」更可說明個人的才性，在整個的哲學思想的沿革變遷上沒有什麼重要性了。所謂所處的時勢不同也不是哲學思想沿革變遷的重要因素，因爲某甲與某乙，譬如梁任公與孫中山先生同處一樣的時勢，爲什麼前者主張保皇的政治改革，後者則主張民族革命呢？

他們的政治的哲學的思想自然是不同的了；這又是什麼緣故呢？至於所謂「所受的思想學術不同」的原因，也站不住，古今來同一師承而趨向各異的往往而有，同是孔子之徒，然「孔子之死也有子張之儒、有子思之儒，有顏氏之儒，有孟氏之儒，有漆雕氏之儒，有孫氏之儒，有儒正氏之儒。」同是「墨子的傳授」而「有相里氏之墨，有相夫氏之墨，有鄧陵氏之墨，」又有「相里勤之弟子五侯之徒」與「南方之墨者，苦獲，已齒，鄧陵子之屬」的分派，這些又是什麼原因呢？可見胡先生對於中國的學術思想只是一時的，現在已不能居支配的地位了，但是他總是一位有希望的中國學者，我希望他自今而後，不要再上政治舞台，自然他在美國任中國的外交代表，對於中國的抗戰，不是沒有貢獻的，但現在既不能不稱病去職，那還是埋頭把中國中古和近代的哲學史寫成定本問世，比較於公於私都有益處，（中國的學者不宜戴紗帽，一戴紗帽，便要跨桿，民國以來。大率如此！）雖然，中古以來，有了三個大時代；——一、佛教哲學入中國形成各大乘宗派的時代，二、它支配宋明理學，直兆中國儒家哲學之宗的時代，三、清代漢學復興的時代——，在這三個時代中的學術思想是不容易做歷史敘述的，但我總希望適之先生把它寫出來，並且希望他在美國寫，不要回國！

三　馮友蘭

馮友蘭先生是胡適先生得名以後的，中國國立大學中第一位出色的哲學教授，他的第一部偉著，是中國哲學史；不久以前他一連發表三部著作，這就是他的理論上的三部劇，卽他的學說的整個體系。據說，這三部著作是得了政府的學術獎金的。他說：『事變以來，已寫三書。曰新理學，講純粹哲學：曰新事論，談文化社會問題；曰新世訓，論生活方法。』馮先生並且自謂爲，這三部著作乃是他所獨創的『天人之際』的『內聖外王之道』可見得它們非同小可，我們這些多少有點哲學興趣的人，不能不刮目相看！平心而論，馮先生的這些著作，着實是比胡適先生的作品，進了一步；或則說是迥然不同。第一胡先生只有一部中國古代哲學史大綱是一部有系統的作品，但它只是歷史的研究，雖然可以表現作者思想方法和他治學的態度，但是他對於哲學的整個問題的意見並沒有顯露出他的全貌來。馮先生則不然：但就我手邊的他的三部代表作說，他已經把他的哲學的整個思想和他的治學方法有系統地全盤托出了。第二胡先生的哲學思想是人生實際的哲學思想，如馮先生所說的『亦是哲學』的哲學，而馮先生自己的哲學『乃是哲學中之最哲學底』哲學。第三、胡先生的哲學是以實證科學爲根據，以反對形而上學，卽玄學相號召；而馮先生的「哲學中之最哲學底」哲學，乃是獨立在科學之外，或超乎科學之上的形而上學，但是胡馮兩先生却有一點相同，就是他各人都極其珍視各人自己的創作，胡先生對於他的『中國古代哲學史大綱』誇道：『自今而後，中國人要想研究哲學假使不用這種方法學就休想站得住！』（大意如此，）馮先生對於他的三部劇，如我們前面所說，則視爲『內聖外王之道！』我們這兩位哲學家當他們說出這些話的時候，一定是有一種『提刀而立，爲之四顧，爲之躊躇滿志』的神情！在學術思想極其貧乏的中國，誕生了像他們兩位這樣的哲學家，像他們兩位所著的這樣一些哲學著作，已不能不說是差強人意，但是自今而後的人，要想研究哲學不用他的方法，果眞如胡先生所說的『站不住脚』嗎？而馮先生的大著果眞貫徹「天人之際」，而爲『內聖外王之道』嗎？那却有待於理論與實踐的證明。我現在且放肆，就我個人對馮先生這三部偉著的愚見說一說。但是如果就我在讀它們時所簽註的有疑問的地方說，實不下五六十處，不過爲了篇幅，只得各就其中擇取一二以資討論，不能詳也。

（一）他知道深入，胡適先生一派的哲學家只在現象上做工夫，並不追求現象卽實際之所以然，也就是不知道，或不願追求現象或實際之所以然；馮先生則不然，他對於事物的現象不但要知道，譬如的話，「這是方底」，並且要追求「這是方底」之所以「是方底」的理。「所謂方者，只是方底物之所以爲方者，方底物之所以然之理」。

(二)他知道：「我們上面所說宇宙之富有。只就其形而下說，卽實際的方面說。就其形而上的方面說，宇宙是無所謂更富有」，（新理學頁一一四——一一五）這就是說，就宇宙現象說，則此林林總總，森羅萬象，日新月異而歲不同，顯得五色迷離，眼花撩亂；則彷彿今日之宇宙比昔日之宇宙富有得多，而它日之宇宙亦將比今日之宇宙，更爲富有。但就宇宙之本體說，則昔日宇宙之現象如彼；今日之宇宙現象如此，他的變化皆它自身的運行法則所演成；今日未嘗多得一分；昔日也未嘗少得一分。馮氏前所云云，確實是對的。

(三)他雖反對黑格爾哲學，他却對於黑格爾的辯證法的一鱗一爪，未能忘情，他說：「……現在我們若注意於上所謂變通的日新，則可知一否定之後，其否定此否定者，與原來之肯定，可相似而可異其性」，（新理學頁一一九）他又說：「近來哲學家所以有進步的觀念……自哲學方面說，近來的哲學家，既以爲事物之轉變中，一否定之後，其否定此否定者，與原來之肯定雖有相似而可非一類。……一事物於其否極泰來之後，此新性，此事物卽可入於一新類，得一新性雖於舊性之繼續，而實比其較高。自人生之觀點說，否定不是可怕的，而是可喜的。黑格爾之辯證法，所以能爲以後革命哲學之基礎，其原因在此。（前書頁一二〇）這是很難得的，黑格爾的辯證法之主要的基本法則，已爲道破。（雖然在語氣之間，往往失却原意。）

（四）他知道，道德在社會的各種『層次』，上它的看法是不一樣的，他說：『我們說宋江之「打家刼舍」是不道德底，站在當時國家之觀點說：當時國家，卽梁山泊之團體所屬於之團體也。盜跖所領導之團體中之人，如有入先出後等行爲，站在其團體之觀點說，是道德的，但其團體之所做之盜賊行爲，則站在其所屬於之團體，卽當時的國家之觀點說，則是不道德的』。（新事論頁一一四——一一五）

（五）他的哲學的最重要的特色就是：他鄭重地提出宇宙問題之最後解答的研究或要求；也跟着周邵朱陸提出『無極而太極』的問題；雖然這個問題在朱陸的論爭上各持一是非，并未得到解决，但他比他以前的一些哲學家或思想家總算有系統地說到宇宙本體問題，是進了一步。

（六）因而他就知道宇宙的現象以『以成住壞空』卽『成，盛，衰，毀』說明物之生滅過程和階段。

（七）他並且意識到『有了機器，有了當時所謂實業，整個底社會，在許多方面，自然會有根本底變化，到那時候「水到渠成」的見解，自然會改變。』（新事論，頁四九）他又意識到『有以家爲本位底生產方法，卽有以家爲本位底生產制度；有以家爲本位底生產制度，卽有以家爲本位底社會制度。』（同上書頁五七）若把這兩節的話詳加分析，那就是說，『不是意識決定生活，而是生活決定意識；』也可以說，『不是社會制度決定生產制度，而是生產制度決定社會制度。』若果我這種推論不錯，那馮先生（就這兩節說）確實是一位有希望的唯物論者——凡此種種，在我看來，這都是馮先生的哲學思想中進步的地方。

但是馮先生的思想，究竟沒有跳出他所生活其中的大環境和大時代；它始終是一個唯心論者和玄學家，即形而上學者。這且不說，他的思想，有時甚至往往表現一種混亂，現在我只能舉幾個例子在下面：

（一）他說：『觀之一字我們得之於邵康節。邵康節有觀物篇。』他說：『夫所以謂之觀物者，非以目觀之也。非觀之以目，而觀之以心也，非觀之以心，而觀之以理也』。以目觀之，即以感官觀物；其所得為感。以心觀物，即以心思物。然實際底物，非心所能思。心所能思者，是實際底物之性，或其所以然之理。……知物之理，又從理之觀點以觀物，即所謂以理觀物。（1。新理學頁一一五）我們首先要問，既曰：『以理觀物』或『以心觀物』則必有『以』之者，既曰『從理之觀點以觀物』，則必有『從』之者；而『以』之者為誰，答曰：『人』，從之者為誰，答曰人。人不『以心』而『以理』，則代人做主者又為誰？真令人百思不得其解！統觀馮先生全書，所謂『理』者，大概就是宇宙間森羅萬象的運行法則，即馮先生所謂『實際底物之性，或其所依照之理』，也就是普通人所謂『真理』，就是說我們要根據物之所以為物的法則以觀物之廢興成敗，而觀之者，始也藉助於感官，繼而藉助於思想中樞的心靈活動，以從事推理，辨別，判斷，以發現所謂「性」，所謂「其所依照之理」，據「其所依照之理」「以觀物者謂之能觀」，被觀者謂之「所觀」。固然「能觀」亦必有其所以觀之理而成為能觀，而據此其所依照之理」」，以觀物的能觀在此一觀點，此一刹那，究與「其所依照之理」，有主從之分，非一物也。邵康節說到此處，恐怕也未曾細加思索，遂致把所依之觀物的理（法則）變為能觀的主人，這是一。

（二）馮氏有些時候，觀物論事，不免過重形式，譬如他說：『因為有些理，不能同時為一物所依照，例如方與圓，一物不能同時依照方之理，又依照圓之理』（新理學頁六〇）依世俗之見看來，方與圓是兩個適相反對，不能同時為一物的，就是說，它若果是方的，那它就不是圓的；若果是圓的，那它就不是方的。這也就和說，這是個死人，那他就不能同時又是活人；這個是光明，那它不能同時又是黑暗，推而至於，大與小，善與惡，美與醜，長與短，是與非等等，皆互為對峙，不能同時為大又為小，為善又為惡，為方又為圓等等，實則不然。地球是橢圓的，是依照圓之理的，但它的某一部分是高山大川，或是方的，或是直的，而在它的橢圓線的某一部分或突出一角，或凹入一谷或方或圓，儀態萬千，則它不但要依照圓之理，並且要依照方之理，不但包含着直線，同時又包含着圓線；它不但是弧線的，同時並是有角度的；至於最不相容的，莫過於生與死兩個現象了，但是若果我們一考察宇宙，一切生物之生活眞象，則生與死的兩個現象是同時同地在一個生物體上存在着的，這就是莊子所說的，『方生方死方死方生，方化方不化，方不化方化』。就是佛家所說的『若過去生，過去生，已滅；若未來生，未來生未至；若現在，現在生無住。如佛所說，比丘！汝今卽時，亦生，亦老，亦滅。』（維摩詰所說經）反之，我們現在卽時，亦滅，亦老，亦生；同時也就是黑格爾所說的矛盾律，他說，『一物之動也，並不是在這一現在在此處，在另一現在則又在彼處；而是在同一現在，在此處，又不在此處，因爲它同時在此處，存在而又不存在。（黑格爾邏輯學第二册頁五九，德文本）或則馮先生可說：你所說的是宇宙的動的方面，是形而下的；我所說是靜的方面，是不變的方面。實則，宇宙的萬有沒有絕對靜止的，沒有絕對不變的，而是隨時隨地在變動的，却只有一樣是絕對不變的，就是『變的法則！』馮先生有時贊成辨證法，有時又不知不覺地走到與它相反的方向，這是二。

（三）馮先生的教育哲學也不合理而且有害，一則說：「做人並不是可以教底」，（新事論頁一二四）再則說：『能這樣「做人」底人，並不是工廠化的學校所能養成底』，又說『我們可以說如果有一種「人師」決不只是「師」。專在工廠化底學校裏教功課底人固然不能「教」出這樣「做人」底人，在任何時代，任何地方專門當教書匠底人，亦不能「教」出這樣「做人」底人。』他的意思是說，學校的教育只能教點智識，對於學生的『人格』却是不能「教」的，更不是工廠化的教書匠所能教的，而要在『化』，而是要『一時底政治底社會底領袖」，來「化」的。這種言論，若果把它當做馮先生的一時憤世嫉俗的話來看，那是可以原諒的，若果要把它拿來做爲國家的教育政策的最高原理，那却要害於爾家，兇於爾國。（一）學校（從小學起）本是一個具體而微的小社會，小國家。教師不惟對於學生的智識要負責任，對於他們的品格，至少也要負同等責任。他們的一舉一動皆足以直接間接影響學生的身心。因爲兒童和青年最易受感動，最富摹仿性。教師的品行好，固足以給學生以好影響；教師的品性不好，亦足以給他們以壞影響。而且在抗戰時代，成千成萬的中小學教師顛沛流離地來到後方，他們都不願做順民，做漢奸，那一種表示，便是給青年和兒童們以不可計量的人格感化，——一種最偉大的道德影響。若說，他們只會教點智識，那未免太看輕他們。而且德國之統一運動與日本之維新政治，識者皆歸功於小學教師，這一歷史的眞理，我想馮先生不會把它一筆抹殺吧！我是在中小學當過十五年左右的教師的，以我的經驗看，教師的人格非常重要（這自然是兩方面：一方面是他們自重，一方面也需要政府和社會方面，尊重他們）。大凡一個學校，教師能負責，能以自重自尊，學生在人格方面便受到不小的影響。不然的話，教師只在教室中教點智識和技能，那這種學生必定是「有奶便是娘」，可以隨便給人做工具；今日可爲抗戰的先鋒，明日也可爲賣國的漢奸。至於「政治底」領袖能以師道化人，實在是千百年而不一遇，即「社會底」領袖能以師道化人，亦屬鳳尾麟角，馮先生對於這一層又未免太樂觀了。（二）就理論言之，教與化，是分不開的，是一件事的兩方面。從智識方面說是教，從品行方面說是化。教而不化的謂之鸚鵡能言；化而不教者謂之空談性命，二者皆非教之眞諦。古人所謂，『蒙以養正』，卽教而兼化也。而現代的教育的育字，便是表明教之另一方面的作用——『化』。在中小學方面皆有國家社會的模型組織，有自治團體，有公民投票；童子軍，所以教兒童見義勇爲也；演劇募捐，所以教兒童勤勞國事也；升旗典禮，所以教兒童朝夕不忘國家也，至於教師教課之一絲不苟，所以涵容學生負責之觀念也。教師之清苦自持不營仕官，所以作兒童不貪不苟之志氣也。假使全國教師都如馮先生所說，對於學生只教一點死的智識，雖有賢明的指導，國亦必不可救

，其實這種事情是沒有的。有了一般負責任敦品立學的教師，文化上自必有一種蓬蓬勃勃的氣象，自然可以徐徐地產出好的政治上的領袖；反過來說，政治上有了賢明領袖自然要席不暇暖食不甘味地訪求可以爲人師的教育當局。自然可以由這種教育當局網羅多數堪爲人師的教師，若果，把全國教師只看成教智識的工具，一口肯定了『「人師」者只有政治上社會上底領袖足以當之』，未免倒果爲因，或是太相信權威了。大凡社會上底領袖與政治上底領袖若能在人格學術上都能合而爲一，就是說社會上底好領袖可以得到政權，或是政治上底的領袖能以師友待社會底上好的領袖而不像孟子所說的『好臣其所教而不好臣其所受教』，社會上必形成一種良好的風氣，使國人皆有所矜式。這是最理

想的；其次則政治上領袖與社會上底好的領袖各不相能：一則以爵位自尊，一則以德業自持；便非國家之福。若政治上底領袖因進一步壓迫社會上底好的領袖，如漢朝黨錮，明代東林故事，則所謂『人師』，恐又在此不在彼了！我以爲馮先生這一篇說得最有危險：而且我們要問：馮先生的三部大著不就是以『人師』的動機來寫的？還是也和一般教授教師在學校做『機械』工作那樣只教我們一些什麼『內聖外王』而沒經身體力行的大道理呢？楊子雲說：『以言教者誦，以身教者從，』我相信馮先生不會這樣妄自菲薄專賣水膏藥，卽如中央大學諸教授毅然拒受美國的文化救濟金，卽此一端，已足以給全國青年樹立風聲，『舜人也，我亦人也！』幸勿使孟子在泉下笑人——這是三。

（四）馮先生對於文藝的見解，我也不敢贊同。他以爲『單純底歐化文學』是不必要的，例如『與人寫信，他不寫「某某先生大鑒」，而寫：「親愛的某先生」下款不寫「弟某某」而寫「你的忠實底朋友」等等，』（新事論頁一五〇）因爲『如此完全改了中國言語在這些方面底說法，而此改並沒有什麼不得已底理由。』這種見解實在沒有什麼大不了。言語文字的發展，無論那一國都不能不受外國語的影響，而每當外國語初侵入本國語言文字時，一般守舊的學者往往因爲他們要慣了的之乎者也，一旦失了依據，便有點茫然；而且初被攙入的外國語言，或語調，乍讀了總有點咬口；形式上也有點不順眼，久而久之，經過多數作家用它們來寫作，多數人民用它們來表達他們時代生活的內容，到了某一時期，讀着便順口，看着便順眼了。老實說，卽如馮先生的三部大著所使用的文字，便有許多或大部分是「歐化」，不見得沒有一些如馮先生所批評的那樣「沒有什麼不得已底理由」也不見得不豪純粹「歐化」之名。不過，我不願這樣說，馮先生這種語體文字實有必要，因爲馮先生若果用嚴幾道的那種文體，或林琴南那種文體，我敢說，他的大著所給予中國思想界的影響，一定更要小得多——或則有人要說：馮先生的語體文幷不是現代的語體文而是直接繼承宋明語錄的作風；這也許對，但是宋明語錄的作風和它們的內容，可以說完全襲自佛學的翻譯文字或神宗的語錄，而此等語錄的語言大半襲自印度佛教的經論，那馮先生的語文不是「歐化」而是「佛化」或「印化」了——二五猶一十也。又何必揚此而抑彼呢？豈非多事？至於寫什麼「親愛的先生」代替「某某先生大鑒」，用「你的忠實的朋友」代替「弟某」，這實無關宏旨，似不必拿它來做「歐化」的短處，而且「純粹的歐化」絕對是沒有的，不必担憂。

（五）馮先生說「有了道德的規律纔能有社會」，（新世訓頁二七）這就是說，社會是從道德裏產生出來的，這種見解，也未免錯誤。道德在自然界中，本無是物，有之乃自人類社會始。一有人類，便有社會，一有社會，則維持此社會之實際生活的習慣，久而久之，便形成大家共同遵守的誡律，便是道德。所以某一社會有它特殊的實際生活，某一社會因而也就有與它相適應的特殊的道德規律。歷史事實，昭昭不爽。這是五。

凡此所說，皆就我讀獨先生大著時隨手簽註的評語，拉雜寫出一二，以見一斑，不能詳也。他日有暇，尚當有所論列。

四　郭沫若李季王獨清

郭沫若是個才氣很橫溢的人，他是創造社的發起人之一，創造社在五四運動後，對於中國新興的文藝運動是盡了一部分作用的。郭先生的筆鋒常帶感情，有點像梁任公。梁先生的研究是多方面的；郭先生的研究也是多方面的。他用恩格斯的方法（他自己說，他的『中國古代社會研究』是恩格斯的『家族，私有財產及國家之起源』的續編。）研究中國古代史的發展，雖然有些地方我們不能滿意，然總算是一個大胆的嘗試。自此以後，中國古代社會史的發展問題，才正式提到學術界的日程上來，此外郭先生的文學和關於甲骨文的著作也很多，幷很轟動一時。

李季是中國一個篤學的社會科學家，他的生活，差不多和清教徒一樣，一介不與，一介不取。他在哲學方面的著作是『唯物論；還是實驗主義？』從哲學的歷史考察，清算了胡適的實驗主義的哲學理論；在社會史的論戰一部大著中，差不多決定了中國古代社會史的發展階段；在『二千年中日關係發展史』一部大著中說明了兩千年來中國與日本的各種關係。他研究學問的態度頗有清代樸學的精神，努力追求，一絲不苟，就我所知，他確是一位極有希望的學者。

王獨清也是創造社的一位創始人。他確有偉大的文學天才。他的新舊詩，尤其是新詩的格調是很卓犖不羣的，他的散文非常奇特；他的文藝上的創作在思想方面也極大胆，他的『長安少年』一書描寫他少年時代的生活很足以給舊時世家大族的家庭組織以一很大的打擊，他當敵人攻陷上海時，未曾逃出，藏在民間，鬱鬱以死！惜哉！

以上諸人之著作多不在手邊，故不具徵。

重幣養廉說

在顧亭林先生遺書中，常常看到鞭鞭是血的文字，他分析當時的社會心理，精微深刻，實在不愧爲一代「社會大儒」之見。

他有一文，追究當時（明末）的貪吏，何以比唐宋時代爲多，他以爲與貨幣制度有關。他說：「非唐宋之吏廉，而今日之吏貪也」而是因爲唐宋時代的通貨是銅錢，而當時的通貨是銀子，「錢重而難運，銀輕而易齎，難運則少取之而以爲多，易齎則多取之而猶以爲少」云。

這是怎樣的一個精到的見解，可惜他不會想到，三世紀後的世界，竟是一個「比銀子還要易齎」的紙幣與匯兌制度的世界！

（鈞叔）

森林的赤子

沙

（一）

歌德，是德國最偉大的作家，也是有名的森林讚美者，其大著浮士德中有兩句道：

「我愛大樹，大樹是祖先」。

「到森林中去，到有樹有石的地方去」。

又在「少年維特之煩惱」中，維特於一七七一年底，有一節文章讚美胡桃樹的美，同時歌德的旅行記。也記上他赴意大利旅行途中的一株楓樹道：「惟有這棵楓樹，是全旅行中最初留在眼中的美麗大樹」。

在著作中，歌德對於樹木，對於森林，是用了許多情愛的話來讚美歌頌的。

（二）

可以代表德國人的森林癖者，還有一位近代哲學的祖宗康德。

康德鄉居，每天按時的散步，幾乎成了附近居民活的時計，散步的所在就在他故鄉的小樹林中。

他說過這樣的話：「仰觀星辰，遨遊深林，最足以給我以瞑想的機會」。

正如他的所學，他以天上星辰與人間森林並列，最可以觀照出宇宙肅穆的理性與秩序。

歌德以情愛對待樹木，康德則以虔敬的態度仰拜森林，藝術與哲學的不同，恰在這兩種態度的差別上。

（三）

此外還有人可以作爲德國人愛好森林的代表麼？當然還有！

大音樂家悲多芬作英雄交響樂時，其中一節，需要有狂風暴雨迅雷閃電的情調，他要借重大自然的威力來表現「英雄」的氣魄，久久不敢下筆，而最後，卻成功於他徘徊一處森林中，飽聽狂風怒號，樹木震撼的聲調以後。

森林在這裏又成就了世界史上最雄偉的一節音樂。

（四）

最後還不該忘記了馬克思。

生長於德國的這位共產黨祖宗，留下一句幾乎盡人皆知的名言：「見一木而未見全林」，這是誰也知道的。

馬克思以這個比喻來說明他的「唯物辯證法」中的「全盤觀察」的必要。

古人常有從一物之微而一旦觸動天機悟出道理來的，馬克思一定是長久地觀察樹木，研究過森林解剖過枝葉之後，才悟出他的「萬物聯繫」法則的罷。

那麼——自然無須再證明了——馬克思當然也是一個森林旅行家了。動搖全世界如此其久的社會主義思想，其根底却以森林爲搖籃，這是誰也想不到的事。

（五）

看了上面幾個例，我們自然會同意當代史家房龍說過的一句話「德國人的性格，離不開森林的影響」。

要認識德國人，先得認識德國的森林和森林氣。因爲森林是德國人的母親，德國人是森林的赤子。

沉鬱，浩莽，剛勁，茂密，崛強，嚴肅，生機勃勃，這不是大森林中之氣氛麼？而這就是德國人的氣質！

德國是被稱爲「文化的野人」，這就是說德國人骨子裏還有着蠻人的粗野氣質，而這股粗野氣質，只有森林中的人才會感染到的，榛榛莽莽，野獸縱橫，荊棘蔓延，處其中者自然要日夜勤勞與自然掙扎，身體與意志，日夕受着大自然的鍛鍊：不許有一時半刻的休止與弛鬆，因此他們永遠不滿現狀，不能知足，永遠鬥爭着，俾斯麥的「鐵血」，希特勒的「奮鬥」，正是這種精神的產物。

撑天的樹木，能給人以崇高之感，德國人從這裏又學得了服從秩序的習慣，繁密的深林，又給人以隔離塵世的清新環境，德國人的哲學癖理論癖，苦學深思，說起來又是森林環境所給與的。

納粹執政後，頭一天命令，就派戈林將軍爲全德森林監督。德國當局怎樣寶貴他們的森林氣，於此可見了。

森林氣，就是「迦門氣」，你要了解德國人何以這樣粗暴強悍，請想想那浩莽葱籠的森林氣吧！

武昌之憶

二十六年冬季日記摘錄

武漢氣象沉雄，爲長江流域第一城，南京雖較博大典麗，而氣勢殊不及也。

蛇山，雖爲帖地之小邱，而聳立數亭閣，便覺有甲冑森嚴之致，吾所見諸名城，無如武昌風景之富於軍事意味者，殆心理作用歟？

雪後赴東湖，舟子甚疲，以小槳助之，凍極指殭，數日始暖復，印象至今不滅。

賓陽門一帶，風物蕭森，如北國之平原，懸想巷戰於此，是何氣概。

夜過九圖山，一曲巷耳，街燈如睡，而有野女徘徊覓客，是日晝間，東湖方被炸也。

武昌夜間常有甲士於街頭操練，多係新兵，或爲民壯，動作稍鈍，而面容沉肅，白熱燈照之，如發聖光。

（崇陽）

小泉八雲如果還在

沙

（一）

小泉八雲，是日本趣味的讚賞者，也是對於日本最表示好感的西洋人。這是只看他不惜脫離美國，歸化日本。並且娶日女爲妻這件事就可知道的。

而我又是一個小泉八雲作品的愛讀者，我愛讀他的讚美日本的諸種作品，不時使我聯想到，假如，小泉八雲還健在的話，對於現在的日本還能如此讚美麼？

從他的作品裏，小泉八雲的答語是一個「否」字。

（二）

小泉八雲之所以愛好日本，在他娶日本妻子一事上表現得最明白，是純趣味的。他來日本的時候，日本還正開始歐化，中國文化的色彩依然籠罩住島國社會。小泉八雲所愛好者，正就是這樣的日本。正如他所以娶日本女人爲妻，只因爲日本女人的柔順溫和，最可以代表着浸透於中國文化的日本風味。

小泉八雲還愛好日本的山水，愛好日本的盆栽。愛好日本的傳說詩歌，愛好日本的花道茶道和浮世繪。假如我們一一加以分析，就可以知道凡此一切，都是過去的漢化日本的趣味，而不是現代的歐化日本之趣味。

（三）

小泉八雲誠然也驚歎過日本的武士道與切腹，然而終於也惋惜過武士的愚忠與切腹的殘酷，無情。他並且在一篇文字裏指出，武士道在對於弱者的態度上，遠不如西洋騎士道之義俠。

小泉八雲誠然也讚美日本人之勇敢，但對於甲午中日之戰，他更分明的警告日本人說，中國的偉大。決非日本所能征服。（見日本與日本人一書內）。

（四）

我們並且知道，小泉八雲是從海闊天空的新大陸而來三島的，從那一望無際的大陸，來看這個島國，其所愛者，正是大陸平原裏缺乏的小巧玲瓏的美。他喜歡日本的木屋紙窗浮世繪，以及精巧佈置的小庭園。那因爲他是住厭了鋼骨水泥的洋房，一旦投身於這種新鮮纖巧的環境，不自覺地由好奇，鑑賞，而讚嘆，而愛好成癖。所以一再希望日本保守這種文化，也就是要日本永遠保守它的童話趣味和詩境的美麗。

這樣以小巧的美爲愛好動機的小泉八雲，決不會讚美日本現在的什麼「大陸政策」

「八紘一宇」，是無須說的。

（五）

那麼假如小泉八雲依然健在，對於現在的日本將作何種感想呢？依據他的高足廚川白村所作的「小泉先生回憶錄」，我們知道他後期旅居，對於日本的軍國主義傾向已經表示十分失望。廚川白村並且記載他晚年因為發言不慎，受了軍人方面的不滿，而被迫退出教授生活的抑鬱神情。在這裏最富於對比趣味者，小泉八雲雖然是日本文化的讚美家，而他的高足廚川白村後來卻熱烈的抨擊日本人的狹隘與小家氣。

（六）

了解這一種關係的人，可以相信，小泉八雲如果還在，其痛恨日閥的程度，必更甚於我們！何以故？因為小泉八雲不像我們。我們是看不起日本文化的優點，因而對於日本後來之毀棄傳統，極力歐化，並不感覺到惋惜。小泉八雲卻是日本古裝美的真正愛好者，他費了一生，把日本之美介紹給世界，卻眼見他所心愛的，認為值得保存的「詩歌童話一樣神祕美麗」的日本文化，受了軍閥們的暴力主義摧殘，怎麼不感覺到痛心如割呢！

再以近事為例，像泰戈爾先生不也是「日本美」的熱烈讚賞家麼？而他對於日本黷武的抗議斥責，又何其堅決！詩人本是無國界的，小泉先生不會為他的祖國而反對日本。然而詩人自有其唯美的立場，小泉先生如還健在，我們相信他對於現代日本的醜惡定「默」。高潔溫良如小泉八雲者，決不會歌詠痛心不堪。一如泰戈爾。「戰神獰笑繆斯沉〔戰神以自污其口，是可以斷言的。

早市雜詩

南女士

嫁得相如已十年，良辰小祝購葷餅，一籃紅翠休嫌薄，此是文章賣字錢。

嫁得詩人福不慳、當年儷影遍江南，於今倦了遊鞭手，五父衢頭挽菜籃。

連年聽慣隔村鷄，早市須乘月半西，遽下繩床猶小立，嬌兒戀哺尚哀啼。

一籃一秤自攜將，短髮蓬蓬上菜場，途遇熱人常掉首，伴看壁報兩三行。

爲羨街頭果餌否，小兒啣指暗呼娘，忽忽買與紅心薯，猶囑歸分阿妹嘗。

朝露沾鞋半染衣，街頭濃霧比人低，曬涼敢說儂辛苦，昨夜陶潛負米歸。

東望南京

盧冀野

雨花臺還是那麼高峙着！三忠祠外，今年添上了我們一位老弟隨玄南烈士的血蹟。我想，土應當分外的黃，草應當分外的碧。可是，在獸蹄下被蹂躪的我們的父老兄弟姊妹們，忍着淚，低着頭，正禱祝着「樓船東下」，早日實現「收京」也。

在我幼年，曾聽到曾九克復南京的故事。盤踞城中十二年之久的洪氏，也不過是曇花一現。那一些堅甲利兵，妃嬪宮室，金迷紙醉的豪華，終於被李臣典四馬單鎗，掃蕩無餘。紫金山色雖然一日有七十二變之多，我們南京人浩然的正氣，是萬年不變的！不說當時謀迎官軍的張炳垣秀才，只要看金亞匏、孫文川、楊柳門的詩篇，便知道一時隨城淪陷的人士，和流離南北的遷客，同樣的忠勇，同樣的振奮。誰也不能否認我們南京的「士氣」！

十二月十一日，這個不祥的日子，今天又來臨了。當此第四度來臨之時，正在太平洋上風雲洶湧之日。我們知道有多少李臣典在此地秣馬厲兵，準備向中華門城上一躍，又有多少張炳垣在那兒簞食壺漿，準備到揚子江邊迎接王師。掃葉樓頂細雨，流徽榭上明月，數不盡的風光，將重溫於來日，不獨

「收京」，我們還得要「建設新南京」！洗滌了羶腥後，非建設一個「新南京」不可！

元遺山常吟哦的一句詩：「一片傷心畫不成」！我們在此四年中的「一片傷心」，終於是有代價的，現在已開始進入「最後勝利」的階段了。我們東望南京，第一竊到中山陵上的翌雲，式憑國父在天之靈，還我河山，使金甌無缺！從今天起，我們當更振奮，更忠勇的完成我們的抗建工作，無論流亡和留守的鄉人，我們需要互相勉勵。

明年今天，我將奉邀父老兄弟姊妹們，在陸玄南烈士的墓前，共話四年中的經過。

大家合力去計劃「新南京」的建設。今天我先這樣的預約。最後，我寫兩首小詩，結束此篇：

飄泊支離過四年，
幾回東望隔雲天。
平生不作傷心語，
憶到金陵一惘然。

× ×

波譎魚龍又一場，
大風吹到太平洋。
收京疑是來朝事，
說與流人莫斷腸！

南京感憶錄

司馬竟

引言

南京國府奠都以後，交衢廣廈，日有增修。珍貨駢羅，豪右雲集。笙歌宴遊之所，登山臨水之觀，莫不一時蔚起。加以魁儒碩德，賞奇析疑，朝士國賓，觀風問禮。政事既殷，文學斯盛。開通國道，掘發丘陵。地不愛寶，古物踵出。於是風雅鼓吹之餘，書畫文玩，陶銅木石，碑版組繡，宋元祕笈，私家精鈔，亦莫不闢異逞奇，萃乎廣肆。六朝靡麗，未知何如？若夫洪楊刼復而還，則斷無此美富也。余以薄劣，濫在椽曹，前後之間，亦且三載。雖不得與於戚里貴遊，目擊金張衞霍祕事，然里巷之間，未始絕無聞見。當時余僦屋洪武路忠厚里，退食自公，每偕二三師友，論文談藝，豈知斯際之爲樂哉。及夫蝦夷入寇，江海不守。困躓於衡湘，流離於三楚。終乃西遷入蜀，倍極窮愁。濃霧彌天，呵壁自語。然後潸然淚落，知疇昔之爲神仙也。今者寇勢漸衰，國運行煥。樓船東下，指日可期。顧余遭家不造，化之刑于，蹀躞東西，勢禁心死。爲戚友所僇笑，爲童稚所傷悲。孤館塊然，寂於墟墓。殘冬送臘，百念皆枯。無以自聊，復追去影，題之曰，南京感憶錄，紀其實也。嗚呼，軍興且五年矣，貞士健者，赴義成仁，知復何限。凡諸義士亦皆名姓不彰，寂然瞑目永爲國殤矣。余位不據於要津，才不及於中人。太倉雀鼠，等其偷生。既含恥於死義者之英靈，爲之泣血，轉而視夫身居逸樂，盜竊忠勇，譁衆以取寵乘間以獵位者，又自慚其不敏，爲之腐心。然則不賢識小，存此斷章。庶藉悲哽之語，以啓憤悱之思。光復舊物，進之休明，寧不厚望於當世俊傑歟？

其詩曰：

回首鍾山幾刼灰，茫茫無地可興哀。雖然不作銅駝語，也似銅仙帶淚來。

舉世何人愛正音。沈冥獨憫國殤心，平生羞作豪犧語，祇覺微呻痛更深。

玄武湖

余居南京，前後不滿三年，以民國廿四年十一月至抗倭戰起，所居在洪武路忠厚里。其地連接中山路街口，爲綰轂之區，距名勝皆甚不近。旦暮入值，官閑而身不閒，故遊覽之事，亦不數數。春秋佳日，間一至玄武湖耳。玄武湖公園，取名五洲，殊嫌膚廓，且經營未善，惡俗齷齪之氣不除，余初甚厭之。及二十四五年間，漸臻大雅，良以湖山之秀特，出自天成，但令稍加人巧，毋令損及自然，則面目精神俱爲一振矣。城垣之外，大闢廣衢，飆車並馳，尚有餘地。每當午後，人如蟻集，然而無論裙履萬千，而湖上天地終自恢恢空闊，此可見其氣象之高朗寬博也。余所最愛者，出城一望，左則雉堞連亘，宛如列陳長蛇，倒影湖中，上下相映。其前右側鍾山靜峙，翠壁擂天，一若其半身皆在水中。晴輝所耀，翠色中乃現紺紫，似烟非烟，發於其下則長堤垂柳，委宛相接，柳蔭之隙，時見遊艇。凡此景物皆若爲點綴鍾山而設者。且鍾山山勢磊落峭拔，峻坂斜上，削如天梯，自其絕頂視之，又乃傾側而下若有石級者實則無也。余絕歎茲山，獨其頂層，全露骨，猛將兜鍪，差可爲比。以如此天挺磷峋之姿，更環以明淨澄泓之水，置身此境，發仰止之思，喻人倫之鑒，則茲山者，爲蜀漢之趙雲乎？抑李唐之南八也？若自其昂藏偃蹇處交而觀之，則或更疑其近於抱膝長吟之諸葛乎？然而湖旁山下，妖姬孌少盡態極妍，擾擾而來，攘攘而去。此輩在萬世遞嬗之中，接續紛綸不可或缺，豈有仰而正視，俯而沉思者乎？夫人生有情，是以多感，亂離之後，哀憤尤深。此蚩蚩之氓者，湖上遨遊或已化爲枯骨，或已流於異鄉，其不肖者竟靦顏而爲倀矣！鍾山鍾山，何以閱盡滄桑而終無一語也。

鍾山晴嵐可愛，冬季載雪，遠望之一白之際，間露斑駁黑色，則山頂石骨之未湮沒者也。其色在雪中益顯，顯然如鐵，圭稜不可捫，此景尤爲可念。余官實業部書記，每坐窗前掃牘，偶一欠伸，即見天外寒峯，孤秀如故，輒爲爽然自失。

湖上珍物以夏初櫻桃爲最，實則不必皆爲湖上所產，近郊細民提籃喚賣無不得善價者，亦貧窶之一利也。每見白髮老嫗，稚齡童子，挈筠籃穿人叢而來，或則蹲踞路旁，置籃於地，籃中朱實纍纍，覆以綠葉，客有買之者，以葉承之。及夫日暮挈空籃而歸，則一日之食庶幾得飽矣。儍侶聯翩，隨行隨嚼，遺核於地，宛如散沙，是富者之唾餘，而貧者所資以生者也。余播遷至鄂，曾在友人家食美國罌貯密清櫻桃，其味遠遜，友慨然告余，後湖朱櫻何時再得，因誦杜公「金盤玉箸無消息，此日嘗新任轉蓬，」為悲憤久之。

泛湖遊艇常不易得，遊人有叢立湖畔，爭艇相毆者，當時以為煞風景，及今思之，亦皆可味。其登艇者，則喜氣洋溢，躍進操槳，飄然一葉，放乎中流，然後紆徐容與，收槳而聽其泛泛焉。其或惡少羣舟，遠見麗者，尾追橫襲，巧思如環，謔浪嘯歌，扣舷擊汰，往往水花四濺，以能尋釁為豪雄焉。於時夕照在山，湖波瀲灩，山影入湖，波紋都黑，覷其明處，煥若流金。而高天白雲，舒卷之態，不必仰視，皆可於湖心俯窺之，若逢三五之夕，則月華之下，遊艇尤多，嗚呼，此亦當時之昇平景象也！

雨花臺

遊南京者，喜買雨花石子，良以紋理顏色，斑駁無窮，入水瑩潤，愈增其美。以磁盃蓄之，足供清玩，入冬以扶水仙之根，尤妙品也。故凡遊雨花臺者，試第二泉與買石殆莫由分。其石近亦實不產自茲臺。遊人未至臺上，已見販石者相接於道旁，支小木几，列置瓷甌，水蓄佳石，其大者，甌盛一石，必臆造名色，以為標榜，索價甚昂，見客意必欲得之，則不貶價。其小者多貯於布囊率以國幣一圓爲度，視良窳而異多少。余於夏初嘗與友遊之，坐籐榻啜茗，有小童四五人各囊石來求售，友使注水於大盌中，投石以定去取，皆有所取，而皆不令獨多，童子皆各滿其願以去。余因語友，知此道也可與治天下矣！友笑而不答。有頃乃指壁間諸名士題詩命余讀之，其間復有人題其後以嘲謔訾嗷之者，友乃笑曰：題詩持論，若是其不同，於國論乎何有？吾之道不可以治天下，但可買雨花石子耳。

北極閣

北極閣名甚高，而遊者不多，則以無奇景，無嬉遊之具足以招致遊客也。然其冷逸之趣，亦非俗子所知。余嘗與鬻里曾兄，同登之，閣甚廣，名公題件甚多，而以曾侯書極楹帖爲最。字大六七寸許，楷書，集句云：「高花風墮赤玉盞，老蔓烟蒼涇龍鱗」。居中高懸，氣象卓偉。曾侯好書，而天姿差弱，其書又近黃涪翁，勁悍有餘而神韻爲遜，獨此十四字，滂薄堅蒼，中含韻致，曾侯得意書也。余時與曾兄據坐啜茗，望檻外荒埭逶迤，枯草黃沙，映於夕陽之下，風景凄其，動興亡之感，則所見乃臺城也。其後北極閣晝入要塞區，守戍至嚴，不得登覽，播遷以來，思之惆悵而已。

秦淮河

秦淮河之在夫子廟一帶者，穢濁狹淺，

無甚佳趣，余初遊南京，匆匆便去。偶會爲友人邀在河樓飲酒，笙歌聒耳，粉黛如織，辭旣淫哇，人如鬼母。遠見一二人，燈下身影，似甚清麗，及其旣近，惡俗亦同。因思此河負盛名於古今，必有其得名之理，豈若是塵囂臭腐者乎？旣而環顧左右，水閣櫛比，電炬如星，玻窗相接。其捲簾者有明敞之觀，其下帷者得深沈之致。河身曲折，燈船周遍，此諸景物，無不喧擾者，分而諦觀之，則一一莫非惡俗。然而其上有晶瑩之穹昊，綴以羣星，拂以流雲，其下有瀠洄之河水，潛有遊魚，旁有垂柳，無不寂靜者，合而泛視之，則喧寂相溶，亦足爲人間勝境。人於其間，超觀獨悟，必能得其理趣，余此際之所以釋秦淮得名之由者此也。

及余移居南京旣定，其時約在夏曆七月十二三日，余與師友四五人，晚飲酒肆。旣罷，近就夫子廟艤舟岸口，喚船納涼，登舟時戒榜人向復成橋而去，余坐船頭籐椅子，其餘二三公，有倚舷者，有半臥敞艙之內者，小舟搖兀，櫫不得行，則以羣舟相錯而賣曲者方求客不休也。此輩曲姬，率由男子或老嫗領之，操維揚語音，方其未得請，則啾乞必欲得之，及有成言，則引喉而歌，聲如破竹，數聲輒止，又轉而之他。其所歌者又皆俚鄙淫賤之辭，習以爲常，略無羞恥，故皆不欲喚之也。舟行漸遠，差如突圍，返顧夫子廟燈火輝煌，舟行如織，絲管之聲，交雜水上，因風傳來，反能入耳。此時河身漸闊，燈船漸稀，偶有一二，轉覺不惡。適又有賣曲者橫舟而前，挽舷以請，坐中何君語之云：「可也，然酬爾以直，毋須復歌，爾試爲我操絃，我自唱落馬湖耳」。於是何君起立，應絃遣聲，悲壯慷慨，柔櫓盪波，時作小響，一若眞在江湖盜藪者。輒念誠有大俠如曲中所傳黃君者，願見之忱，若何可喻。舟行漸及復成橋，煙水蒼茫，溟濛一片，涼風梳髮，酒意已醒，此境乃非人間所有。於是乃絕歎秦淮聖處，在此而不在彼也。舟旣過橋，未久登岸，有老人語余：「子試觀之；自此橋回顧，蟾魄在天，下有煙霧，緣河垂柳，斷續淒迷，燈火樓臺，至此宛如夢境，此所謂秦淮煙月者也，子識之乎」？及今追憶，雖亦如在目前。然只如鏡花水月，久矣成煙，世有知者，得毋以余爲夢中說夢耶？

馬回回酒肆

南京感憶錄

孟軻氏云，盡信書則不如無書，此老眞解人也。昔有人謂身毒盲僧能以蠅足爲筆，於蓮瓣上，血書金剛經全部。其事之有無，不足辯，其言乃絕詭奇可喜，能喻乎此，始克以與賞於幻麗之思。余於馬回回酒肆之史乘有同味焉。南京南門外有小酒館曰馬祥興，主人年四十餘，肥而多髭，其人爲淸眞教友，烹牛脯醬鴨有聲，士夫就之者甚少。不知何時，有何人，據何經籍，謂此肆始於有明之世，其爲啟化乎？萬曆乎？抑崇禎之末葉？固亦無定論也。於時一二老儒起而實證，或自言生於同治之初，家於南門之側，足不出里門者四十餘年，而未見有馬祥興者。或者馬祥興屋址，於宣統之末，猶爲菜圃。一二好奇愛誑之士，仍持有明之說，紛呶不已，而馬祥興之名乃起。其門常駐高車，其酒價亦日以昂矣。然祥興治饌亦非無新異可喜之品，有曰鳳尾蝦，剝蝦殼上半，留其尾，發盤之際，雪膚而絳裙。有曰美人肝者，云以鴨胰為之，味亦尋常，而名足以炫。余一日與張君佛千，盧君冀野，偕飲其中。馬同親出款洽，出片楷誇示座客，其上淡墨書云：「取美人肝十斤，城門放行」。馬同喜笑語客，此汪親筆，夜半不得開城，以此為驗耳。余觀其字迹亦近汪兆銘，蓋當時汪家奴僕，自曾仲鳴以下，皆以學汪書為榮，味其詞氣，抑何肅殺乃爾？今日遙望金陵，誠不知咋肝而嘬血者復幾人也？

記賣酒郎金某

南京酒價以僕所能憶者，竹葉青之屬自每兩四角至六角不等，其廉者不過二三角，且亦頗中飲。白酒於筵中飲用為少。而使僕尤憶之不能忘者賣酒金郎也，金杭州人，販紹酒以活，貧不能設肆，依夫子廟筵館曰小樂意者，酤酒賣之飲客。余於民國二十五年，頗與南京士夫同其嗜好，往往喜游夫子廟骨董肆，以廉值買陶瓷木石之品自娛。當時胡小石先生尤好陶器，余每喜拉胡君同行，賴其精鑑相與商略，定去取焉。一日薄暮，遊興既闌，又無所獲，胡君引余就小肆，呼炒麵一盂共食而甘之，此為余知小樂意之始。次日余同官劉伯崙先生又於此觴數友，其中有金九如先生，杭州人也，呼金來前，金為酤酒數斤，和而熱之。余因叩其所以，金曰，酒之值昂者以其陳也。然徒陳酒亦不足以發香冽，故陳酒之外，注以新醅，其祕在知其酌劑之宜，新醅價廉，且得美飲，此知酒者之訣也。余聞而善之，因其注酒，其調酌之敏，非文字所能刻繪，試窺其微，則和酒之量與熱酒之時，皆有其度，不可以毫釐差，金殆神明於其宜者也。自是之後，余每就金飲。金爲人樸訥，賣酒不徒爲一己之利，而常爲客節儉。以此人樂交之，其利亦不薄。當時南京物價已昂，然三數人小酌，極燕暢飲，不過五六圓。余每見金衣藍布衫，冠烏緞瓜皮小帽，其上油垢有光，而酌酒怡然，神意蕭遠。因思古之所稱隱於屠酤者，不必有文采以自傳，其傳者偶然耳。然則視金何以遠過，未嘗不悵然自失也，及夫倭亂既亟，余一日徒行出挹江門問船，途遇金，形容憔悴，猶衣藍衫，負白布袋牽一稚子，余悲而問之，謂將往金華，依其舅家，稚子者，莫知其誰氏，見其泣於道左，乃挈以俱行。余悽歎不能更有所語，惟遽獨行其擕此稚子將何以善其後？金黯然曰：今日之事，安問其後乎？某子然無妻孥之樂，此稚子者亦爲其父母無奈之所適，見之而悲，亦以自憫，故不忍而攜之，及其未死於兵火，姑爲是盡心焉耳。余乃匆匆與之別，今且五年，莫知其死生。

停艇聽笛

近夫子廟之酒肆不可以悉數，擇其尤者六華春與老萬全也。此二者皆飯肆，皆臨秦淮，而六華春晚出，軒楹甚麗，其餚饌甚精而豪。富商顯官，侈陳珍羞，多樂與之，亦以此徵近俗。若老萬全則差存舊風，有菜品亦精潔，譽之者或比之王謝子弟焉。其地近利涉橋，有水閣數楹，懸額曰停艇聽笛者，最勝處也，其中懸薛慰農所書木刻長聯，猶可仿像中興以後風物。南都名士禊集於此，一時稱盛。四壁所張多諸公詩墨，而何敘甫將軍指畫横幅，尤多蒼莽之氣，及今思之，宛然如昨。猶憶某年修禊，水閣之中預陳硬黃長卷，界以朱絲，俾各疏其姓字年歲。有女名士後至，援筆已書姓字矣，忽停筆沈吟久之，格於例，乃勉繼書云年三十九，終席言笑未能自如，蓋自是之後，疑年之謎有若爰書，此女名士之所以惆悵也。然烏知東海生桑，王母亦且白髮，悲咤之音舉已無謂，安用更掘刦灰之底，以訊瑤池高燕乃在何年乎？

記辮娃

通都大邑，聲色之事，古今中外，靡不從同。夫聖人不死，大盜不止，私蓮不除，娼女不絕，固非嚴刑峻法之所得禁，美名盛德之所得移也。其人皆少艾，其事皆簡易。其來也，皆出於貧困險譎者之間。其去也，皆與輕塵墜露以俱泯。雖變化萬殊，事無足紀。南京號爲禁娼之區，而娼家櫛比，紀一人曰辮娃，辮莫知其姓名，爲夜度娼於安樂酒店。於時女子新裝皆翦短髮，獨辮蓄髮結繩，其人殊色豪氣，豐健敏悅，跳躍多言。其於人，一接以喜樂，初無町畦。羣娼又故矜重，又好多索錢，辮一不措意，用是狎客皆樂與之，呼曰大辮子。辮之於嫖狎，殆有夙好焉。其於應接，不若餘娼之勉強，非狎於人，直狎之耳。客以此無不滿其望以去。方其始弛衣，繞其辮於首三匝，迨乎得意，則解辮縱聲而笑，客以爲己力也，亦隨以之笑。蕭山姚楨者，富家子，游學歐洲，歸而失路。挾其資求官於南京，與辮暱。居頃之，楨盡喪其財。辮潔其屋以居之，爲貸於人數千金以濟之。辮自此謝客。楨持辮所貸金，復游權要之門。有貴人女愛而婚之，楨緣是得美官，因絕辮。且慮人知其嘗依辮，爲交游羞，所以陰肆虐於辮者無不至。辮既有身矣，飲藥下之不得。及免身，髮亦脫。欲復爲娼，色已謝。昔嘗貸金者權其子母，責償尤急。辮憤悒而病且死。有友娼往視之，辮持之而泣曰：世皆謂娼女無良，而吾獨殉焉，所以愧夫彼良家子之不若娼者也。然娼女操賤業，道在無良，違此道者，天必殛之。子其正告諸姬，以吾爲鑑；遇客必傾其家而喪其身，一無所惜。夫如是，乃可以自脫於禍。辮既絕，張目矢視，殮之者求闔其目萬方，終不瞑。其夜雷電，大雨以風，若有鬼物嚙於梁者，視之乃瞑，而骨見焉。

廉值骨董

故國府主席林公，居堯舜之位，而有巢許之風，頗以骨董自娛，知其贋品，而亦未嘗不收，重值則在所不取。莊生有言，物物而不物於物，公殆以天遊者哉。公之所收書畫，頗以移贈官家，行政院客座所懸李鱓如四屏，公收藏印記，朱文細篆觀乾隆寶璽尤巨。南京夫子廟有骨董肆數家，公履跡所常經者，其主人每語公軼事云。余居南京，每因休沐常游其間，午餐後與三五友人步行遍閱諸肆。於當意而値廉者，袖之以歸，無所得，亦無所憾。近夕則就奇芳閣飲茶，吃燒餅，其麻油醬汁，用以爲佐者尤爲俊味，或則入小樂意，呼杭州賣酒人爲酌竹葉青，各出所獲相與品評，嘗憶陳老蓮所繪摹盲論古圖，輒爲啞然以笑，此樂殆不可復幾。有小肆在街角，其主人北平賈，同學李景蘧先生與之諗。景蘧好蓄印章舊墨古研，余一日見舊坑青田凍石，長二寸許，以其非九圓不售，未成貿。又有舊鷄血一方，殷紅一綫橫於石中，石地淺黃，相映尤麗，其値三圓。余以其下方微有裂痕，靳而未收。景蘧收之，余復悔之，景蘧見余有欲得之色，更以歸余，時杭州王福菴適來南京，因屬王君爲治石印，今喪亂之餘猶在行篋。於時李天馬，吳稚鶴，胡小石，宗白華諸公亦皆有此嗜。

宗君所收，多瑰瑋奇品，且皆値廉，其尤得意者，爲一大佛首，石質瑩潔，濃翠色，雕鏤精簡，不見運力之痕。其面容似有微笑，亦似無之，隨觀者之俯仰感愉，而具足妙相。其悲憫莊嚴之意。欲傳之者唯賴心悟，蓋語言道斷矣。宗君製紫檀座子承之之日，余嘗作長歌以紀。後聞宗君言，離京之日，於其家掘深穴，納佛首而掩之，無知其處者，今懸猶未爲人所發，不知他日東歸，城郭人民，皆已非昔，宗君尚能重檢巢痕，明辯其地否耳。胡君所收陶瓦之器最富，其家窗楹几案之間，舉手投足，莫非此者。君嘗笑語客。吾欲以弄瓦齋自榜也。君之辨識瓦器，大抵取證於其器之底，其底有紋如螺旋，紋粗簡者其年愈遠。然器之精者亦不以此爲限。君嘗眎余玻璃精，瓦罍，其色澤形體之妙。非今世之所及。君斷其年代，亦當在李唐之世。又有大黑瓷罍，其外光澤黝然，絕無紋飾，其內乃有雲紋盤旋而起。譬之於人，殆潛修之君子，無慕於外者。故君嘗慨然語云：古時器皿精巧若此，其考工敬事之勤，足以爲師。豈若今世，器皆劣窳，故吾曹好古，非以其古也，以其精也。嗚呼，居今之世，上自學士大夫，下逮百工商賈。其辯論，其籌策，其興造百物，其於言語文學藝術之間，無不以苟簡欺蒙，爲一切之計。譁衆取寵，瞽盲者和之，期各分一時之利而已，猥謝其責於戰時，不知根本之憂，生心而害政者將何紀極。聞胡君之言者，其亦有所愧矣。軍興以來，余與君未嘗一見，不過弄瓦齋今復何狀？意者君不能居奇計贏，登壟而望。則雖欲弄瓦，恐已無其力。夫以瓦注者巧，以黃金注者昏，吾曹今日裘敝而金盡，無所注之，仍亦昏昏然不謀朝夕何歟？

舊書坊

昔曾滌生克金陵，有持廖瑩中刻世綵堂韓文獻之者，曾再拜使幕府傳觀而返之。曰福薄不敢受也。今此韓集及柳河東集，上海譚隱廬已爲景印傳世，其眞本聞俱藏陳君家中，延平劍合，可謂數百年盛事。又南潯劉氏，有宋蜀刻大字本四史，其所藏鈔本尤多孤行祕籍。至如江安傅氏，以精鑑著稱，一字褒貶，能轉移書賈利市。凡此煊赫大家，皆非吾文之所欲紀。翁所紀者一二書療，即其廉俸以收所喜者也。南京狀元境一帶，及近夫子廟轉折小街，皆舊書坊所集。當時余同學曾履川及黃君蔭亭皆好遊之。履川時居上海，間一至南京，所止僅一二日亦以半日盡閱諸肆。今日已不能舉其肆名。當時林仿胡刻文選初印本，蔭亭能以三十六元得之。履川在滬收書，已得捷徑，商務印書館景印古逸叢書，有人持來較預約價猶減其半。狃於此見，在南京對此多不識。然書賈於諳友長客亦願折値成貿，所以廣交路也。

又有一湖南人，多有湖南舊家批閱之書。余一日偶見絕妙好詞，上有文芸閣朱筆墨書細字極多，復有印記，讀之知爲芸閣少年用功之本。其中尙錄有自作詞。此書於考訂芸閣生平及論詞宗旨皆甚有益。時葉遐菴先生方選淸詞，體例甚弘，因馳簡滬上，告以此書。遐老復緘欲一見之，余詢之，則云已寄返湖南矣，然仍願郵索寄京。半月之後果寄回，而遐意已闌。此賈人亦絕不以爲忤也。至於蔭亭收書又別有風格，蓋其爲人整潔修飭，其於書亦然。所收六朝文絜，前有許氏隸書序文，並黃紙長籤亦均無恙，蓋最初精印之物也。又有開化紙王荊公集，中缺一葉。蔭亭自同刻他部中裁取版心，更以開化紙裝標補入，而割裂之本，即以贈之書賈，以此賈人多樂爲其所用，南京書賈裝補舊書，技藝遠不及北平，而在近夫子廟小街，某老人手工獨精。蔭亭每呼之至家勞以酒食。蔭亭云書之於書，猶好色者之於女子也、拔之於小家，施之以沐浴，調之以脂粉，傅之以綺羅，書之入吾家者莫不容光煥發矣。及倭亂既起，余之藏書已先在北平喪失十之八九，南京所存無幾，然皆余手自評校。蠅頭細楷，無一本汚者。其中有江弢叔伏故堂詩四册，乃陳散原先生舊藏，履川持以見贈，余筆識尤多，蓋余與履川皆有志選同光以來清詩，各自精讀以立其礎。用此履川收近世詩集尤夥，此四册亦隨法帖精槧，俱藏人家，俱淪敵手。履川所藏在滬，歷年尚須租屋貯之，今亦隨孤島俱沉矣。方余將離南京，走別蔭亭，則方督匠八，造木箱將以貯書，羣籍散亂，有在地上者，余望之如失母之孳雛，爲之忍淚不語。蔭亭則神意俱緊，無暇共余話言。聞其後亦喪失矣。余嘗讀鄭子尹巢經巢詩，其於喪亂流離之際，所以憂其書而爲之所者，至矣盡矣。其言之沈痛迫切，尤非吾儕不能悉喻。嗚乎，若二君之好書，非若夸奇鬥富者之比，乃讀書者也，宜其爲造物者之所矜，孰亦並爲其所忌余知同於二君之所遭者，尤不知其幾何，見茲所紀，安得不同聲一哭哉！

加爾各答與葉名琛

一八五八年在廣州爲英法聯軍所俘的葉名琛，梁任公稱之爲『薄命總督』的，他是被英軍送到加爾各答，在那裏受足了一年的『熱』罪才死去的。他暑天不肯沐浴，不肯袒背，這兩件事在加爾各答，完全是『反人類的生活』。

（泉）

劍談

書扉

尼采有一句話：「能上山谷的鳥，叫聲常是亮的。」

樂觀是奮鬥的心理基礎。我們之所以能夠在長夜崎嶇的暗道上，忍受一切體苦，而歌呼行進，無止無休者，爲的是我們有一愉快的信念，相信黎明必至，大路必通。（護國的聖戰必勝，建國的大業必成。）

不斷奮鬥，絕對樂觀；這應該是我們處理當前生活的基本態度，一切向光明，執現實，赴眞理的要求，都可以在不斷的樂觀奮鬥中得到實現。

夜談發刊的第一日，敬以此語書諸扉，就算是我們的發刊辭罷。

伊藤博文

劍

日本是沒有政治家的。

日本只能產生一些政客，產生不了政治家，正如他們只能造出一些暴戾軍閥而不能造就一個天才名將一樣，這是被決定於他們的民族性的。急功，短視，狹隘迫的民族，使每一個人喘息奔趨於最浮淺的成就上，根本不允許其有內省與修養的機會，高瞻遠矚的政治家從何產生？縱或有之，也將被壓迫於這種庸俗的氣局下，無法發揮其抱負。

同時，在他們的國民氣質上還有一個根本原因，卽日本人千分之九九九，是小氣的，做一個政治家的最重要的條件——胸襟，在日本缺乏之極，世界史上的大政治家，在學識與眼光方面容或有缺點，但是一個最重要的胸襟條件，却是無人不備的。胸襟二字要做最精徵的解釋，是比氣魄具有更高的意義，而是有着一種高崇的思想作爲底基的。

請問日本有沒有這樣人物呢？

且不說眼前的這些黃口小兒，我們且抖翻日本歷史，拖出他們的先正典型伊藤博文來分析一下，伊藤是不是算得一個政治家呢？就表面上看，似乎是的，而實際是不夠，因爲他雖具備了一個政治家的手腕，然而可憐，偏偏還是缺少胸襟！

最足以表現伊藤此種內力的弱點的，是在他被安重根刺傷的一分鐘間，據久米正雄的「伊藤博文傳」記載：他受傷倒地後，問是誰幹的？中村在旁答：好像是一個朝鮮人的樣子，他罵了一聲馬鹿，面色慘變了，「馬鹿」，好像就是他最後的語言。

在這短促的片時間，最容易觀測出一個人的胸襟的實際，因爲突來的奇變，沒有時間讓他更爲自己美容。「馬鹿」的一聲惡罵，揭破了伊藤平日的精神僞裝，鄙陋狹隘的本性，是毫不留情地暴露出來了。作爲一個政治家的伊藤，不能理解到一個朝鮮人的暗殺他是頂光明正大的事，他自己的政治認識還有什麼價値呢？連這點認識都不夠，更何能以偉大的愛仇精神責望之呢？

伊藤尙且如此，更何必說那些比伊藤更不如的人，所以我們要斷然地說：「日本是沒有政治家的。」沒有政治家的國家，那裏還有什麼前途！

一位太太

我們知道，中央各部會中，有一位部長，這位部長曾經被人批評過，是「工作以外無樂趣」的，他的太太從來不在社會上露面，也從來沒有坐過部長的汽車，部長在外日夜奔忙，太太便躲在家裏買菜做飯。

像這樣生活形式的太太，也許有人要笑她，嫁到了一個部長，却不懂得利用機會。可是我們要注意，沒有這樣的太太，便不能造就那樣的部長：一個不想坐揩油汽車，和不天天鬧着要飛香港買這樣那樣的太太，是一個部長在工作和操守上的一種把握。

輸獻是戰時的美德，我們却盼望後方各部長官的家庭裏，多出幾個「獻夫」的太太。使丈夫在辦公室裏，少爲太太的飛機票一類的問題分心，多爲國家政事的推行與紀綱的整飭出力，這便是太太的功德，國家的福氣！

壽馮煥章將軍

我們很愉快地在這裏慶祝馮煥章先生的六十大壽。

我們爲馮先生做壽的第一個驕傲，是自

覺我們國家畢竟是一個青年國家。今日指揮抗戰的第一列將帥，除了馮先生，還沒有一個年過六十歲的。就是馮先生，雖然到了六十歲，然而充實精鍊，在我們的印象裏還是那麼年青。這一羣青年將帥所主持的「軍事中央」，表現着一種奮發向前的朝氣，憑這一點，我們也可以跟日本再打三十年！

「不老的將軍」，是世界任何軍事國家的無價之寶。因爲一個長時期的作戰服務，就是一部有價值的戰爭知識與經驗的積存。充足的經驗，再配上不老的精神，便是一個担當大軍事的理想人物。馮先生已以事實告訴我們，他正是將軍不老。

美國的潘與將軍過了八十歲還在冰裏溜冰打拳，六十歲的馮先生，比較潘與自然又要年青得多，可是我們相信，馮先生就是到了八十歲的時候，其所表現也決不僅於溜冰打拳而止。

中華民族抗戰的勝利史上，將留下更多的地位來等待馮先生精寫，今日是先生大壽，我們敬謹以此奉祝，願先生破例痛飲一觴！

不同的傷害

某名人說過：「我不怕罵，但是挖苦我，則我不能忍受」。

又說：「罵人，出不了什麼事，挖苦，則是取禍之道」。

「罵」與「挖苦」，很不容易劃界，尤其是在這位名人的眼中，究竟什麼是罵，而什麼是挖苦呢？或者是罵得刺心，便成了挖苦，挖苦得不痛不癢，姑且算爲罵。

我們對於名人這種原則上「憎恨挖苦而不反對罵」，我們也能了解到他的深意，而且不惜寄予同情。因爲罵與挖苦，所代表的傷害，本來是不同的。罵，有時僅足以表現「此亦一是非，彼亦一是非」，挖苦，則常常是對照一種眞理。

「喝湯不要有聲響」

重慶是一個戒條主義者的世界，碰頭磕臉，都是標語戒條，比方，在有些公立食堂裏也可以看到「喝湯不要有聲響」及「食物要咀嚼」等等標語，這種與常識分離的標語，最足以削弱標語的信用。標語政策在社會上的失敗，一方面因量多，一方面因質劣，像前面所舉的兩條，正是劣質的代表作。試問「食物要咀嚼」，是什麼意思？我們即使無知到是一頭牛，食物時也不會忘記咀嚼的。「喝湯不要有聲響」，這更是精神上的一種濫用職權，你開的是飯店，賣的是飯，我們喝湯有無聲響，與你毫不相干！一個人在公共場所所表現的禮節，原是跟着這個人的教育修養來的，有禮節知識的人自然會應付這個場面，這決不是喝湯有沒有聲響所能概括的問題。

「拿破崙傳」，描寫拿氏在瑪利路易薏的婚宴上，因爲快樂，食慾猛進，所以大聲喝湯。大聲喝湯并不足以證明拿破崙禮貌上的失敗，而證明他是一個還有豐富的食慾的生命力強盛的人。當代的世界名人裏，凡有担當大事的魄力的，食慾多極強，在新聞記者的描寫下，他們的吃相大都不甚高明，邱吉描史達林皆可代表此種典型。請問把這樣的人，送到那個不許喝湯有聲的食堂裏去，應該做怎麼的估價！

算了吧，談禮節，自有其根本的意義，那些迷信西餐規矩就是禮節，以為一個人喝湯有聲就是違反禮節的人，他們只配做上海國際飯店的西崽，不配來教訓我們！

慰泰戈爾先生在天之靈

我沒有趕得上聽泰戈爾先生在中國的講演，卻曾讀過他講演稿的大部份。看他比喻東方文化為森林文化西方文化為牆壁文化一類的話，心裏頗生出一種新鮮感覺，同時也是一種激動，正如後來讀他的詩，為他那充滿了花光的愛溫瓶的愛的詩語所動一樣。在我們眼中的泰戈爾先生，是一種優美的人性的代型，是一種高貴的情操的象徵，具有與自然同其永恆價值的光耀；雖然有人說他對於現實不免多少脫離，但這並不能減削我們對於他的最高敬念。

在我們抗戰的艱苦行課中，我們便常常想起了他。他的詩正似一個不嗜殺的母親在我們身邊的再四叮嚀一樣，愈是那樣溫婉那樣和美的聲音，愈能激起我們爭自由爭解放的戰鬥決心。而且，他給予我們走向真理走向正義的目標又是完全正確的。

他過去屢次說：「世界的未來希望是在東方」，在東方的那一國呢？無疑的，是中國！中國擊敗日本而建立起東方的新史，便是這希望的晨光初露。泰戈爾先生，我們願以此告慰你在天之靈，我們負担這歷史的艱鉅使命，是無懈無怠，不勝不止的，我們決然要使這一民族戰的勝利，成為東方各民族共同解放的大勝利，進而為世界希望的光明發揮，你那偉大的啓示，我們是永遠不會忘記的。

貝奈斯與捷克

在有關勃勞齊區免職的一個報告裏，我們又看見了貝奈斯的名字，同時引起了我們一點感想。

面對着捷克復國的悲壯的大題，貝奈斯實在應該獻出其全生命與全生命力。

我們要知道貝奈斯是捷克建國三傑之一，同時也是捷克亡國的實際的責任者，我們如說捷克之亡是亡於簽字賣國的哈柴，未免笑話，貝奈斯外交的錯誤判斷，實在應負全部的責任。貝奈斯完成了其信賴英法的外交之正確的半體，而在過分信賴英法，以為英法決不致賣捷的錯誤判斷之下，不惜以自己的舉國命運，賭人家千鈞一髮的保證，這雖是往事，回想起來，猶可痛心。

今日的貝奈斯，担子是無比的重，貝奈斯如不能竭盡其力，在這一次大戰中奪回捷克的生命，是其將終為捷克的罪人，死後更無面目見馬沙列克與其他許多捷克先烈於地下了！

外交家與宣傳家的貝奈斯，今後工作的性質，應不只限於外交與宣傳，至少要能担負一種更實際的軍事責任。乾脆一句話，我們希望貝奈斯直接參戰，為捷克復國武力的第一線指揮官，以貝奈斯的名字直接向捷克本境號召；不能老是蜷處在英國後方，幹點放遠箭的外交工作便完事了！

許多人以爲歷史是會重演的，然而撮取其一部分相同的現象，斷爲歷史底重演，實不正確；我們翻檢任何歷史，實找不出足以稱爲重演的健全的先例，所以，有些人以爲大戰後捷克復國之事又將重演，我個人是不敢作如此想。未來世界，我們只能把握其大勢之所趨，實不能將其現象的各纖維作何具體的判定，但可以相當判斷的，民主國家戰勝，捷克自然可望復國，但是否爲無保留的全部復國，實是問題，我們此時只能說捷克本部的復國，是可能的。

僞經

康長素（有爲）之治學，最初頗受廖季平之影響，其「新學僞經考」「孔子改制考」，當時頗震駭世俗。聞其北京寓廬，曾張一聯云：「舉世無眞學」「先生識僞經」得意可想也。

（耳食）

記陳散原先生

阿三

散原老人晚年眷戀廬山，特移居之。山中之顯官名流，下至遊讀獵聲譽之士，莫不趨謁松門別墅，以仰瞻風采爲榮。氣候入嚴寒，老人卽下山，頤養於九江甘棠湖畔閩商王信孚住宅。屋爲西式，饒花木，望雙劍香爐羅漢諸峯，如在几席間。某日請謁，公子彥和（隆恪）出迓客，含笑曰：老人正午睡，曷稍坐。相將入客室，前一間懸有老人之長公子師曾（衡恪）別署朽道人者，畫美人春睡圖，筆簡意柔，設色雅淡，絕作也。後一室懸林畏廬小青綠山水立軸，筆意在戴醇士張子靑之間。徐悲鴻用西法繪老人坐蘇乞椅手掩書卷相一幅，塗油墨似覺較濃，略帶火氣。盡茶一巡，彥和入內室，出而報曰：老人興矣！少頃老人緩步出，與客爲禮，坐蘇乞之上，長聲呼曰「來」，侍者捧長城牌煙捲一罐出，老人自吸，納諸甚長而大之象牙煙嘴上，復款客。老人燼烟一隻，再續三續。請詩法，老人莞爾笑，且曰：吾書第一，文次之，詩更次之，不足法也，詩貴鑄字，有一二等之別，世之論詩者，謂余詩宗雙井，差是，不知余晚歲所作轉在杜韓間，謂余詩自雙井出，則良是矣。老人晚持詩戒，然必不可不作者，輒破戒。有以詩求正者，老人亦間加圈點，作批語一二句，或數句，歸之。得者以爲光寵，不若求詩文之難，書寸楷，極有風致。有以老人書究師何人相詢？余以爲似包安吳之用側鋒而圓潤，似蘇長公之取短筆而茂密，眞氣貫注，不鑿天眞，殆如老人之詩文，自張一軍，獨來獨往。老人孝於親，每年清明必上塚，必有詩，詩皆非他人所能仿彿。忠於民族，絕粒以殉，其心情可謂敢死矣，豈僅以詩名哉？

兩少年

某貴官家兩少年習於西俗，亦欲於國名國姓外，增一西名，或教之曰：當於聖經中求之。兩少年相誡曰：吾儕之名，必須與人不同，約翰維廉，萬不可用。於是兄名撒旦，弟名猶大，合之恰爲其尊人之典型也。

（絕纓）

民國前之總統

吳稚暉

中國於民國以前，得有總統名號者，即臺灣總統唐景崧是也。本報十七日登元君之「臺灣割讓前後」，言「景崧不知所終」，此言當時在臺灣不知所終。其人於甲午後，常居其廣西原籍，而廣東亦常有其蹤迹。景崧號薇卿。其兄唐景崇，亦當時達官，仕至侍郎。余於光緒壬寅（一九〇三）春間，曾因經蓮三先生招余及鈕惕生先生飲於廣州市，同席有薇卿，及一香港富商。經先生言，薇卿夫人已亡，有二妾，妾皆悍，頰上爲妾所辱，猶留爪疤。富商則幫友，甚豪俠。席間聞薇卿見辱於妾，自云彼有十四妾，列室而居，晨夜任意所至，莫敢有違言。薇卿終席問其處置之法，若不勝豔慕者，經先生笑不置。此後僅在廣州途上一遇，未能常見。廣西同鄉，今想尙有能縷縷言其行誼者甚多。其人溫柔易直，有志節，無幹才，臺灣退却時，又有公款四十萬兩，倉卒存於外國銀行，手續未合，爲銀行所乾沒，薇卿亦無如之何。幸一筆總失賬，清政府亦未問也。

文壇散策

盧冀野

一曲賀新郎

明亡了以後，吳梅村還在中年。因爲文名滿海內，清廷想用他來收拾人心。侯朝宗馬上寫一封信給他，勸他不必出來，有三不可，四不必，說了一篇大道理。可是梅村終於出山了，任國子監祭酒。是威勢所逼呢，還是別有原因？我們且不管他。但，梅村心理上的痛苦，隨着年齡一天天的增加。臨死還囑咐後人，在墓前立石，只寫「詩人吳梅村之墓」七個大字，千萬不要將官銜擺出來。尤其絕筆的「病中有感」這闋賀新郎詞，更赤裸裸地道出他的心事：

「萬事催華髮。論龔生天年竟天，高名難沒。吾病難將醫藥治，耿耿心中熱血。待灑向西風殘月，剖却心肝今置地，問華陀解我腸千結。追往恨，倍悽咽。故人慷慨多奇節，爲當年沈吟不斷，草間偸活，艾灸眉頭瓜噴鼻，今日須難訣絕。早患苦重來千疊。脫屣妻孥非易事，竟一錢不值何須說。人世事，幾完缺！」

這是多麼可憐的話。自己只埋怨自己。

「爲當年沉吟不斷，草間偸活」。他曾用南朝女節使冼夫人故事寫了本「臨春閣」雜劇，暗指着秦良玉。有「畢竟婦人家難決雌雄，但願那決雌雄的放出個男兒勇」這樣慷慨的曲文。又用梁元帝時沈炯故事，寫了本「通天台」雜劇，自道「故國之思」。因此當時人評隲梅村比錢牧齋高些，因爲錢牧齋方以仕淸自喜，而梅村處處表示他的不得已，並不是出於自願。聽說目前南京僞組織中所謂文人，正在以「題吳梅村畫象」爲題，各述其志。龍沐勛的一首是：「不須轉眼感滄桑，萬本流傳惹斷腸。至竟妻孥難脫屣，可憐一曲賀新郎。」因此我想起梅村這首賀新郎來。不過古今情勢不同，人生終有一死，又何必「沉吟不斷」，自尋苦惱呢？

「輕薄子玄」

端方以鐵路大臣督師入川，到了資州時，被革命軍所殺。當時文士推崇端方好比畢沅在世，而興化李審言先生（詳）頗不以爲然。端方從兩江調任直督，審言先生與朱仲我（孔彰）衣冠拱立相迓，立在炎夏日之下，端方過來，對兩人微頷而已。仲我以爲大辱，審言先生說：「卽此慢士行徑，那裏比得上鎭洋！」等到後來聽得端方噩耗，檢出「陶齋藏石記」，題詩三首。此書，審言先生在端方幕中費力不少。三詩中末一首云：「觥觥含憲出重闈，傳命居然奉敕尊。輕薄子玄猶在世，可憐不返蜀川魂。」

此詩中「輕薄子玄」四字。劉申叔而指實

言。中叔以革命黨人，投降端方。端方督師入川，果能解決爭路糾紛，繼任川督是不成問題的，中叔也就可如願以償，作上一任藩司。」可惜端方被殺，中叔淪落成都，執教國學院，這是始料所不及的。世人傳誦此詩，把「輕薄子玄猶並世」一句誤成「輕薄子雲猶未死。」認爲指況夔笙。因爲陶齋藏石記」是夔笙手纂，據錢基博「現代中國文學史古文學編」上說：

「時合肥蒯光典禮以進士官道員，分發江南，與周頤（卽夔笙之名）學不同，乃荐興化李詳以間之。每見端方，必短周頤而稱詳。一日，端方招飲，光典又後周頤。端方太息曰：「亦知夔笙必將餓死。但我端方在，決不容坐視其餓死耳。」周頤聞之，感激涕下，而致怨於李詳，詳以不得志於端方，飯而端方入川被殺，詳以詩刺之。有云：「輕薄子雲猶未死，可憐難返蜀川魂。」輕薄子雲，蓋指周頤也。自是有宴會，周頤與詳必避不相見。」

李況感情不融洽，相傳是因爲況纂「陶齋藏石記」時，字迹模糊慢漶的碑板，從審言先生考證：又因爲彼此論文不合，審言先生深於選學，對於夔笙的駢文不甚推重。文人相輕，以致宴會上避不相見，這是事實。不過此論分明以劉子玄影射劉申叔，確非指況夔笙。罵申叔無行，是爲家國大事：與夔笙等不過私怨，何至形於筆墨呢？

告魯迅在天之靈

也許有人認爲我是一個骸骨迷戀者。我

始終相信文學必經久而後論定；因此對於並世的作者，無論友誼如何從不會用譏彈的態度談到某個人的人身與作品。以爲決定價值的，自有他自己的作品在，又何況時間是最正確的裁判者。很慚愧，一代巨人魯迅先生，我和他無一面之緣，更談不上一日之雅。他的「中國小說史略」我很愛讀；可是我不想和他見面，所以好多朋友要介紹我去看他，我總婉詞拒絕了，在他死的那一年，有一天我見到「夜記」。其中涉及到我。原來我有鈔本張岱的「瑯環文集」，被劉大杰君借去，後來編入「中國文學珍本叢書」，上海雜誌公司張靜廬君要我作一篇跋。署名是「盧前冀野父」五個字相連，用一父字表示下二字是字而非名，自宋人便有此例，本不足怪。但魯迅先生將五字用一括弧號，和我開玩笑好像在什麼「斯基」什麼「夫」之外，也有這裏一個「父」。至於標點是大杰的事，我無須代爲聲明，當我看到夜記時，我就說：「假使我署一個外國式的名字，他老定不以爲怪。爲什麼用中國舊式的署名，他反開起玩笑來：我倒要去問問他」不久，他便逝世了，始終沒有見到他。最近，在友人案頭見到一本「魯迅書簡」，是影印手迹的。其中第六七七面（因爲手邊無此書不知記憶的可正確）的一封信，談到我曾寫過一篇文章攻擊他，這我可眞以爲怪了，我從不曾寫過這樣文字，更沒有想過魯迅二字，我倒要去問問他，可惜見不到他了。如果在今日我要談魯迅，不免有打已死之虎之嫌，要不談他，我對於他老這二筆涉及到我的話，永無大白之時。

「魯迅先生我敬告你在天之靈，你心目

中的我恐怕未必是這樣的我罷！現在我很懊悔沒有和你見一面」。

萬里封侯一夢

「報道金牌罷戍。空教壯志飛蓬。關心明月滿簾櫳，偏是嫦娥情重。回首鄉關何處？長空幾陣飛鴻。憑將秋信寫江東。萬里封侯一夢」——這首西江月是雲夢吳祿貞烈士在戊申（一九〇八）年作的。談起辛亥八月武昌起義的事來當沒有人不知道吳烈士的，吳烈士在石家莊被殺是辛亥九月十七日。他本無詩名，存詩也不多。誠如廉南湖所說：「雄直悍快，肖其爲人。不肯囁嚅作兒女子態」。在烈士死後南湖搜集遺稿成「西征草」，「戍延草」兩卷。有一天，偕芝瑛夫人去見烈士之母吳太君。太君含着淚說：「綬卿在日最愛芝瑛這題畫詩，每日必三四讀，道：寫作之好，如今海內外一人而已，不知芝瑛可願意爲他寫遺稿」？不久廉夫人便寫印出來，大約在民國元年。現在很不容易見到這本「小萬柳堂」黑底白字本了。只有我的朋友徐霞村君（烈士女夫）還藏着一本。上面的一首詞是「戍延草」最後的一首。

可憎惡的旅客

早幾年自殺而死的日本作家芥川龍之介。在死前兩年曾到中國旅行。有「中國遊記」之作，夏丏尊君當時傳譯過來。讀後至今我留下一些不良的印象。最近，偶然又見到了這篇文字。

「遊記」中對我們有許多鄙薄之詞：什麼「中國人是都不想明日的事的。」什麼「中國人的形式主義眞可謂澈底的了。」尤其在蕪湖那一節中，大肆抨擊：「我不愛中國，就是要愛也不能愛。如果目擊了中國國民的腐敗，還能愛中國，這不是頹唐已極的肉慾主義者，即是淺薄的中國趣味的迷信者。不，就是中國人，只要是心不昏的，對於中國比之於我一介旅客，應該更熬不住憎惡罷。」可謂憎惡我們中國到極點了！

但現在我對於這位憎惡的旅客，只覺着憐憫。

經過了這五年的抗戰，重新讀他的遊記，他所抨擊我們的話，正變成日本自己的寫照。『不想明日的事』，『形式主義』，和一任軍閥橫行，不知反抗的『腐敗國民』，芥川終於自殺了，還不知道他的國家今日也正在自殺呢？

詞之末路

詞在中國文體中佔重要地位的歷史很短。自從張惠言「詞選」問世後，纔說明詞是以上繼風騷，得比興之義。因爲主張寄託，標出「要眇」兩字來，道：「其文小」，這個「小」字是細緻的意思。說到「寄託」，因爲宋末受異族的侵凌，當時沒有言論自由了；所以借「蟬」「龍涎香」之類，大作文章，這不過是詞之一體，難道詞的全部都如此麼？文廷式在雲起軒詞自序中說得好：「邇來作者雖衆，然論韻遵律，輒勝前人。而照天騰淵之才，溯古涵今之思，磅礴八經之志，甄綜百代之懷，非窮苦囚拘者所可語也。詞者，遠繼風騷，近沿樂府，豈小道歟！自朱竹垞以玉田爲宗，所選「詞綜」意旨枯寂。後人繼之，尤爲冗漫。以二窗爲祖禰，視辛劉若仇讎，家法若斯，庸非巨謬！二百年來，不爲籠絆者蓋亦僅矣！」當前這樣大時代！如詞不能表揚時代的精神，這個詞早已不能存在了。有人說：「詞體自有特性，不宜說雄壯的語。」不知他還讀過辛劉的詞沒有。要「遵體」就應付以新生活，民國時人還說唐五代的話，這是『詞之末路！』

留都見聞錄

讀本[illegible]司馬竟君的『南京感憶錄』使我想起吳應[illegible]的『留都見聞錄』來。在明末，關於金陵的記載極多，大都留傳下來。只這部『留都見聞錄』沒有蹤跡。後來次尾（應箕字）五世孫銘道得着一個殘本，不知怎樣歸了豐順丁氏。到丁叔雅先生手裏，才展轉公布出來。原目是：山川，人物，園亭，官政，科舉，書畫，器用，交游，服色，寺觀，時事，宴飲，音樂共十三目。丁氏殘本共二卷，上卷是：山川，園亭，科舉三目，還是吳孟堅（應箕子）刻本。下卷的河房，公署，官政，寺觀，服色，時事六目是銘道續得的。前面有葉方恆，陳維崧，黃虞稷，蔣先庚四序。從這部書中，我們知道晚明時候南京是什麼光景。又有許多事，如：王鐸的後半生之類，可補史書之未詳。上卷尾有孟堅的跋語：「三復是編，知明季之盛，即衰運之所伏；人事之變，即國勢之所終，讀者其亦重有所感矣！」在今日我們正感憶南京的時候讀了這部殘本的「留都見聞錄」，眞不知從何說起！

九一八史詩

東四省的淪陷，已十年了。當時我在開封，有一天，接到四川朋友彭雲生君自漢口寄來的信，附「辛未旅燕雜感詩」一卷，其詩一百零六首。這是彭君住北平，在九一八事變以後作的。前一年彭君出川，剛遇到水災：「洪水之爲災，疫癘乘時起。秦晉及豫南，延蔓數千里。吾聞盛明時，民無夭折死。豈盡天數然，實由人致耳！」寫事變有兩首詩，我最愛讀：（一）「日軍遼河東，我軍遼河西。遼水不可禦，旋卽趁馬蹄。道旁新骨多，曠野天雲低。白日無行人，惟有禿烏啼。」（二）「寶刀日摩挲，駿馬日馳逐。我軍東出關，已過遼河曲。敵騎不敢驕，敵酋已懾服。從此東倭兵，不敢窺鴨綠。」對於那時學術界，他也借一首詩進他的忠告：「黃顧耿耿心，豈僅在考據？奈何乾嘉儒，老死逐末度。浙中沈與王，千載有冥悟。但恐百世下，無人發孤趣！」以我所見到的，只有這部「辛未旅燕雜感詩」夠得上說是「九一八史詩」。彭君此次戰後在大理很久，不知有多少近作？

燉煌文學

自從唐人寫本在甘肅燉煌縣三危山下石窟寺（俗稱千佛洞）發現以來，「燉煌學」

，差不多在世界上成立了這樣一個新的名稱。關於佛教語言，和社會經濟史料，姑不說。就是文學方面，如：「王梵志詩」，韋莊「秦婦吟」，「雲謠集雜曲子」，皆是極重要，極可珍貴的文學史料。「變文」「俚曲」可以說是「俗文學」，不能說燉煌卷子全是「俗文學」。像「雲謠集」和其他二十一首雜曲，（散見劉復敦煌掇瑣中）都是「原始的詞體」。最近淵陰許國霖君的「燉煌雜錄」印出來，其中如：「周說祭曹氏文」，「索滿子祭姊丈吳郎文」，「翟良友祭太原王丈人文」，還有一卷「太公家教」，以上沒有一篇不是典雅的文章。可見國內藏本（北平圖書館）不一定不如倫敦或巴黎藏本。將來把海內外所有的彙集起來，加以整理是最有意義的事？」可笑「許本」中有當時抄書人的怨詩，遺流下來：（一）「寫書不飲酒，恆日筆頭乾。且作隨宜過，卽與後人看」。（二）「寫書今日了，因何不送錢？誰家無賴漢，見面不相看！」這是燉煌卷子寫手的歎聲。

毛公鼎不祥

毛公鼎在陝西出土，文有四百八十一字之多，重文九字，空格二字。前半隱約有關，後來金器文字之多，沒有比得上毛公鼎的，咸豐二年（一八五二），蘇億年運到北平，被陳壽卿重價購去，視爲祕寶，等到同治十一年（一八七二）才給潘祖蔭看見，於是轟動一時。後來又以巨值賣歸端方。不知在什麼時候，由端方又轉了葉恭綽。相傳陳氏以此敗事，端方又在得鼎之後遭殺身之禍，我認識玉甫先生很久，在上海時常往來，提到毛公鼎，玉甫總不大願意。最近聽到他在青山出家，不由令人想起這毛公鼎不祥之物來。當在陳氏時，壽卿女夫上京會試，斷了川資，向陳告貸，壽卿給他拓本四五紙道：「持此入京，不致凍餒」。他女壻決不相信，但到京以後，果然被人出重價購買。可見當日毛公鼎之煊赫，說毛公鼎之不祥，也不自我始；彷彿在端方被殺時，便有人說過，手邊無書，未能查考，只今日不知毛公鼎又流落何方了？

山東幾部罕見的書

爲着校刊「飲虹簃叢書」的緣故，十幾年來，養成愛溯目錄的習慣，無論公私藏書目，只要見到從沒有輕輕放過的。偶然在朋友案頭，發見山東圖書館一部草目，這裏有四部小說，是從未知道的：（一）五霸七雄列國志傳。（明刊本，存四卷四册）；（二）粧鈿鏈傳。（清襤褸道人撰）；四卷四册，稿本）。（三）楊家將（不分卷四册，明抄本）。（四）李闖賊史，（清無競作，清初抄本，十卷十册）不知孫楷第的小說書目中曾著錄否？此外如：孔尙任的「書林雁塔」，一定是談繪畫的書，王鐸的「王孟津詩文史」稿本，桂馥的「晚學集」稿本（七卷二册）楊錫榮的「殷頑錄」，可惜只能知這些書名，不能見到原書。尤可怪的，小學家王筠會輯有「石破天驚」，「覆瓶社燈謎」「清詒堂燈謎」三書。至於明薛崗的「金山雅調」（二卷一册）與淸孔傳誌「軟鋸錯」（二卷二册）前者是不是散曲，後者是不是戲曲？這是我所最關懷的。願意知者告我！

蒲松齡記「窮」

蒲松齡的「聊齋志異」，把狐鬼人化起來，這不獨本身是一種諷刺，而且有許多影射時事的地方。周作人說：『俗傳此書本名『狐鬼傳』專以諷刺人間者，未免是齊東野人之語了。』這是錯誤的。在蒲氏所寫俗文中，如：『窮殘鬧瞎傳，』『醜女自嫁』，也皆是諷刺之作。我現在所要想及的，是他的『窮漢詞』，『除夕日祭神文』，『窮神答文』三篇。在窮漢詞裏：『大年初一燒柱名香，三盞清茶，磕了一萬個響頭，就把財神爺來祝讚祝讚。忙祝讚，忙磕頭，財神在上聽緣由。聽我從頭說一遍，訴訴窮人肚裏愁』，純用質詢的口吻，向『財神』發話，相反地，在除夕日祭家神文中，問家神。『家神家神，我與你有何親，與騰騰的門兒你不去尋，偏把我門兒進？』最後：『我央你離了我的門，不怪你戀舊迎新』！『家神答文』却道；『東君，你聽我云：我有個『免窮歌』爲你訓，也不是五經四書，也不是大家古文，只要學勤苦，只要學鄙吝，只要學一毛不拔，只要學利己損人，只要學……』在他的筆下，將不窮的人說得太醜了！

「石破天驚」

王蓀友先生所輯的『石破天驚，』除了賈鳧西，蒲留仙，丁野鶴三家之作，只有元

（這是很少見的姓，音新）詩教一家具名。不過，元氏的「峡谷詞」，我疑心是一套散曲，與其他鼓詞體裁不相同。賈，蒲，丁三家各有一篇取「論語」「孟子」備底子的鼓詞．有太師摯適齊」「東郭外傳」與「齊景公家待孔子五章」。相傳鼓詞是始於山東的，三家皆是山東人。又有一篇「田家樂」有人斷定是丁氏的作品：因爲有許多諸城俗語。例如：同力合作一件事，諸城俗語是「齊上扈家莊：」，如「齊在扈家莊去修廟」，「齊上扈家莊伐松」等等。「無稽之談」叫：「吧瞎話」，吧就是「說」。他如：「跳蹬」，「攫了個汪」，「打光」，「罷撒戰子」，「闊落」，「穤麵鋤刀」等，大都是諸城話。這些鼓詞，不獨是好的俗文學，而且是最好的方言學材料，我希望大家有一讀「石破天驚」機會。

決鬥

蔡孑民先生對人和藹，但其個性至强，非實犯而不校者也。某年，北大學生因講義費風潮，聚鬨於校長室，先生握拳怒而出曰：「我和你們決鬥，我和你們決鬥！」諸生驚散。蔣夢麟言。（霜）

謝慧生

李宗吾遺作

謝慧生，原名振新，字銘三，是富順縣秀才，在城內江陽書院，簡山長門下讀書，書院隔壁是城隍廟，知縣王潤田（是滿人）在廟內演戲，時方天旱，禁屠求雨，慧生約同院中幾個秀才，出而阻止，慧生上戲台，把鑼提了。知縣以母生日，在衙內大讌客，慧生寫信責之，並云：「兩宮西幸，豈臣子宴樂之時。」知縣見信大怒，立命書吏查慧生有無案件，欲羅織其罪，慧生父母聞之大懼，促其逃避，時趙堯生，周孝懷兩先生在瀘州開辦經緯學堂，乃往投考，錄取第一。其時清廷銳意興學，學堂之勢燄甚張，王知縣亦遂作罷。趙先生見學生名字庸俗者，悉爲改易，以吾富順言之，張文安改爲張伯年，曾烈光改爲曾叔實，謝銘三則改爲謝愚守。光緒末年，謝加入同盟會，周孝懷爲四川巡警道旋署勸業道，謝在周幕，兼商會總文案，化名陳大猷，出外運動巡防軍及哥老會起事，光緒三十三年冬：事敗，楊維等六人被捕，謝逃往西安，因其母姓朱，改名朱晦生，取『遵養時晦』之意，後來才易晦爲慧。

慧生名其館曰：『天風海濤』，沒後，徐君光雋，函詢趙堯生云：『讀謝慧生先生六十自述，『天風海濤館』得名由來，蓋係請教於先生者，惟未諳用意何在，查宋浙江遺民汪水雲，能詩善琴，曾侍內庭，宋亡後，隨侍少帝至北平，元世祖嘗召之鼓琴，奏天風海濤之曲，南人聞者多掩涕，駿駿有漸離之志。是天海風濤，乃元人曲名耳，詞氣動人，致令泣下，是又有關民族意識之作也。先生以之名謝先生讀書之齋，殆有深意存焉者乎？』趙覆云：「承詢天風海濤取謂，往年謝君請署齋居，因其字愚守，遂以南宋貞臣趙汝愚期之，趙有詩云：『江月不隨流水去，天風長送海濤來。』朱子嘗書之，故以名齋，此爲四十年前事，非有意於近事如何也」。

黃遵憲寫星嘉坡

黃公度（遵憲），四十年前任中國駐星嘉坡總領事，其詩文寫星嘉坡風景，有獨到語，與友小札云：「星地海水似睛，高樹如劍」，睛，指水色碧也，劍字則象其樹葉形之奇，皆極雋趣。

（壽亭）

哀林庚白

潘伯鷹

林庚白先生死耗，初傳至重慶，將信將疑，期其不實。余曾三聞友人言及，猶意其為東坡海外之謠。最近有張君自香江來，親為言之。乃絕望矣。當茲亂世，何者而能久長。一瞑不視，以悲遺人，在庚白固無復苦矣。然而以其清才運氣，橫屍通逵。夫何天之酷也。

余與庚白最後一面在其行數日。友人陳仲陶先生與庚白夫婦，及余同在林森路上海社午餐。庚白高睨大談，於兩宋詞人多所題品。其言率逞臆出之。余夙知其習性，但微哂之而已。及飯罷復同行至道門口而別。嗚呼，寧知此為永訣耶。

庚白行前，余僅知其將奉差委長居香江。以其不欲盡言，亦不欲盡詰。既其已行，始聞庚白自占祿命，其年大凶。懼重慶空襲恐尤有甚者，謀去之心日亟。又占其夫人運差吉，且以曾在道中覆車，賴與夫人偕得不死。欲依之以自蔭。故計與夫人同行者萬方。資斧無所出，則悉賣其器用書籍，僅乃足之。又以飛機購票，事絕煩難。久之未就。乃乞助於友人姚先生。得如願。夫婦攜二稚子，一甫勝步，一猶在乳。蓋竭力盡室而克成行者。筮卜星命之說，所以趨吉避凶。使果有驗耶，宜無可避也。使無驗耶，何以巧合若斯哉。庚白舊名學衡字衆難，以餘事推祿命得大名。嘗以學衡之名著人鑑一書，其中預言章行嚴丈之入閣。林白水君之橫死。孫傳芳之入浙。皆言之碻鑿如響斯應。故其平時尤喜占卜，在上海時，余與相見必索余隨意告以一字而占一日之否泰。其篤信若此。

余所得庚白死狀，其言不一。綜其可信者，約可知其初至香江即遭事變。資用匱乏，困不能行，其時倭軍橫行，全埠乏食。兩幼兒饔餐不繼，啼號尤悲。庚白乃冒險出買食，値戒嚴，中彈死焉。其夫人繼出覘之，亦中彈踣焉。或曰夫婦實偕出，夫人行差後，彈穿其夫人之掌，洞庚白胸。是以一死而一傷。夫人既踣地，或舁以就療。而庚白仆於途。無識之者。比鄰人辨其衣履，復以無親故而不能爲瘞。此其所以橫屍數日也。聞辨識之際，僅乃有閩同鄉會爲插一浮簽耳。橫絕九州之狂氣，高視千古之豪情，自世俗覘之，其生不能與林官屠酤較短長，其死曾不若墜露輕塵，孰謂才人之可貴耶。痛哉痛哉。

庚白生平好談詩，尤好自譽其詩。十餘年前，尚謂鄭海藏之詩第一，其詩第二。舊世餘子皆在其下。及海藏挾孺子儀降倭遂不復言，而持論益高且激。至謂其詩爲杜甫所不及。汪旭初嘗戲贈「杜陵稱小弟，李白是前身」者也。庚白以此爲論詩者所不直。余固亦面諫其詩而絕不欲論辯者。然余深知其怫鬱於斯世。偏激之論初不緣詩而發。及其既久，寖忘其由，遂昌言而無所憚，乃竟專主於論詩矣。此余洞徹燭幽之言。庚白猶生，必且不服。然庚白知交遍天下。有深喻吾言者。必且同悲其遇。退思之而涕零也。

抑余所以為此小文者。古人云：一死一生乃見交情。庚白死矣。其兩小兒最為可念。其夫人將何以處之。且上海尚有元配在。當為庚白之友所懸情也。今雖隔絕無可為援。要之來日大難。遺孤宜憫。余不居要津，又非富殖。雖有悼痛之誠，夫何益於亡友。此則不能不望中朝貴盛諸君矣。

「五四」第一個爬窗子者

國難以來，發國難財者有之矣，「五四」以後行「五四運」者，豈不更有之乎？今年政治部發起之五四紀念大盛會中，請參加諸君注意一人，即五四當時頭一個爬窗子打賣國賊的好漢——易克嶷先生。但此人並沒有行「五四運」，合併聲明如上。

（左）

冥行者獨語

丘朴殘

燈

在靜夜中，我最喜歡桌上的燈。只有此萬籟俱寂之時，我才回復到眞的我。也只有此時，燈還與我相伴，如同一個光明磊落的良友，無言地助我工作，無言地照澈我的肺肝，我的胸內有冰鐵相擊之聲，只有他能傾聽我如海濤的申訴。

我曾經浪子般地在舞影迷離的燈下。也曾經在華筵貴賓座間聽到堂皇的文雅的官話，對着耀眼百枝光的大燈。也曾在淒風苦雨之中，踽踽涼涼數着深巷中暗黃的街燈而經泥多路遠。讓這些狂醉的虛僞的和執着的夢痕，銷逝了吧！讓這寬大仁厚坦白嶔奇的靜夜讀書之燈永遠作我的老師吧！

人間的路如同一條不定的繩橋。橋下白波如山，在零下極遠的溫度，失足墜水，血肉所以立時凍結。其下更有專吃凍肉的巨齒大魚，然而有幸而抄小路走的人，飲酒看花，不知老之將至。甚麼時候才能使人們從憂懼和驕狂之中，重提醒靈明呢？

桌上靜默的燈，放射出智慧的光芒，使我澄慮以思。歷憶生平，可恥可憫。凡自己以爲是最勇敢最聰明最成功的勞績與才智，實在不過是僥倖的遭遇。凡自己以爲是極人世之悲苦的境地，實在還是九淵之下的天衢。只有這獨立昂藏的燈照着我牆上的瘦影，給我以嚴肅的教訓，深摯的慰安。

然而在重慶，時常沒有燈，更難得靜室中獨對的桌燈。連這一點澄憺的幸福，也沒有了，這却也是一種磨鍊。

所見

走在街上，遠遠聚了一叢人。走近來，正有一攤鮮紅的血染着路旁土，染土多的；血色已非鮮紅，而變爲深紫。血中微微有一些近似乳酪的東西，路人指說那是腦漿。死的屍體已經剛剛移到崖下。另有一叢人圍着。死者是一個被汽車壓斃的女子。

在極端紛擾和苦悶的人間，生命突然斷絕，看似甚慘，實則未始不是解脫。當這女郎剛剛覺到危險，已經腦漿塗地了。一切悲慘留給生者，而她却如被彈的黃鸝，嚶然未絕，已瞑焉萬古。這萬古和一剎，於她是永遠無關了。她生前也許還愁飢餓，也許身有病苦，也許少年愛者正在給她多少煩惱。假使她還有知，如一個縹緲的幽靈，翩然來看到路人掩鼻攢眉，豈不失笑？

死不難，難在如何死。只有猝然的霹靂，使人不及回旋便已涅槃了，那才是頓悟。安息吧；死者！一切錯誤和寃仇都讓生人去糾纏吧！

與其睡在床上氣息奄奄地死，毋寧在戰場上力戰而死。然而卽使在戰場上，就能如願力戰而死麼？假使更無謂的死在憂慮上，死在不解者的執持上，死在陰謀者的暗算上，視此又將如何？

試由此義逐漸引申即知人間一切得喪未足一映，然而人類總是有情的。死者悄然而去，遺留給生者沈思因果的悲哀。重慶秋天，雨昏霧密，是怎樣一種景象呵！

隨緣

隨緣乃是人生無可奈何的必要，說得美些，是達觀。

東方的孔子與西方的釋迦，皆看透了這一點。儒家所謂的「天命」與佛家所謂的「因緣」實在無甚區別。儒家要不憂不懼，佛家要究竟涅槃。在儒家彷彿明知這裏面有一個不可抗的大力，但還要人「知其不可而為之」佛家則要人以其智慧了悟一切有為法的虛幻而度一切衆生。叔本華的所謂悲觀哲學，其基本觀點也看透這層。總之人的力量實在太渺小了。不能發揮較大力量的也都因能遭逢環境，憑藉着時勢造成。這也就是隨緣。

揚子雲作解嘲云「世亂則豪傑馳騖而不足，世治則庸夫高枕而有餘」。這實非牢騷話，卻是說的客觀事實。樂毅報燕王書云「善作者不必善成。善始者不必善終」這尤其沉痛的說明了一切因緣變化的無方。樂毅畢竟還是功名之士，所以說來格外警切悲憤。

英雄好作欺人語。即使他自己心裏明知一切無非因緣造成，他卻偏要擺起架子來，硬說非他不可。一班人偏要說時無英雄遂使豎子成名。其實英雄豎子原無分別。隨緣則為英雄，隨緣則為豎子。而且人事代謝，在石火光中，斷無堅牢之理。喜歡誇耀的儘管夸耀吧！

夢遊之餘

夜間雲迷風冷，輾轉不能入睡。心想何不起出一遊。於是遂覺散步到郊外。過了一段清幽地方，漸漸走進喧鬧場所。

那場所似乎不是我們國土。街上景色雜亂。雖然也有日光，暗處雖也有燈，但一切都看不清楚。只在意識上，覺得處處忙鬧。每個人都彷彿自己在作着最緊要的事，越忙越錯，錯了再作更加其忙。神氣嚴峻，而又顯得顢頇。

我好像遊得很久。從達官巨賈到勞苦工人都認識了。纔發覺他們幾乎每一個都是極深的近視眼。原來忙碌皆因近視而起。看不清，摸不準，作也作不徹。相聚商量，又因都是近視，出的主意雖多却也如一。最奇的，却是竟沒有一家眼鏡店。

我實在憐憫了。「你們何不去配一副眼鏡，看遠些看清些呢？」

「你一定是新入境的！眼鏡怎可用得？那是有害於身體的。以前有一兩個到這里來開眼鏡店，都閉歇了。沒有一人肯讓自己受害！」那回答我的人揉着眼睛，認眞氣憤。他是一個知名的君子。

於是我和他們坐在一車。車身華貴，駿馬如龍，主人自己執轡。忽然行不通了。旁邊一個窮人指點了路，車纔得轉。我看那人不像個近視。因問主人此人是誰。他好像回說這些人都是不足輕重的。他忙着趕車。轆轆的由平道險灣相互遞換而行。忽然墜崖。

我也醒了。

冷的風仍和迷雲相攪。我惴惴的摸到眼鏡。心中想到千千萬萬的事情，只好再勉強去睡。

煙

最足以象徵人生的無過於煙。說它眞，却不可捉搦。說它非眞，却分明存在。看一縷縷嫋入空中，俄頃變化，終歸虛無，便畫盡了人間的得喪悲歡。古人描寫人生。用「如夢如煙」字樣。這早已成了「文學詞典」裏的塵羹土飯。但當第一個人輕輕的寫這四個字時，却不知吃盡了多少生死酸辛，才凝成這個精切的比喻。

在我不知吸捲煙之時，常喜在香鑪內燃一枝香，藉以賞玩篆縷。既能吸煙，則無須燒香而烟縷騰騰自會出於手指間。那意味似乎將我和煙凝爲一體，更加親切。直至今日，並未吸成癮，所以始終能保持超觀欣賞的興趣。

最初正式買煙，始於居南京時。「大前門」價廉一些，以供客用。「老砲台」才是自私的獨享。因每天只吸一二枝，忘了也就不吸，所以耗費比「大前門」更少。因之，有時，竟奢侈到吸「加利克」「三五」棉花頭的 Consolate 以埃及煙，盒子很美上面有數目字如「五」或「七」之類。

在深夜孤燈之時，一杯好龍井，一枝好煙，是我有生最大的清福。在這種靜境中，曾經繼續寫了兩千萬字以上的卮言贅語，曾經反覆思慮過千起萬伏的身世底流，曾經爲了愛與悄，充實的感受了喜怒的大力。我總默然，看着煙縷一層層，一絲絲，忽緩忽遠的升入上空，散之縹渺。此時我的魂也與煙俱升。煙散了，我的魂也彷彿超脫了。

現在呢，煙固然吸不起了。人間的驚濤駭浪，正和着另一種煙迷漫宇宙，已經看不清這微細的烟縷了。

餓

前幾天在報上看見五四運動，文化先驅者，窮老教書換米的廣告。近幾天又聽到唯一的梵文學者，從淪陷區敵人厚幣凶鋒的誘脅下逃到後方，無法自存的消息。物理學教授，自己一隻手抱着孩子，一支手拿着粉筆，在實驗室的黑版上寫方程式。回家放下孩子，他要自己砍柴燒火。

同時，卻讓一些商人，私販，養得漲出油來。

國家民族最知慧優秀的份子一個個萎縮下去。看到將來怎樣得了。而且「將來」並不遠。……我們畢竟還未能忘情於這一片歌於斯哭於斯的土地和人民。因為念到我生的本源在此，我後的命運也在此。不能不悲憤！

在戰時，甚麼人的眼光和心思，都會變成近視和紛亂的。會說洋話的大學女生，欣然作司機之妻。不識一個字的老板，要拿上萬洋錢買假字畫。這些日常事件，見慣也無可悲。可悲的是，從這裏反映出來，後幾年乃至幾十百年的民族知慧的凋殘。

我們在戰時，乃至戰後，憑甚麼論功罪

？凡是因戰爭而窮餓苦幹的都是有功的，至少是無罪的。凡是因戰爭而愈有錢，愈成爲鉅富的，如何？

娛樂場門外

常時聽到，近來電影院，書場，戲館生意格外好。偶於夜間，走過一家，又一家，眞是「黑壓壓的擠得水洩不通。」人們都慨嘆，「誰說重慶人不快活，沒有錢？那一處電影院不是去晚一點就進不了門！」然而，假使稍稍觀察，却適得其反。

到娛樂場裏，眞能「娛樂」的不外兩種人。一種是可羨慕而又可悲憫的少年哥子姐兒。一種是賺足了國難財的。此外有些是爲了「營業」的目的，陪人去「應酬」的。已經不是娛樂了。最多的是，生活壓迫痛苦，意識的或無意識的去尋求排遣的人。他們也許寧可襪子破了不買，妻兒在遠處挨餓不管，却不由得也擠着買票進去。明知兩三小時之後，又會回到多人聚集而毫不相關的宿舍，又會接到兒子寄來的要錢快信，又會遇到不便說話而意在索債的朋友，又會趕辦漏夜立索的公文，然而到底還有兩三小時的鬆懈呀！越這樣苦悶的掙着活，越要去玩玩。

支持娛樂場繁榮的柱石，是這一班苦痛的人們！

從大門雪亮的燈下，到馬路的暗黑遠處，都是散出的人。雪亮的光照着他們每一個的臉，都有一些微笑，一些安閑。剛才劇中情節能引起他們怎樣不同的感受；不必問的。只看他們一個個都又緩步到暗黑的路中，四面分散，已經說明這個人生了。

在長期苦難中的人，能有暫時的弛鬆，譬如讓囚徒喘口氣再來受刑。還忍更責備甚麼呢？

自殺

凡自命是「有志之士」，都鄙薄自殺。在「志士」眼中，自殺是卑怯的行爲，其反映是意志薄弱。

然而，只要在「匹夫匹婦自經於溝瀆」以上，「志士」們的大言，終竟掩不住自殺所表現的力量。經過沈思熟慮的決絕行動，原難於使人人了解的。

生物一切都爲了求「生」。人要作英雄豪傑是求生，作營蠅苟狗也無非求生。爲了生，忍一切苦。氣憤，悲愁，狂怒與大笑以及由此而出的種種行動，皆是「生」的波瀾。人有一旦而連「生」都可以捨棄，還有甚麼不能放下的呢？還有甚麼人間的榮辱毀譽足以動搖他？以從容鎮靜，在昏醉的社會裏，自己裁決了自己。這是大勇者。

一般人，伈伈俔俔活在世上。他們心中有時未嘗不深切受到人間苦痛。然而他們善忘，麻木。在恥辱和虛僞中，過久了便覺得可以混下去，——自命爲混得好的，更長出驕矜。一旦聽到有人自殺，他們的良知才受一下新刺激，才赧然自知他們自己的生不如死。然而他們要對死者挑剔出一個遁辭，以自掩其恥。這樣便安然又無恥的生活下去，反而自以爲他們才是意志堅強。於是他們昂然說道「自殺卑怯。看！我們還奮鬥下去——」

這不但是卑怯，而且是最無恥的自欺欺人。

人到了有勇氣自殺，更何懼乎殺人！其所以不殺人者乃正因有了更深廣的悲憫。在自殺者眼中，覺得成敗恩仇都是人生的牽累，得意者的可哀，害人者的可憐，更在失意者與被害者之上。殺人適足以增紛擾而已。

人間充滿詐偽，詐偽皆出於短視的自私。假使人不戴了各種面具，絕不能在世間一日生存。而認真生活的人，其勢必出於自殺。

噫！這樣，我雖然還在卑怯脆弱的遊行於人間。然而尚未無恥到敢於罵自殺。

花市故人

「在樹花芳，在盆花傷，在瓶花僵。」前輩賞花的格言，正中了我的俗病。我常時喜歡淨室內插瓶花的。

初到重慶時，每月三元，有人天天送花來。常因送得多，瓶子插不完。後來逐漸貴了。水仙，蠟梅，山茶，玉蘭，大朵菊花，與瓶子親近的機會少了。我尤其好蠟梅在大瓶中插上疏落的幾枝，不但顏色高潔，香氣清遠，並且欣賞那橫斜的姿態時，實在是在欣賞自己的安排布置富於畫意。因為花價貴了，梅枝常時一星期還不換。任那花朵和花瓣落在几案上。自己並加誇讚，「這不更有畫意麼？」

去秋至今年，心情和財力都不許買花了。昨天偶然走過一家賣花攤子。看到很細巧的龍爪蘭，和上市的菊花。忍不住站在攤旁癡癡的賞玩些時。一個衣履乾淨新鮮的伙計，向我笑着問訊。原來他還認識我是老主顧。

在談話中，知道他已不是伙計，而盤收了這花攤了。看他喜氣洋溢，舉動輕快，他已經發了財。並且還有一個面目清秀，神態很安閑的女人。他說是他的「家裏」。因此知他的財發得不算少。

我很欣喜，這漢子交了好運。從社會各處，皆已普遍反映出這好景象來！同時想到士大夫階級的窳敗。也應該將殘酷的現實深切加以教訓。我頗爲後悔，曾經說過爲了文化智慧的持續，爲了國家戰後的「有立」，應該怎樣怎樣的一些酸話！

「樹猶如此，人何以堪！」我回到室中看見牆角下塵封的花瓶，想起這句感傷的文辭不覺大笑起來！

失竊

天氣漸冷，無以爲生而偸盜的人多起來，前一天寒雨之後，夜間湧着更多的水霧。我們失竊了。

被竊的一間屋，是朋友陳君和我共住的。失去杜詩鏡銓，王荊公全集各一部。印度薄紙的韋氏大字典，漢英文字典及成語字典各一部。另一部很好的文法和修辭學的書，是一個英國朋友贈別的。以現在書價計算，在千元以上。尤其使我難堪的是，我的書一本未失，而我也正需用着他的這些字典。

根據歷來經驗，報告是沒有效果的。我曾經因報告失竊而面聆一位小官員的牢騷。其結果，我反而要來安慰他！所以這一次，沒有勇氣去報，也實在沒有過分的仁慈去安慰了。

陳君在悵惘之餘，說道：「我們替扒手設身處地想想。也還是偷的妥當。他們生活艱難無庸諱言的。假使以此爲理由，向我們借款千元；我們必然以同一的理由拒絕。這樣一偷豈不直接了當麼？雖然我們現在還願意拿錢去贖回那些書來，但對他究竟麻煩而冒險。在他想來，反正我們的最大技倆不過是空報告一次。而且，我們實在也不應該再讀書了。假使以此不再讀書，而去作生意屯積發財，倒眞要感謝扒手仁兄的促成。何況至少暫時還救他一下急？」

我一聲不響，將他的話記了下來。

冷酒店

風雨淒然，在暗寂的客舍中，無法坐下去。於是約了一個同樣的孤客去吃酒。冷酒店在很遠的街上。我們撿着步子，踏泥淺一點的地方走着，居然到了。身上衣服濕得不多。

座上客滿。只有一個桌上，一個客人坐着看晚報。旁邊放一空杯。暗淡的油燈照不出杯子反射的光彩。我們向他請拚坐。他答應了。

於是，爲了答謝他的友意似的，我們攀談起來。

「唉，沒法想，只有吃一杯酒！這里大麯一杯，要三塊錢。公園路有一家只要兩塊。爲了省一塊，常常出了一身汗走到那里。不要笑我！東西價錢漲得這樣，我掙錢還是一塊當一塊」！他漸漸說開了。我不會，也不願屯積居奇。更不能憑藉地位的方便，用種種妙計發財。所以我無力狂嫖濫賭。我的生活，物質和精神都困乏得叫我要瘋了。我只好吃一杯酒。不敢吃多，吃不起！本來可以在吃晚飯的時候飯館里一道吃，省些錢。他們又不許。不許又許！反正讓我們多化錢！

「我們沒有公館，用不着廚子。沒有法子痛快吃酒。只這樣吃。吃了再去吃碗麵。有時候我也願意被罰，只要我有錢。那些罰我們的弟兄，沒法子，也是些窮朋友！」

他的聲音越說越大。滿座的人都看着他，都在笑。我和朋友的酒已經吃完，怕惹麻煩，趕快走了。

啼笑

冥行者獨語

「涉樂必笑，言哀已歎」。人的哭和笑，原發於他心之哀和樂。東方聖人，調和生活，要「喜怒哀樂發皆中節」。這是一大理想。實現這理想的修養工夫，更是一大藝術。

然而這些雖發於人們的心，而使此心生發這些的，仍是環境。環境使人要哭，要痛哭；但為「中節」起見，却不得不減免，或克制悲痛。這需要適應的彈性，該是怎樣大的程度！事實上。逼得人非虛偽不可。

天天有使人痛哭的事，却不能哭，不許哭。或者遇到不該哭的事，却要大聲號陶。於是所見到的哭只是一些如同北方職業號喪者的哭。而悲憤所積，苦淚難禁之時，只好鼓努着鬱怒的眼睛，讓熱淚在眶內轉。有時自己咬得嘴唇出血，淚水也不敢不「退摟」了！其弱者，則只好在無人時，無聲啜泣。

偶然也許遇到可笑之事，然而不能笑，不許笑。想到隨便哈哈一聲，會招來禍事，自然笑不出了。然而不該笑的事，却要鼓起興致，附和人家，着勁的笑。於是像一個人自己打腫了乾癟的臉，對着大老爺說「蒙你老人家的恩，我近來養胖了！嘻嘻」！在一切的笑裏，全隱隱的遏着極難堪的苦楚，眞想笑，只可在苦楚的笑臉下面，深深埋藏一絲莞爾。

嗚呼，「發皆中節」眞是「夫子之門牆數仞」，不敢望矣！所望者，到底有可以率性啼笑的一天麼？

遺忘

從前有人說，上帝給人記憶，又給人以遺忘。兩相比較，後者的恩惠，尤其大。因爲人類沒有記憶，也充其量不過沒有文化，與鳥獸同羣，永遠過原人的生活而已。若沒有遺忘，則人類將不勝其困惱而永無生趣。

然而遺忘畢竟和「無」不同。被遺忘的事，並非完全沒有之謂。漢人樂府詩云，「……聞君有他心，拉雜摧燒之，摧燒之，當風揚其灰！從今以往，勿復相思」！不論所摧燒的是何物事，風吹灰散，畢竟還有微塵浮遊於太空中。這與「本來沒有」，斷然差異的。

所以遺忘譬若壺中茶漬。當洗去茶葉時，好像壺內已空，實則仍有殘餘。遺忘譬若衣上油漬。雖經 Gasoline 擦去，細看纖微，也無痕迹，但冷眼碰上，總覺有印迹的。遺忘最大的限度，不過如此。

風雨，晨昏，憤怒，寥寂之際，都是遺忘復甦之時。這時的苦楚，如誤揭舊瘡疤，如誤觸在已折的骨上，幽微而深入，從神經中樞震痛出來。無論是舊日的歡欣，或悲愴，在重現時，味道都不好的。而一班人反指說這一種心境，是詩的境界。他們說這類話的時候，已經不解「殘酷」一辭作何疏釋了。

遺忘！上帝無可奈何的補救吧。

螢

十年前寓居上海郊外，那裏有小水溝和大的原野，叢生灌木及比較高大的樹都很多。人家園林花木更富。園外編竹為籬。籬落多半靠近水溝。溝邊多生雜草茭蘆。

每當夏秋，夜間在外散步，總看見一羣羣的螢在樹陰水面回旋亂飛。那點點閃光，也反映入水。在陰黑中乍看去，如同散碎的瓔珞。間或薄醉歸家，見之輒生淒然之感。那時到底還有家，年紀到底更比現在少，所以無端的悲情也還更多。

我看到這些小虫，總想起杜工部「暗飛螢自照」的詩句。牠的身世盡於此五字。這些小虫只能生長暗處。那一點光也只夠自照。到了深秋便祇合乾死。若是不幸遇見無錢買燈油的苦讀書人，或吃飽了尋閑事的皇帝，大量收集，便更提前喪生了。

有時我也偶然捉一個，揑在兩指之間，仔細看那微小發光肚皮。那實在也是宇宙間一個神奇。那樣小的肚子，當發光之時，一星美麗淡碧的光，足以引人生清涼蕭逸之感。而在微光中，可看清肚皮還有極精細的黑紋。所以映出來一條黑絲，和一痕淡碧相間。這樣一層層的構成完整的螢腹。若將它放在葛布衣上，則光變爲淡黃色。在上海最繁華的街頭，沒有這樣精美的霓虹燈。在螢腹裏，蘊藏的實在也還是一個宇宙。

螢呵，不還是要歸於腐草的麽？要閃耀還是趕快些。莫等秋深，到第二年又換了。

同情

同情好似羅縠，貴重精美，却難有用。

有些閱世多感的人，根本否認同情的存在，我不至作這樣極端的說法。人間充滿了利害自私的陰謀和公論。但有時同情也還能希微的獨立生長。這是「慰情勝無」之處。人類之所以畢竟高於其他生物，也許在這一些些處吧！

然而，同情的生長也不完全是獨立的。同情之所以發生也許有一些正因和自己利害相同。這出發點並不壞。只要不是吸別人的血來肥自己的都不算壞。

最可怕的是在一種環境之下，許多人的天眞同情被遏不生。却另有一批人製造贋品同情，大量在同情市場上傾銷。

即使這些都不說吧。一些些眞正的同情有何用處？林黛玉傷春落淚。寶玉陪了哭一場，而「林妹妹」的病只有加深！一切同情的最寶貴反應，如是如是。

人間畢竟太慘苦了。在斷肢流血的人極度痛苦時，明知麻醉劑只能解暫時痛楚，也還是急切需要的。（這是同情的功力。）等到短時旣過，創痛愈深，反而悔用麻醉劑了。而且同情除了和麻醉劑有同一的情形之外，更加上一層幻滅的悲哀。當感到同情一無補益之時，不但自己腐心吞淚，更許遭遇到不知足及不明世故的譏嘲。這一切原皆如蚊蝨之不足計議。但蚊子多了也還能使人癢痛的。

最可怕的，我們不需要同情。有痛苦自己唶嚙下去。但若由我們自己着想，與其給別人以羅縠般的同情，毋寧不給；要給便給人以實際的助力吧！

政治職業最老

一醫生，一工程師，一政治家，爭辯何人之職業爲最古老？醫生首曰：「請以聖經爲證，經固言人世之有醫生，由來久矣！」

工程師曰：「妄哉！即以聖經爲證，我之職業，亦遠早於君，不觀經中，固明明言，世界係由混亂中創造而來，如無我工程師，何人能整理此混亂之世界乎？」

政治家傾聽至此，大笑起曰：「先生之言信矣，然而，敢問此世界之混亂，係何人造成者乎？」

（炳）

神曲

老舍

在我讀過的文藝名著裏，給我最多的好處的是但丁的神曲。沒有讀原文的能力，我讀的是幾種英譯本。譯本當然不是本來面目，可是我已經受益不淺了。

羅馬的史詩裏有神有人，可是缺乏一個有組織的地獄。神曲裏却天地人都有詳盡的描寫，但丁會把你帶到光明的天堂，再引入火花如雪的地獄，告訴你神道與人道的微妙關係，指給你善與惡，智與愚，邪與正的分別與果報。他筆下的世界是一首完美的詩，每一色彩，每一響聲，都有它的適當的地方。

歌德的浮士德彷彿缺欠緊鍊，託爾司泰的戰爭與和平似乎只有人間的趣味。神曲裏什麼都有，而且什麼都有組織，有理由，有因果。中古世紀的宗教，倫理，政治，哲學，美術，科學，都在這裏。世界上只有一本無可摹仿的大書，就是神曲，它的氣魄之大，結構之精，永遠使文藝學徒自慚自勵。

希望我們能有一本好的神曲譯本！

徐志摩寫「濟慈的夜鶯歌」

張友鸞

時令已經是晚春了，火爐却還蹲在屋裏，像一頭灰色狗。架上的書，因爲隨時的翻閱，便永遠的那麼亂堆着。壁上懸的是梁任公一副長聯，集宋人詞句，淸麗得恰適於主人情緒。然而今天的主人却十分幽鬱，快黃昏了，還披着睡衣，坐在椅上發癡。這一天一定沒有出過門，一定沒有會過生客。一個活潑的人，自己造成了這麼一個悶的氣幕，誰知他爲了什麼？

這時，有個少年人來訪他，——那時是他談詩的朋友，後來是他的學生。向來毫不拘謹的少年人，無須要裝出紳士的面目相對，於是天南地北的談起話來。

一隻不知名的鳥兒從院心掠過，是在北平不大常見的一種鳥，叫了兩三聲，好像是杜鵑，却決不是杜鵑。主人若有所驚，豎直了斜倚在椅上的脊梁，指着窗外：「是什麼？是黃鶯麼？」

無論那隻鳥是不是黃鶯，他却聯想到康橋，聯想到在康橋時所聽得的夜鶯，聯想到濟慈的夜鶯歌。閉了眼睛，把那首詩朗誦了兩三段；嫌不過癮，抽出詩集，一行一行的指與那個少年看，左手却擺動着，作鳥飛的姿態。讀完了上一章，讚頌着下一章：「更有好句子，更有動人的句子哩」。

主人誦詩的節奏眞夠上說是抑揚頓挫。有時那麼輕，有時那麼脆，有時却又那麼洪亮，是在敲着一面小雲鑼嗎？中間却有懷婀琳，却有細腰鼓。

一半是根據書上的紀載，一半是主人用他詩人的「煙士披里純」，誦完了，又談到濟慈爲什麼要寫這一篇詩？是怎樣下筆寫的這一篇詩：「夜鶯一直唱到天亮，唱出血來也不管；濟慈呢？把他的血一齊注到筆尖上了」。

主人談得起勁，忘記了剛才的鬱鬱不樂，那個少年人於是說：「濟慈有一篇不朽的詩，可惜沒有一篇不朽的文字去紀念他。你說的一段又一段，我看來也正是詩，寫下來，寫下來罷！」

疲懶的主人望望窗外，像是杜鵑又不是杜鵑的那一雙鳥，早已從空中失却了羽痕；主人向客伸出了手，說：「好！你給我鼓勁，我就寫」。第二天的一早，這少年又來了，進了屋子就一驚：「怎麼，一夜沒有睡麼？」煙灰碟子裏裝滿了長長短短好多煙頭，主人還是穿的那件睡衣，還是坐在昨天坐的地方，很大的手掌輕輕拍着桌子：「呵！記不得睡過沒有，文章是寫好了」。

這就是「濟慈的夜鶯歌」的產生。十行紙，毛筆寫的，翁同龢的字體，有時橫過來寫幾行小楷英文字。塗改的地方，一個墨團跟着一個墨團。這名貴的一篇散文，或許竟是一篇詩罷，現在有許多青年在讀着，在玄想着；將來，永遠的將來，還是有許多青年，在讀着，在玄想着。

十五年前的事，還在腦中新鮮的活着。一個小兄弟在學校讀書，國文先生把這篇散文講解：「美，眞美，一切美文的代表作」「友鸞要我寫……」小兄弟回家來問我，「對的，是我，我應該有一篇東西記這麼一件事。」於是，把將要從我腦中溜走的記憶，又捕捉了回來，一個頎長朗照的人，一個富於溫情的——他本身就是一篇詩的人，他的影子在我眼膜上閃動。

主人呢？他的身體早已成灰，從高空散播到四方。詩人是這樣的化去；還有比這樣化去更足紀念的麼？

「總理正在開會」

前任加拿大內閣總理，R，B貝耐德，曾有一時期，內閣「祇此一人」，而氏性格嚴毅，辦事極端認眞。彼晨間有一習慣，好於花園散步，即於此時構思其一日間政務措施。一外國友人，欲與之語，而見氏漫行草地上，低頭深思，口中且喃喃不絕，似未嘗知有人伺於其側者。友人退而問其故於祕書，祕書啞然笑曰：「君不知乎？我總理正在開內閣會議也！」

（大地）

四位先生

老舍

吳組緗先生的豬

從青木關到歌樂山一帶等處，在我所認識的文友中要算吳組緗先生為最闊綽。他養着一口小花豬。據說，這小動物的身價，值六百元！

每次我去訪組緗先生，必附帶的向小花豬致敬，因為我與組緗先生核計過了。假若他與我共同登廣告賣身，大概也不會有人出六百元來買！

有一天，我又到吳宅去。給小江——組緗先生的少爺——買了幾個比醋還酸的桃子。拿着點東西，好搭訕着騙頓飯吃，否則就太不好意思了。一進門，我看見吳太太的臉比晚日還紅。我心裏一想，便想到了小花豬，假若小花豬丟了，或是出了別的毛病，組緗先生的闊綽便馬上不存在了！一打聽，果然是為了小花豬。牠已絕食一天了。我很着急，急中生智，主張給牠點奎寧吃，恐怕是打擺子。大家都不贊同我的主張。我又建議把牠抱到床上蓋上被子睡一覺，出點汗也許就好了。焉知道不是感冒呢？這年月的豬比人還嬌貴呀！大家還是不贊成。後來，把豬醫生請來了。我頗興奮，要看看豬怎麼吃藥。豬醫生把一些草藥包在竹筍的大厚皮兒裏，使小花豬橫銜之，兩頭兒向後束在脖子上：這樣，藥味與藥汁便慢慢走入裏邊去。把藥包兒束好，小花豬的口中好像生了兩個翅膀，倒並不難看。

雖然吳宅有些騷動，我還是在那裏吃了午飯——自然稍微的有點不得勁兒！

過了兩天，我又去看小花豬——這回是專誠探病，絕不為看別人。我知道現在豬的價值有多大——小花豬的口中已無那個藥包，而且也吃點東西了。大家都很高興，我就又就棍打腿的騙了頓飯吃，並且提出聲明：到冬天，得分給我幾斤臘肉！組緗先生與太太沒加任何考慮便答應了。吳太太說：「幾斤？十斤也行！想想看，那天牠要是一病不起……」大家聽罷，都出了冷汗！

馬宗融先生的時間觀念

馬宗融先生的錶大概是，我想，一個裝飾品。無論約他開會，還是吃飯，他總遲到一個多鐘頭，他的錶並不慢。

來重慶，他多半是住在白象街的作家書屋。有的說也罷，沒的說也罷，他總要談到夜裏兩三點鐘。假若不是別人都睏得不出一聲了，他還想不起上床去。有人陪着他談，他能一直坐到第二天夜裏兩點鐘。錶，月亮，太陽，都不能引他注意到時間。

比如說吧，下午三點他須到觀音岩去開會，到兩點半他還毫無動靜。「宗融兄，不是三點有會嗎？該走了吧」？有人這樣提醒他。他馬上去戴上帽子，提起那有茶碗口粗的木棒，向外走。「七點吃飯。早回來呀」一！大家告訴他。他回答聲「一定回來」便匆匆的走出去。

到三點的時候，你若出去，你會看見馬宗融先生在門口與一位老太婆，或是兩個小學生，談話兒呢！即使不是這樣，他在五點以前也不會走到觀音岩。路上每遇到一位熟人，便須談，至少，十分鐘的話。若遇上打架吵嘴的，他得過去解勸，還許把別人勸開，而他與另一位勸架的打起來！遇上某處起火，他得幫着去救。有人追趕扒手，他必然的加入，非捉到不可。看見某種新東西，他得過去問問價錢，不管買與不買。看到戲報子，馬上他去借電話，問還有票沒有……這樣，他從白象街到觀音岩，可以走一天，幸而他記得開會那件事，所以只走兩三個鐘頭，到了開會的地方，即使大家已經散了會，他也得坐兩點鐘，他跟誰都談得來，都談得很有趣，很親切，很細膩。有人隨便說了一句二黃，他立刻請教給他；有人剛買一條繩子，他馬上拿過來練習跳繩——五十歲了啊！

七點，他想起來回白象街吃飯，歸路上，又照樣的勸架，救火，追賊，問物價，打電話……至早，他在八點半左右走到目的地。滿頭大汗，三步當作兩步走的，他走了進來。飯早已開過了。

所以，我們與友人定約會的時候，若說隨便什麼時間，早晨也好，晚上也好，反正我一天不出門，你哪時來也可以，我們便說「馬宗融的時間吧」！

姚蓬子先生的硯台

作家書房是個神秘的地方。不信你交到那裏一份文稿，而三五日後再親自去索回，你就必定不說我扯謊了。

進到書屋，十之八九你找不到書屋的主人——姚蓬子先生。他不定在哪裏藏着呢。他的褥被是稿子，他的枕頭是稿子，他的桌上、椅上、窗台上……全是稿子。簡單的說吧，他被稿子埋起來了。當你要稿子的時候，你可以看見一個奇蹟。假如說尊稿是十張紙寫的吧，書房主人會由枕頭底下翻出兩張，由褲袋裏掏出三張，書架裏找出兩張，窗子上揭下一張，還欠兩張。你別忙。他會由老鼠洞裏拉出那兩張，一點也不少！

單說蓬子先生的那塊硯台，也足夠驚人了！那是塊是無可形容的石硯。不圓不方，有許多角兒，有任何角度。有一點沿兒，豁口甚多，底子最奇，四圍翹起，中間的一點凸出，如元寶之背，牠會像陀螺似的在桌上亂轉，這會一頭高一頭低的傾斜，如浪中之船。我老以爲孫悟空就是由這塊石頭跳出去的！

到磨墨的時候，牠會由桌子這一端滾到到那一端，而且響如快跑的馬車。我每晚十時必就寢，而對門兒書房的主人要辦事辦到天亮。從十時到天亮，他至少有十次過，一次比一次響——到夜最靜的時候，大概遠南岸都感到一點震動。從我到白象街起。我沒作過一個好夢，剛一入夢，硯台來了一陣雷雨，夢爲之斷。在夏天，硯一響，我就起來拿臭蟲。冬天可就不好辦，只好咳嗽幾聲，使之聞之。

現在，我已交給作家書屋一本書。等得到版出，我必定破費幾十元，送給書屋主人一塊平底的，不出聲的，硯台！

何容先生的戒煙

首先要聲明：這裏所說的煙是香烟，不是鴉片。

從武漢到重慶，我老同何容先生在一間屋子裏，一直到前年八月間。在武漢的時候，我們都吸大前門或使館牌；小大英似乎都不夠味兒。到了重慶，小大英似乎變了質，越來越「夠」味兒了，前門與使館倒彷彿沒了什麼意思。慢慢的，刀牌與哈德門又變成我們的朋友，而與小大英，不管是誰的主動吧，好像冷淡的日甚一日。不久，刀牌與哈德門又與我們發生了意見，差不多要絕交的樣子。何容先生就決心戒煙！

在他戒煙之前，我已聲明過：「先上吊。後戒煙！」本來嗎，「棄婦抛雛」的流亡在外，吃不敢進大三元，喝麼也不過是清一色（黃酒貴，只好吃點白乾），女友不敢去交，男友一律是窮光蛋，住是二人一室，睡是臭蟲滿床，再不吸兩枝香煙，還活着幹嗎呢？可是，一看何容先生戒煙，我到底受了感動，既覺自己無勇，又欽佩他的偉大；所以，他在屋裏，我幾乎不敢動手取煙，以免搖動他的堅決！

何容先生那天整睡了十六個鐘頭，一枝煙沒吸！醒來，已是黃昏，他便獨自走出去。我沒敢陪他出去，怕不留神遞給他一枝煙，破了戒！掌燈之後，他回來了，滿面紅光的，含着笑的，從口袋中掏出一包土產捲煙來。「你嘗嘗這個，」他客氣的讓我，「才一個銅板一枝！有這個！似乎就不必戒煙了！沒有必要！」把煙接過來，我沒敢說什麼，怕傷了他的尊嚴。面對面的，把煙燃上，我倆細細的欣賞。頭一口就驚人，冒的是黃煙。我以為他誤把爆竹買來了！聽了一會兒，還好，並沒有爆炸，就放胆繼續的吸。吸了不到四五口，我看見蚊子都爭着往外邊飛！我很高興。既吸煙，又驅蚊，太可貴了！再吸幾口之後，牆上又發現了臭虫，大概也要搬家，我更高興了！吸到了半枝，何容先生與我也跑出去了！他低聲的說：「看樣子，還得戒煙！」

何容先生二次戒煙，有半天之久。當天的下午，他買來了烟斗與烟葉。「幾毛錢的烟葉，夠吃三四天的，何必一定戒煙呢！」他說。吸了幾天的煙斗，他發現了：（一）不便攜帶；（二）不用力，抽不到；用力，煙油射在舌頭上；（三）費洋火；（四）須天天收拾，麻煩！有此四弊，他就戒斗煙，而又吸上香烟了。「始作煙捲者，其無後乎！」他說。

最近二年來，何容先生不知戒了多少次煙了，而指頭上始終是黃的。

龍橋漫錄

副墨

畫黑稿

近聞羅鈞任文幹病歿於樂昌，鈞任服官垂三十年，在民國以來官吏中，實不媿爲一好官。民初任總檢察官，即有強項名。嗣嘗任北京政府財政總長。國府奠都北下，先後任外交部長及司法行政部長。抗戰前，司法行政部由司法院改隸行政院，始自劾去職。某部常費而外，月別領公帑若干，供特用，有羨餘，例歸部長。鈞任長某部十數月，獨一無所取，還諸公家者聞達數十萬。其長北京財部，亦未嘗於廉俸外有所沾染。當時曾因處分奧國借款案，被劾入獄，負貪黷之名。顧此案實次長某與一司長所主持，鈞任初無所知。鈞任無他嗜，惟好飲白蘭地酒，往往以此當茶。日常公文，不自審核，輒畫黑稿。（清季，各部尙侍對於公牘，見主辦者署押牘尾，即便判行，不問內容。或他人業經判就，不得不隨同署銜，皆謂之畫黑稿。）某次長司長諗知鈞任素習，擬就處分此案文稿，乘其酬醉，持請判行，鈞任果照畫黑稿。事發，取閱原稿。始知所擬辦法，大違其向所主張，然已莫由自解。鈞任因此入獄負謗，而某次長與司長則皆囊橐充盈。坐擁鉅貲矣。未幾，事亦大白。鈞任經此挫折，酗酒晝黑稿之習，仍不稍改，惟長外交及司法時，特注意精選代為核稿之人，蓋終不能無戒心也。以吾所知，順德胡子賢祥麟，侯官嚴伯玉璩，皆嘗為鈞任延致左右，代為核稿，二人固晚近不可多得之才，頗能弼助鈞任，鈞任亦甚禮重而信任之。故雖仍晝黑稿，而終未再蹈長財政時覆轍耳。鈞任家非富有，廉俸不足於用，惟藉夫人奩資為挹注。（聞夫人為華僑某氏女，嫁時，其父斥資五十萬與之）近年鈞任任粵中某大學教授，淡泊自甘，以逮沒世。其族人多營電影業，某公司羅明佑即其猶子也。

哈同夫婦

滬上猶太富商哈同，十年前病歿。其管事者姬某為經紀其喪事，特請碩果僅存之遜清狀元劉春霖題主，並請榜眼夏壽田（是否夏氏，抑為鄭沅，已不甚記憶。）探花商衍鎏襄題。別延翰林四人為陪從，餽劉萬金，夏商各五千，四翰林各二千五百，一時傳為盛舉。（其後劉在平津為人題主，至少非五千金不應，幾成定價）。哈同無子。訃文列期服義弟姬某，亦屬創聞。比傳哈同之婦羅迦陵月前亦已謝世，經紀其喪者，當然仍屬姬某，道遠未見其訃，不知以何人為喪主。若仍列姬某之名，照夫兄弟服制降等之例。其稱謂恐須改作功服夫義弟矣。可發一笑。

哈同故時。遺產尚不過二三萬萬金，遺囑歸羅迦陵執管。哈同族人爭執，曾起糾紛。現遺產傳已逾八萬萬。未審遺囑歸何人承受，但爭產者大有人在，比已發現兩種遺囑矣。

哈同以沙遜洋行司閽起家，馴成鉅富，至死愛錢如命，惟自以一己之富，全由其夫人羅迦陵金飯籮坐命而幫夫運旺有以致之，（世俗以婦女佳運旺能利其夫者，爲有幫夫運，亦謂之金飯籮坐命，哈同雖異族，乃亦深信吾士星命之談。）故愛之特甚。築園於滬西靜安寺左近以居之。園中屋宇及一切布置。極檀欒金碧，婀娜蓬萊之致，所費無慮百數十萬，不稍靳惜。命爲愛儷，以示爲羅築也。

哈同未大發達時。嘗眷一木匠婦，此婦旣積得一二萬金。卽薦一縫洗婦人自代。自此婦人歸哈同，哈同營業乃更蒸蒸日上，此婦蓋卽羅迦陵。愛儷園成，木匠婦目睹羅之享用有非王侯所及，輒自歎福薄。

愛儷園中，有庵，有廟，有祠，有僧尼兩衆，有童男女，有淸宮之太監，有斗方名士，有無聊文人，並蓄兼收，陸離光怪。自淸季以後，尤爲失時政客下台軍閥祕密黨人藏身之所。惟此等人，隨時代之轉移，此來彼去，有類走馬燈耳。

哈同之發財，不獨由於貿易，（主要自爲經營地產）下台軍閥有以鉅產寄於哈同名下，託其經管，以圖保全者，往往爲所乾沒。聞之友人，瑞澂，楊善德遺產，入哈同之橐者，爲數卽已不貲云。

段祺瑞

合肥段芝泉祺瑞，勇於負責，性殊率直

，猶有淮泗宿將風度。元年任陸軍總長，入見其在部中多仍遜清兵部體制，輒以腐敗官僚目之，迨代唐少川爲國務總理，參議院以張方二人被殺案向政府質問，段於羣相詰責政府出席諸人窮於辭辯之際，挺身而出，坦白自陳，願尸厥咎。謂無論殺張方爲何人所主，吾既代總責任內閣，自應由吾負責，即請依法彈劾，敬候處分。諸議員聞言，對段轉多相諒，一時羣議頓息，時論乃亦深相讚歎，以爲有異弇婀者流，絕非當時秉政諸人所及。段以性直，對部屬陳事，有不謂然者，輒面斥其非，時復雜以俚語如放屁放狗屁之類。甚或著之簡牘。段爲邊防軍督辦時，命吳子玉率師南下攻湘，吳請以抵長沙爲止，段許之而後行。吳既達長沙，段命再進。及抵衡陽，吳電陳自此以南多山，山行非北軍所習，兩軍犄捷，未易取勝，因力主適可而止，不宜更前，段得電，乃於紙尾大書放屁二字，祕書某即以奉督辦批放屁等因復吳。吳大憤，遂迴師北指，通電討段。時嘗有人取材此役戰事，撰述小說，因即戲以屁禍爲題云。

今之高常侍——章行嚴

唐詩人高適，五十後始爲詩，卒以名家。長沙章行嚴，早歲即以文章著譽，自民初主編甲寅雜誌，尤有文壇虎將之稱。其選譯西方文字，候官嚴文惠先生後，殆不多見。顧詩初不輕作。目前歲入蜀，乃始以詩爲日課年餘積詩已數千首。行嚴常謂，古人於詩，必經二三十年多讀多作之功，始克有所成就。吾往者非不爲詩，不暇畢力專功以致之耳，古人二三十年之所更歷，吾今將於二三年間畢其事。故人一己十，人十己百，日孜孜從事於此也。行嚴富於思想，所爲詩，縱橫兀奡，往往不能盡以繩墨拘。願意境多絕勝，有非古人所及。人以行嚴致力於詩較晚，輒以今之高常侍呼之，實則行嚴已六十，更遲高適十年也。

秋初，行嚴游桂林。遇臨桂詞人朱琴可輩，（琴可詞宗四印齋標半塘翁重大拙之旨號爲臨桂派）忽又大動詞興，經月所填逾百闋，寫爲灕江集，郵示余。其佳者，奄有蘇辛豪放晏秦旖旎之長，賢者固無所不能歟？集中有憶舊游一闋云：「別侯生未久，曾記相逢，」一，謂香君。幾度秦淮暮，向河房深靜，喜環珮留魂，嬉游何止年少，豔色重高文。歎老矣而今，殘槃破屋，獨詠黃昏。紛紛，許多事，早情傷遠水，意淡歸雲。三歲渝州月，憶上淸路近，照徹淸塵。偶然心力抛却，好句尙同珍。祇故國寒沙，夢縈江左無限春。」余和之云：「喜秋鴻訊至，極目寥天，正爾思君。半老灕江集，便拈來信手，儘穀銷魂。眼中裙屐幾許，誰共細論文？自別後山城，總難消遣，洞裏朝昏。繽紛，少年事，漸浮光斂影，墜雨辭雲。依舊秦淮月，從畫樓人在，忍話前塵？倦游卅載歷歷，多謝數家珍。待開到芙蓉，一尊同賞八面春」。渝州十月，木芙蓉盛開，左右八面春者，其花大似吳中八面觀音千葉蓮，行嚴極賞之，行嚴嘗約夏歷十月還渝，末故及之。行嚴後以虞美人二闋見答云：「去年識芙蓉面，澗底溪邊見。今年看桂入炎洲，八樹咸巖古說動今愁。元來花信奔如箭，催促駒光換。若教年歲不如流，應得桃花人面記從頭。芙蓉不逐東風去，還認秋來路。似能結識過來人，往日金剛坡上意相親，侯生曾設香君誤，問卻尋花侶，可憐祇死憶吳門，除了觀音人面不成春」。

行嚴豐神儁逸，少有衛玠之目，清光緒末，海上詩妓李蘋香，最屬意行嚴，嘗與論嫁娶，後為黃秀伯量珠聘去，而行嚴亦別娶吳北山先生女公子若男女士。顧至今行嚴與人談往事，猶時時及之。秀伯納李數年即別有所眷，置之滬上與一女傭及女傭生女同居，衣食往往不給，秀伯既歿情境益不堪矣。詞中一再引香君，蓋即詠蘋香舊事耳。

准許報紙檢舉官史

龍橋漫錄

清制，御史可據風聞奏事，彈劾百官，不實不受處分。即觸上怒，至多罰回原衙門而已。（清代御史，大都由翰林中書等考取，或知縣行取。）某君光緒末，以進士任法曹，朱桂華任京師外城巡警廳丞，汲引為僉事。時警察初創，一切章制，多出某手，處事常博采輿論，特重民意。民國元年，長司法部，草訂檢察章程，仿清御史風聞奏事例，特立一條，檢察官得據報紙記載，檢舉官吏，依法起訴。蓋以改革之始，內外官僚，不免猶承前朝弊習，意欲藉此使知畏民岩，顧清議，不敢不勉為好官。越三四年，某君長交通部，北京報紙摭拾里巷傳說，攻訐及某。時任京師高等檢察官者，為楊補塘蔭杭，素不以此條為然，亦知報紙所載為莫須有事，顧遽出票逮某。標明罪案依據報載，曰：

，姑請君入甕耳。某得票，已忘前事，詫云。那得不察事實，僅憑報載，即便拘人。左右曰：檢察章程有此規定，檢卷視之，則此條固猶某親筆加入者。或謂此實蔭杭有意相謔，可不理。某正色曰：既法令有專條，況由吾所手定，豈可規避壞法，而自隳所守乎？卒投案，依法申辯，得白乃已。時論皆以守法不私稱之。然此項規規，自是亦從未再有援用者云。（其被援引實祇此一次）

賓師與屬僚

清代各省督撫幕府中，參密勿司筆札者，稱文牘，多用關書聘請，待以賓師之禮，自李鴻章總制北洋，張之洞總制湖廣，文案改以札委，稱委員。各省相繼仿行，於是大府文案盡成屬員。賓師之禮頓廢，疆吏不復能聞諫諍讜直之言。爲文案者懍堂屬之分，遇事惟有唯諾而已。吾鄉許復庵先生珏，講理學，重氣節，平生最服膺鄉先哲高忠憲顧端文二先生。光緒間，以舉人隨薛庸庵先生出使西洋，洊保至府。歸國後，入張之洞幕府。清制，朔望屬僚參謁大府，知府以下例須站班，（道員名列監司，得免站班），許雖爲文案委員，以在府班，亦不得免，因是拂袖而去。旋入都納粟過道班，改發山西候補。後自義大利公使卸任返里，每與余談及此事，猶深慨歎，謂末俗不知禮重士君子，此政事所以日窳，士習所以日媮也。

三不會六不會八不會

民元之春，吳稚老倡設進德會於南京，意在使人砥礪德行，矯正末俗，殆即開今日新生活運動之先河。會章以三不爲普通會員必守之則。三不者，不賭博，不納妾，不狎邪。更進則加不吸菸，（常問稚老，何以不列不吸鴉片一項。曰鴉片爲國法所禁，何待自列戒條）。不飲酒，不食肉。（肉之湯汁不在不食之列）爲六不。更進復加不作官，不作議員，爲八不。當時入會列名三不六不者甚衆。八不則稚老本人而外，僅有二三人。嗣蔡孑民於北上迎袁途中，復發起一會。即取進德會八不，去不作官，不作議員，逕名之曰六不會。附和者亦頗不少，汪逆精衞同在發起之列。迨民國二年，兩會會員恪守戒條終始不渝者，祇餘吳蔡二人。而汪亦頗以狷介自飭。時人月旦，乃有民國一個半君子之目，半個蓋指汪耳。吾友某君常謂，察汪之行，此半個頭君子，恐終難保，殆隱然知此半個君子亦屬僞而非眞。汪於九一八後所倡一面交涉一面抵抗兩語，實即足以狀其生平品性。今蔡已高朗令終，稚老則更巍巍如千丈之松，沍寒彌茂。而汪不獨早如吾友所言，晚節莫保，且竟喪心病狂，甘爲漢奸矣。

王勍劾陳振先

民國初年，北京陳七奶奶案哄傳一世，於當時大僚多所牽涉，輿論尤指摘農林部長陳振先。主事王勍頗負才望，夙爲陳所器重，至是乃具呈府院劾陳。正直敢言之聲震中外，王旋以此罷職，時人尤爲不平，羣以清流許之。旣歸無錫，得爲商會會長，漸沉溺於嫖賭。近年陳從事農業，於抗戰建國貢獻至多，尤以樸實作事著稱。死後，朝野莫不歎惜。而王勅今方且投靠於僞組織，以得一廁身某某委員，月受薪水公費，日歌功頌德於汪逆之側。其前後行誼，相去寧可以道里計。人之賢不肖，信非蓋棺不易論定也。

藤堂調梅案

遜清光緒丙午歲，有藤堂調梅者，由日本至北京。以日人某之介。寓中華報館，恆自稱爲西太后之私生子，自幼育於日本。清室聞而惡之。以籍日本無如之何。民政部初立，徐世昌爲尚書，設探訪局於京師。總辦某氏，急欲見功，察藤堂貌有與某革命巨子照相相似處，密告徐，此人實即某，來此密圖革命耳。徐信其語，命率探兵捕擊之。中華報館主人杭辛齋知藤堂固日本人，（或謂朝鮮浪人）乃告之日本使館，日使立向外務部交涉，坐索此人，卒交日使，遣返日本焉。藤堂究爲何如人，詭稱西后所生，用意何在，至今傳爲疑案。辛齋於中華報記述此事，對某氏頗致譏嘲。某氏初無實官，爲探訪總辦時，僅捐有縣丞職銜，而人皆尊之曰大人。辛齋報端稱引，乃連綴其虛銜，以縣丞職銜某大人稱之，某氏尤恚恨刺骨。其後中華報被封，辛齋及彭翼仲（同爲中華報主人）身陷縲絏，幾喪其生，蓋已種因於此已。（中華報案另記）

咬文嚼字得禍

近日報載，西安東關八仙庵附近長樂坊廢墟掘出鐵匣一具，內藏黃金六百餘兩，其地為唐興慶宮故址。宮燬於安祿山時之亂，黃金當尚是祿山亂作時所藏。按唐興慶宮，為當時命婦朝見之所。因憶光宣之際，廣西臬司某母壽。某觀察以緞幛綴興慶首行四字壽之，意蓋譽之為命婦第一流也。某甲與觀察夙有隙，見此，遽謂臬司曰：某觀察實以俗諺所謂婊子養的詆公耳！臬司詫問所以。甲云：觀察以宋妓李師師喻太夫人，非即謂公為婊子所養耶？蓋宋時李師師之所居與慶院，（稗史一作慶興）正與觀察所引唐宮名相同。甲乃獨舉師師院名告臬司，復撫周清真在師師院中所作詞，低聲問向誰行宿句，謂誰行，伊行。娘行，為當時妓院習用之語，首行固復類是。臬司憤不可遏，至欲持刀覓觀察殺之以為快。雖經多人疏釋，恨卒不解。終臬司之世，觀察未敢與相見，時瀏陽劉蔚廬先生在桂林，亦常詳述唐宮故實，為之剖辯，顧臬司堅信某甲之說，蔚廬先生每與人談及，輒引此事為文字應酬，輕於用典，及好咬文嚼字，自炫淵博者戒。

胡學伸謀取日本動員計畫

遜清自庚子拳亂以後，極意振興武備，每年派遣學生留學日本士官學校。顧校中授課，凡遇重要科目，或一科目中之重要關節，輒令吾國留學生退席，不得與其本國學生一同聽講。日人氣量褊狹，根於種性，此亦無足深怪。軍事動員計畫，亦爲祕莫如深之一。宣統元年，士官第某期留學生湘人胡學仲，入某聯隊見習，以酒食結交隊中經管動員計畫册籍者，（日本軍隊動員計畫以聯隊爲標準）得乘隙分次潛取抄錄。書共十六册，每次二册，抄畢送還抽換，迄未發覺。一日，胡自隊中換取歸宿所。門首遇聯隊長，略露張皇之色，聯隊長大疑，亟事檢查。遂於胡之宿所獲一抄册，原書別於海濱石穴中起出，已爲最後兩册，詰以其餘抄本，則已陸續寄回陸軍部矣。於是胡氏乃被拘押，議交軍事裁判，處以盜竊軍事機密之罪。時駐日公使爲歸安胡馨吾惟德，力向日外務省交涉營救，結果，改送普通法庭，僅判監禁若干月。士官校長頗器重胡，既判決入獄，仍遣教官時詣獄中，講授修習未竟之課程，使畢其未畢之業。光復時，胡始被釋返國。十餘年前，尚見報載胡爲湘中某師副師長，今久不知其行止矣。（聞淸季治軍者，多不知動員如何計畫，知有動員計畫，殆自胡氏偸抄寄回始云。）

自胡案發生，士官教師恆對吾國留學生言，軍事學術，各國類各有其必須嚴守之機密，外人如欲得之，惟有設法盜竊，否則終如得櫝遺珠，吾等留學德國軍事學校時，莫不千方百計，日孜孜焉竭全力以從事於此，不幸事發，聽交軍事裁判，甘受死刑，絕無異言，汝輩中僅一胡學仲，知由此道求有所獲，一旦事發，公使乃爲費盡九牛二虎之力，求免軍事裁判。今後軍事機關防範自必愈嚴，盜竊自必愈難。汝輩繼此能否更有所獲，亦視汝等本領如何矣。日本人好爲狗偸鼠竊之行，凡不道德之事，施之於外人，其國輿論輒目之爲愛國，轉以懿行許之。馬歌尼無線電初發明時，某海軍軍官化裝竊取無線電機藍圖於義大利軍艦，仿造用之於日俄戰役。及日俄戰時，某大將知俄國波羅的海艦隊駛經安南，必暫停泊，預遣其艷妻至安南作娼妓，伺其過，設法誘引其司令，竭意媚惑之，遂悉其由越啓椗之期，預電乃夫，得遣巨艦邀截之於旅順口外，擊敗之。二事，至今其國人猶常自誇矜，以爲無上光榮之舉。三十餘年前，僑居東京，嘗有一日人爲余言，禮義廉恥，誠爲國之四維，顧非所論於國外，是亦足以證其種性不同於今世文明諸民族耳。

火柴盒東京

龍橋漫錄

日本三島多火山，隨時有地震發生，舊式屋宇，不但矮小，且全用木板建築，其製絕似火柴盒。（屋架有木底，頂雖覆瓦，亦極薄。）取其輕而不易倒塌，即倒，不過如木盒欹側，人處其中，不至被壓。街左之屋，往往可用曳重機整棟曳至街右，不必拆卸重建。至磚石及水泥鋼骨之屋，必將屋柱深植地中，尺度與矗立地面者差相等，方不至動爲尋常地震所震倒。（強烈地震仍難支撐）。顧所費特鉅，殊非普通人家所能任。三十餘年前，余客東京，所見屋舍，僅衙署鉅肆有以水泥磚石建築者，此外什九皆火柴盒也。大地震後，通衢建築雖已略有改善，而全市火柴盒仍居大多數，日本地形，本爲飛行家所共認爲轟炸最好目標，其屋子構製又如此，苟有轟炸機數十飛入東京上空以燒夷彈餉之，全市頃刻可成灰燼。今彼首先襲擊英美，美國空軍既佔絕對優勢，寧不即圖報復，攻彼本土。火柴盒東京之將化爲烈焰，恐亦旦夕間事耳。

譯學館與梁鴻志黃秋岳二逆

清季譯學館所招學生，有所謂福建三才子者，最爲章一山太史梫所賞。（章初爲總教，後繼朱桂莘爲監督）。曰黃濬，曰梁鴻志，曰曾念聖。（梁又嘗入仕學館）黃梁兩逆並爲陳石遺詩弟子，曾亦能詩，黃逆時年最幼，（入館僅十四歲）一山尤稱其擅駢體文及五言排律。梁逆刻意學荊公，得其貌似。習法文：每斥林琴南所譯茶花女未能曲盡其妙，謂彼若譯之，必遠勝琴南，其夸毗類如此。曾字風持，又號次公，性情褊隘。亦喜以文字自矜，嘗爲張漢卿軍團部秘書長。會奉直戰爭，直軍以飛機襲榆關。曾聞轟炸聲，驚惶失措，頭頂椅墊，匿庭角，以爲可不爲炸彈所傷，殊足發噱。曾後入于學忠幕，隨于度隴剿匪，張每遇之，猶必問，今尚須借重椅墊否？用相嘲諷，此三人中，黃最貪鄙，戰事將興，首甘心爲敵國作間諜。與同謀族戚數人，駢戮市朝。事發鞫訊時，讞員問黃汝嘗爲文，歷數古來漢奸賣國之罪，（黃有此文，刊某雜誌）。何至躬自蹈之？曰：錢不夠用耳！充此求錢足用一念，世間何事不可爲，眞可謂喪心病狂之尤。

黃逆旣誅年餘，梁逆乃爲南京僞組織，所謂維新政府之傀儡，旋與汪逆精衞合流。惟曾近年出處，不甚爲人所知。近聞亦早已從北平僞組織王揖唐討生活矣。此三人同學校，同鄉里，同負才子之名於盛年，而竟白首同所歸。豈文人固多無行耶？良可喟已！

客歲，梁逆失其維新僞府，報載其感懷一律，有心似勞薪寸寸灰，及鞭笞六國尋常事，祇惜秦人不自哀句，余常戲和其韻云：澆愁無計遣深杯，牛首邱山總莫迴。見說黃衫曾有約，寧知蠟炬竟成灰。江湖滿地歸何處，傀儡登場惜此才。便汝眞應吟不闋，等閑翻爲暴秦哀。十年前。梁僑居滬瀆時，常與人書云；但得黃衫草履，徜徉具區之間，於願足矣。又民國二年，梁臨兒生日詩有云。我躬不閱遑憐汝，（時梁已爲法制局參事，初非不得意，見者嗤爲無病之呻。）吾詩故並及之。

黃濬未就戮前，嘗得鄭孝胥書，與論汪精衞，媵以一詩，隱然有招往長春共圖恢復清朝之意。黃逆以置汪案頭，試窺其意，汪逆見之，微笑不語，取納衣袋，不特未以爲忤，抑若有默契也者。君子觀微知著，汪之叛國，蓋不始於潛離陪都之時。當其口唱一面交涉，一面抵抗之際，居心固已不可問矣。

張之洞氏之好名

南皮張文襄之洞，任湖廣總督甚久，戊戌政變後，嘗著勸學篇，痛斥當時所謂新黨。南海何沃生爲勸學篇書後駁之，刊入所撰新政眞詮中。張見屬員，常以近讀何書爲問，候補知縣某甲以讀勸學篇對，並略舉書中要旨，進諛頌之詞。張嘉其善讀己書，委以釐差。他日某乙晉見，亦知縣之候補者，詢及讀書，乙固知甲以讀勸學篇得差，顧倉卒無以爲對，僅憶嘗於友人几案間，見新政眞詮一書中有勸學篇書後，初未涉獵書中隻字，以爲必爲讚揚勸學篇而作，則稱近惟恭讀勸學篇書後。張聞之默然。少頃。遂端茶送客，蓋疑乙意存譏諷也。繼思甲既委以釐差，乙之相識，若竟不予拔擢，人將議己量之不廣。乃即飭藩司委署縣缺，乙退，覓書後讀之，方惴惴自危，及既得缺，喜出望外，而猶以爲憲意莫測焉。語云，三代以下惟恐不好名，張氏所爲固不足爲訓，顧其氣度，求之叔季之世，亦已不可多得矣。

喜多賣秘密

光緒庚子拳亂以後，清廷注重興學練兵，多延日人爲教員。自京師以至各行省，文武學校，及督練公所，幾無不有日人廁身其間。當時在保定陸軍速成學堂將弁學堂任教官，並督練公所參謀顧問者，有多賀寺西等。方日俄未戰前，以中國曾密與俄國約定，不使外人參與軍事教育，故此輩均服當時中國軍服，於貂纓大帽上綴假辮。並改中國姓名，詭作中國人，而一面兼爲彼本國從事間諜工作焉。迨戰勝俄國，日人已無所顧忌，然以便於間諜工作，若輩在學校或軍隊中者，均仍多以中服章身，以圖魚混。

顧同時，亦有日人作中國間諜，出賣其

本國祕密者，以吾所知，喜多其一也。（非近年在華北任司令之喜多）喜多畢業日本陸軍大學，供職參謀本部，以專將人囹圄，泅水得脫。至中國北京，願貢其所知軍事祕密。乃更姓名爲某某，入籍爲中國人。丁慕韓（錦）時爲練兵處諮議官，任照料，爲賃寓所於東單牌樓三條胡同，延通日文者數人，分譯祕密文書册籍及各種軍事著作。並於二等茶室中買一妓配之，其人固樂不思蜀矣。未數月，忽爲日使館憲兵刼之以去，所携軍事祕籍兩箱亦被掠。是人押至天津便遭槍斃，聞向使館告密者，即參與編譯之人云。

楊士驤

泗州楊文敬士驤，光緒丙戌翰林，戊戌始以道員分發廣東，歷受李文忠袁項城知遇，不十年。洊至開封，終於直隸總督任。其補直隸過永道，歷直隸臬司藩司，山東巡撫，而任直督，皆出項城力保。文敬每晉一階，項城不獨專摺奏保，且爲行賄於當時枋政之慶王及權閹李蓮英輩，故能每保必准，而文敬遂得扶搖直上。文敬初不自知，任直督時，蓮英有所求於文敬，極言前所贈珠串之美，文敬茫然，多方訪察，始盡悉個中情事，因益銜感項城。戊申八月，項城五十誕辰，時項城尚在軍機，文敬幕府吳某爲撰壽文，先以就正於侯官嚴文惠先生。文惠訝其文多浮泛頌揚，初無感恩知己之語，吳曰：朝臣多傾擠項城，恐不久將覆敗，不能不預爲之地也。文惠既爲點定，吳持見文敬，文敬亦謂措詞殊不應爾。吳述文惠語，因復請文惠易之。舉項城迭為行賕謀官諸事密告文惠。且曰，尊論實獲我心，受恩如此，寧能僅以膚廓之詞進。他日項城果敗，雖受株連，所不辭矣。

李鴻章督粵，文敬為掌疏奏，初尚無所表見，會有殺姦一案，某甲婦為乙姦誘，偕逃至粵，甲於三年後蹤跡得之，殺姦夫婦於途，事在李未蒞粵前。清律，殺姦自首，刑祇笞八十而已，但律載明，須在姦所將姦夫姦婦登時殺死，始免論抵。歷任大吏憫甲所為，欲為超脫，顧援引此律，中奏清廷。輒為刑部所駁。以甲殺其婦及乙，既不在姦所亦非登時也。案懸數年不決，李蒞任，濟理積案及此，文敬仍援此律為草奏章，中有句云：竊婦而逃，隨地皆為姦所，三年始獲，一見便是登時。部議無以難，遂成定讞。此摺傳誦一時。李尤極歎賞，文敬見重於李，蓋自此始。庚子之役，李調直督，任議和大臣，以文敬為隨員，益倚之如左右手。及項城繼李督直，奏留文敬，馴致大用，蓋亦因文忠之重而重之耳。

文敬敬禮賢士，猶有先輩風度，在清季督撫中殊不多見。督直隸日，嘗聘嚴文惠先生為顧問，館之於學務公所，（後為河北公園）有事相諮，往往親自臨晤，或遣文案吳某就商。間以安車迎先生至督署，敬之如上賓，相見必稱先生。奉手乞教，恆謂生平所最敬服者，惟侯官先生耳。時慨中國之弱，由於甲午海軍之殲而未復，用文惠言，上振興海軍疏，即請文惠屬草，洋洋數千言，擘畫至為精詳。且皆切實易行。疏上，格於廷議，留中而已。余時方客天津，嘗見此草，後余游日本，文敬與余書猶常涉及此事，深致歎惋。

文敬爲先姑丈王公幼綸摯友，二表兄娶文敬之姪，余童時主姑氏家。數數見之。及余肄業保定東文學堂，文敬方爲直隸藩司，並舉堂督辦，每考詢功課，深蒙器賞。擢東撫後，遇姑氏家人，輒復殷殷以余之行止相詢。陛見入都，知余掌教陸軍小學，特先過訪，相與論議政事學術，勉以蔚爲大器。余既爲鐵良良弼所齮齕，舍之東游，文敬則以調查日本教育委員相委，爲謀留學之資。知遇之感，沒世不渝。顧忽忽三十餘年，文敬之墓木已拱，而余終一無成就，有負殷期，回首前塵，祇增媿恨。

王克敏之眼

王逆克敏嗜博而兼好色。民初，小阿鳳母女負豔名於燕市北里，克敏納其女，王揖唐娶其母，固嘗喧傳一時。顧克敏雖納阿鳳，仍好狎邪，嘗因以染惡疾，竟致瞽其一目。任北平政務委員時，入中南海辦公室，誤撞玻璃隔扇，碎其眼鏡，傷及未瞽之目。玻屑入眸子，雖終取出，而已不復能視，遍延名醫治之不愈。初雖不能視，尚有一線之明，旋經某國眼醫剖治，且並一線之明而失之，於是兩眼全盲。人皆以王瞎子稱之，王亦自安於瞎矣。乃更歷數月，惡疾致瞽已久之一眼，忽漸有光，卒能覩物作書，而撞傷之眼盲如故。豈作漢奸亦有前定，天故留其隻眼，俾不致以瞎子而喪其傀儡資格歟。

俾斯麥和狄思銳利

嗣曾

俾斯麥和狄思銳利，德英帝國的兩大權相，在十九世紀的八十年代，分掌着陸海霸權。全歐洲的人們都在候望顏色，作爲政治的定風針。

這兩位風雲際會的天之驕子，卻屬於絕對不同的典型。

俾翁魁梧奇偉，身長六尺二寸，體重二百磅。狄相瘦削多病，面色蒼白，好像一陣風都能吹倒的樣子。

兩人都得到君主的無上寵任，可以放手作事，俾翁所博得的是威廉老帝軍人的坦率信賴。說明白一點，老帝有一些怕他。維多利亞女王所給予狄相的，乃是女性的溫柔愛撫。高年女王，每早親自採擷鮮花，送給他所摯愛的首相。我們今日披讀老帝和女王寫給兩翁的私札，字裏行間，充滿着諒解，信任，安慰，愛顧。君臣相悅，水乳交融，眞是政治史上的美談。

俾翁早年讀書很用功，尤愛莎翁名劇，壯歲後政務繁忙，懶於閱讀，狄相卻是舉世知名的學人，辯才無礙，還寫下許多可讀的名作。

只有一件大事，狄相趕不上俾翁。俾翁從三十六歲做大使起，直到七十五歲辭去首相，盤礴四十年一帆風順，沒有半天賦閒。狄相三十九年的政治生活卻有三十二個年頭在野。當權的時期，只佔全部政治生活的五分之一。

在柏林會議（一八七八年六月召集，解決英俄爭端）中，俾翁深深地認識了狄氏的天才。他認爲，這位英國的猶太老人，知人善辯，見理明白，懂得政治的實際。在會議席上處處予以便利，使其如願以償。同時，心頭卻浮上一片陰影，在歐洲的政治舞台上，還有這樣一位「伯仲伊呂」的人物。狄氏也十分仰慕俾翁，只是有點厭倦他那種滔滔不絕的獨白。

狄氏臨行，俾翁向他索取照片一幅，鄭重地掛在客廳裏面。這是第三張。那兩張：一個是俾翁奉若天神的威廉老帝，一個是他五十年熱愛不衰的賢妻。

天才的光彩，在俾翁心中刻下永難磨滅的烙印。

作家

希臘有三位哲人都想做一部勸世善書：

一位哲人勸人沉默，一寫便成了三大厚冊。

一位哲人勸人勿說謊，書中舉了許多名人的誠實故事，後來被人證明爲不確。

第三位哲人想做一本書勸人勤學，可是一直到死還未寫出一個字。

晚報與雜文

玄圃

近來朋友們談話常愛提到晚報上的材料。

記得一二八的時候，人人都爭着買晚報看，那是由於急着看淞滬抗戰的消息，因此大美晚報和大晚報非常風行。

到重慶以後，大張的日報多得看不及，新聞差不多，社論與專論，一般讀者的理解與興趣又不甚一致；倒是「渝市點滴」之類，有時和人們一息相通，新民晚報出來了，立刻把握了大量的讀者。公務員，商人，自由職業生活者，學生，家庭婦女……

這與迫不及待地搶看軍情不同：要聞並不多，可是，市民須知的社會動態，家庭注意的煤價肉價，這一天大街小巷的軼聞，都有；而實際使人愛好的却是豐富的雜文。

小標題，小方塊；這裏面有掌故，有幽默，有暴露，有呼號，有你所要問的，有你所要說的，可是不要你多的時間，不要你多的準備知識；不硬牽着你的鼻子向任何一個角落裏走，也不用大話來嚇倒你。

但，也許有些學者認爲它淺薄，專家認爲它零碎，有些青年嫌棄它無原則，英雄們討厭它『洩氣』，而高人雅士則說是太庸俗，這也各有理由，要注意的是，大多數人的意識不能太離遠了他們的實際生活。在淪陷區打着游擊戰的人才更欣賞「鐵流」「潰滅」；在後方住久了的人又要讀起屠格涅夫柴霍夫來了；不嫖不賭，看不懂「九尾龜」；認不出這世界國家必經的一串彎路的人，你和他講未來的新世界，等於聖經上的天堂。而這裏，連載的通俗小說裏却有着他每天接觸底人物，雜感隨筆中宣洩了他心底的聲音，他顧不得淺薄，零碎，庸俗，因爲他們的生活本不怎麼「深刻」「完整」「高雅」，長年陪伴着「等因奉此」的公務員，終日依傍着櫃台賬桌的商人，離開學校就和老媽子小孩不可分離的家庭婦女，堂皇的偉論淵深的專著是不甚和他們共鳴的。然而他們這些多數的市民就沒有權力要求吃些「小點心」嗎？於是晚報上的雜文成了每天接近的伴侶。

編晚報與寫雜文，對一般市民是肩負着供應精神食糧，提高文化水準的任務了，不能再照從前的看法說：「這不過是無聊文人的舞文弄墨」！

作雜文本是中國人的拿手，唐宋以來就有許多人躲在正統文史權威以外，從事於此。到了清朝，什麼「偶談」「雜俎」之類越見多起來，但主要的是讀書心得與見聞筆記之類（小說，語錄還不在內）這大多是士大夫學術文藝的副產，仍不爲多數人所享受。眞正公開到社會上，是從有了日報和雜誌開始，由大社論與小隨筆揉合而成爲各體的雜文，「新青年」「新潮」的大文章以外出生了雜文名世的「語絲」，社會科學長文章越寫越不痛快，越譯越不明暢之後，出了申報「自由談」的新小品；板面孔的話說不通的時候，出了幽默勸人的「論語」……最近一年中，在重慶新民晚報威了小品文的專刊。

雜文也許是泥沙裏的碎金，也許是米麥中的粃粺，這要看寫作者的程度，但若以爲雜文是可以隨隨便便寫得好的，那却錯了。怎樣把長文短做？怎樣把深話淺說？怎樣使每一句話，甚至每一個字都能在紙上突起，不從人的眼角邊溜過？這是容易的嗎？讀的人不要花費多的時間，不要多的學識素養，但寫的人却正因此而更要極豐富的常識，極深刻的思慮，讀的人有時不過是輕微的一笑，但這却是從寫的人深厚的同情，強烈的忿恨，充實的經驗與反覆的觀察換取得來的。在這裏一節，那裏一段的雜文發表時，讀者覺得這沒有什麼體系；可是曾有人說過：今天畫一鬚，明天畫一眼，你若能把它們拚湊起來，就恍然於本是一付完全的面容了。

認爲這不過是些「小玩意兒」嗎？德國大軍進攻斯太林格勒，他們有的是飛機，大砲，坦克車，却被蘇聯的刺刀手榴彈以及血肉做成的硬臂膀給阻住了兩個多月，在大隊伍重火器施展不開的時候，有組織有技術的手槍短劍就顯出力量來，當希特勒佩着鋼刀耀武揚威在台上演說，嚇得人不敢透一口氣的時候，聽衆中有誰「嘻嘻！」一聲冷笑，他的全盤威勢就被刺傷了，像膨脹得緊緊的汽球忽然着了一針，立刻洩了氣！我們的人民還不能每個人都駕駛飛機開坦克車，去猛攻日本強盜，我們不妨教他們使用手榴彈。

文藝的利器，不可以其小而輕視了它的積極效能，雜文的寫作者，怎樣磨快了你的刺刀吧！

若以爲晚報也者，無非供消遣，助談資，旣與抗戰無關，也對人生無補；而消遣總爲無聊，興趣不妨低下，那麼它的前途就祇有又回到二十年前小品報消閑錄一類的作風；矜才玩世，捧戲談娼，然而「遺少文學」「娼優文學」的年代畢竟是過去了的。

小型報的方式却不必一概抹煞，過去的社會掌故，現在的生活瑣事，中外人物的逸聞，詩詞，對聯，詩話，通俗小說等等，都正適合着今日「新舊雜糅」「雅俗合參」的市民的脾胃；最容易入口，最容易消化，然而如果只是善於採取通行的形式而並不能充實內容，提高水準，那麼人們也終會把它逐漸拋棄，正如以前所拋棄的一樣，大多數人眞心喜悅的是容易懂，省時間，得點輕快，而又有益處的東西；所謂「片鱗斷羽，都足珍惜」，「喜笑怒罵，皆成文章」，是也。

雜文是不必板着夫子面孔說敎的；但閑談不是說廢話，譏諷不是亂罵人；舉一件小事，揭穿一段歷史；說幾句淡話，指示一種人生；能以適當的技術表現現實，宣洩情感，因此，第一要眞實的內容；第二要簡短淺明的詞句；第三要活潑辛辣的手法。

譬如近幾天新民晚報所載「今——昔」一小段，只這樣排列了幾行字——

鷄蛋一個——鷄一隻

鷄一隻——豬一隻

豬一隻——牛一頭

牛一頭——汽車一輛（下略）

並不加一字按語就完全表現了物價之高，生活之難，比起一大疊物價指數表來得醒目，動人，有趣。又如「嘻笑」一文中說——

「天天有使人痛哭的事，卻不能哭，不許哭，或遇到不該哭的事，卻要大聲號啕；於是所見到的哭只是一些如同北方職業號喪者的哭，而悲憤所積，苦淚難禁之時，只好鼓努着鬱憤的眼睛，讓熱淚在腔內轉……偶然也許遇到可笑之事，然而不能笑，不許笑，想隨便哈哈一聲，會招來禍事，自然笑不出了。然而不該笑的事，卻要鼓起興致，附和人家，着勁的笑……在一切的笑裏，全隱隱閃過着極難堪的苦楚。眞想笑，只在苦楚的臉下面深深埋藏一絲莞爾」

凡有「啼笑皆非」之感的人看到這段文章，雖不能從此就哭笑自如，但至少把他的鬱結的情感宣洩了出來，纔得一點安慰吧？這都要算作「深入淺出」的寫作了。

關於雜文寫作的原則，我想到這樣三句話：一、諷刺要立場嚴正；二、指摘要觀察深透；三、拾零要精神一貫。

諷刺，可以無情，但不可以無目的，無界限。諷刺的對象應當是強暴，昏暗，醜惡，虛偽，卑鄙，懦弱和愚蠢。嘲笑對於罪惡與錯誤是加以揭穿，刺破或提醒；在作者把根株掘發出來以後，有時叫人「又好氣，又好笑」；也有時叫人笑了以後流出憐憫的眼淚來。因此諷刺者自己的心裏必須是堅強的正義感和深厚的愛與恨，文字上儘可以十分嚴正。鄉下老被汽車撞倒在馬路上那倉惶失措的一霎那本是可笑的；但如果你祇嘲笑了這一邊的愚蠢，而忘記刻畫出汽車那一邊的威風，那麼這諷刺所爲何來？所以說諷刺不可以無目的。一個人眼睛長得太大，你笑他像金魚；另一個人眼睛長得太小，你笑他像老鼠；而不大不小的呢，你又嫌他太平凡，無特點；那麼究竟你以爲人的眼睛該怎樣長法呢？所以說諷刺不可無界限，如果爲諷刺而諷刺，一切都無不可諷刺，就變成了善惡不分，虛無玩世，毫無意義。

某日晚報載某處考試試題問「張居正生平如何？」答案說「居正現任司法院長，爲人注意法治」。我曾聽說過有試題問「漢武帝爲何伐匈奴？」答案說「因匈奴搶去了王昭君」這類的事，暴露了受試者程度低得可驚，是指摘到嚴重的事實了。最近棄嬰事件很多，便屢次呼號，也是言人之所欲言。指摘現實，要大胆，言人之所不敢言；要細心，見人之所未及見。但爲要做到這一步，就必要對現實認識廣博，視察深透，才能抓到痛點，否則，已經別人切實研究得出定論的事，自己卻要獨持異議，固也可算不循聲附和，卻終是隔靴搔癢。

拾零幾乎是小型報的經常工作。人類生活形形色色，一微塵，可以見到一宇宙；軼聞瑣事，信手拈來，也常燦然可觀，但是東鱗西爪本是出自一條完龍，溝洫涓滴也可蒸騰大雨，讀者常向此中配取些小零件，細螺釘，石版面上的確也頗像是一個舊貨攤；其實若從作者和編者的基本精神看來，卻不當止於揹着筐子揀破爛。什麼時代，什麼需要，應當供應些什麼材料給別人，這總首先要注意的。其次，每天都拿出不少的東西來，最好能有點計劃，有點配合不要使得彼此無關或前後矛盾。第三、雖然只是些栗子花生似的零食，無當大嚼，但也該把它洗得乾淨，炒得透熟，不要帶着病菌和泥垢，或半生不熟的，使人吃了生病。就是說，與時代性質相反，有害精神健康，或不確實，太粗劣的東西，仍應剔除，拾零工作表現出來是散碎的，但在作者與編者仍應儘可能求其精神一貫。

剖湯爾和之屍

譯「歇士迭里」爲「臟燥病」者，爲湯爾和，國中有許多醫學名詞，爲湯所譯定，此老賊雖人格破產，但在醫學界之表現，頗爲强烈。據云，彼爲東方研究熱帶病學者之第一人，倭人則稱賞其「近世婦人科學」一書，認湯于婦人病科，研究最精，可稱爲世界作者。惜老不自知，熱心利祿，遂墮其行。東南某醫科學校，已決定議屏其所譯著之書不讀，蓋深惡之也。（伊凡）

民國四年蔡鍔入川戰紀

花藥鄉親

民國四年（乙卯），十二月二十五日，昆明首義，重慶共和，其有關歷史之重大意義，吾人已熟聞當時參與者，如李伯英（宗黃）李協和（烈鈞），及熊錦帆（克武）諸先生之講演或報告，毋庸贅詞，茲就追憶事實，對當日偉大領導者——蔡邵陽先生——，作一可能之側影描述。

蔡松坡將軍，曾被尊為當日護國首義中之首腦人物，但其承肩之軍事方面名義，却為護國軍第一軍總司令，該軍所担任之任務則為首先攻略當時被目為高屋建瓴之四川。

將軍所率部隊，係由唐蓂賡（繼堯）所部中，抽調編組。將軍曾以當時嶄新的軍制型，編就出征野戰軍，被目為當時充分具備山岳兵團閃擊性能之輕快部隊。無怪當日薄中華帝國陸軍大臣而不為之段芝泉（祺瑞），聞此情報時，曾語王聘卿（士珍）諸人：松坡「梯團制」之編制和使用，祇有我懂得。其實，所謂「梯團制」者，至今視之，不過付以遂行局部戰鬥，期達運動戰術上之任務，所組成之混成聯隊單位而已，但在當時蔡將軍神武英明的指揮下，確已被尊為當時輕快有力的閃擊軍。

將軍當日手訂之出征計劃，一部仍沿襲

吳三桂反清之役，督師北指之路線，而却因應環境，側重第一軍，蔚爲主力攻擊之部隊，後採用三路制之分攻，預期合圍帝制軍主力於長江最上游。

將軍自兼第一方面之中路指揮，親率顧筱齋（品珍），趙鳳喈（又新）諸精銳梯團，取道畢節，期沿永寧河流域，直搗瀘州（瀘縣），任命戴循若（戡）爲右翼總指揮，率領王電輪（文華），袁鼎卿（祖銘）諸梯團支隊，取道遵義，期沿綦江流域，直薄渝州（重慶市），任命羅蓉軒（佩金）爲左翼總指揮，率領劉雲峯，楊蓂階梯團支隊，分出老鴉灘（鹽津）。劉官村（綏江），期沿金沙江流域，直取敍州（宜賓縣）。

在當日刊有洪憲紀元之報章中，所謂中華帝國武臣馮華甫（國璋）等，均有奏請請纓討逆的奏章，而一致的結果，皆爲「上未許」的報導。其實，被諡爲所謂梟雄的陛下，業於一年前，任命參謀次長陳二菴（宦），取代當時坐鎮成都之成武將軍督理四川軍務胡文瀾（景伊）的位置，率領當時目爲北洋陸軍精銳之第十五混成旅伍祥禎所部，及第十六混成旅全部，遍駐川西北要區時，即已作此徹底鎮壓西南之準備。七七事變時代，被尊爲吾國北門鎖鑰之循將宋明軒（哲元）將軍，即結稱於當時衞戍之左綿要區。

護國軍事既動，袁慰廷之迎戰佈署，係任命所謂虎威上將軍曹仲珊（理）爲帝制軍總節，率小站一脈諸軍，鼓輪西上，指定渝州爲虎威之司令台；曹氏之軍事行動，係作如左之處置。

以重慶鎮守使兼川軍第一師師長周藉珊

（駿）所部為先遣軍，北洋第六師師長張勳臣（敬堯），第七師師長李懋廷（長泰）諸部為主力軍，馳赴瀘州，迎擊蔡將軍之中路諸軍。

以吳子玉（佩孚）諸旅出石角鎮，以齊撫萬（燮元）諸旅出東溪，迎擊蔡將軍右翼諸軍。

以陳二菴所部北洋第十五第十六兩混成旅，會同駐川漢軍前五營統領張占鴻諸部，迎擊蔡將軍之左翼諸軍。蔡將軍一襲戎衣，誓師北指，其所任命之運籌幃幄，日與並轡馳驟之參謀長，在當時即被世界軍事觀察者，推為我國唯一之戰略家，即今日人手一篇之國防論遺作者，保定軍校熱烈推崇之校座，故陸大代理校長蔣百里（方震）先生，駐節於敘永縣屬之大州驛，至今該驛蒼翠之懸壁上，尚有將軍親筆題留之「護國巖」手澤，永甘棠之遺愛。

將軍軍事方面之成就，以左翼軍之進展，為能把握時間，劉雲峯梯團，在丙辰一月，先頭部隊，即進達川境之橫江。帝制軍方面，以第十五混成旅伍祥禎部為基幹，附以漢軍前五營張占鴻，所編成之縱隊，即倉皇迎戰於川滇交界重要據點之捧印村及和尚巖一帶。卒被護國軍第一軍左翼諸部，一擊潰，跟蹤追躡，而奪敘州。一時護國當局，在昆明刊行之「義聲日報」連續以大字刊載攻略敘州之戰鬪暨照片，竟達一禮拜之久，影響兩粵軍事，咄咄威脅逆龍（濟光）即浙閩軍事，亦受順利之感應。加以兩川尚被所謂兆廷諸人，目為亂黨之丁澤煦（厚堂）楊華友（維）陳戎生（澤沛）申价屏，吳慶熙

（綽號二代王）陳蔭槐（炳堃），胡重義（棠）盧錫卿（師歸），石青陽，熊錦帆，呂漢羣（超），顏德基，黃復生，及方化南諸人，或以護國招討軍，別動隊，或以護國先遣軍，縱隊，支隊等等各色名目，如飆飈起，怪傑陳華封更出動岷江下游；羅梓舟（渾號八千歲）正出沒大渡河流域，北平袁陛下，成都陳爵爺（時被僞廷册封公爵），均告震恐，陳二菴立任命第十六混成旅當局爲『攻敍總司令』，責以統率帝制右翼諸軍，限期奪回敍州重鎮之任務。於是攻敍總司令官討逆檄文式之『滇寇不仁，襲我政府……』註以洪憲元年之煌煌佈告，一時滿貼於敍瀘一帶之鄉鎮；撾鼓漁陽，刁斗殺伐，此據有岷江金沙兩水所匯流，催科翠屏諸峯所合抱之軍事重鎮——敍州——卒爲帝制軍所攘奪：

蔡將軍當左翼軍節節進逼敍州之時，曾命中路諸軍，兼程入蜀，企圖奪取瀘州，據爲護國軍事大本營，適川軍第二師師劉積之（存厚），以曾與將軍同硯士官，共事昆明，參與辛亥起義之難，立通電響應，將軍即畀予四川護國軍軍長名義，及攻圍幷略取瀘州之任務。現任川康綏署，任鄧晉康（錫侯）將軍，當時即以極活躍之青年將校姿態，協同故驍將陳禮得氏，致力是役，但卒被張敬堯諸帝制軍，抑留於納溪河一線，形成長期之爭奪戰爭。

將軍督師過程，確因敍州失陷之軍事，一時陷入最爲艱鉅之窘境。蓋袁廷曾叠次嚴命曹仲珊，務於攻敍軍事發動之日，加緊策動諸帝制軍，進入滇黔省域。是時將軍關於軍實方面之補給情況，更遠遜於一切交通工具在握之帝制軍，馴致在某種時期，在棉花坡陣地會以鞭砲燃放於裝盛石油之空箱，混作機槍之聲，幾乎間日，必以小黑獵犬輕隨，潛赴陣中，撫慰無從按時派代之血戰士卒，卒以戰略關係，不得不一度忍痛放棄納溪一城。

將軍引退納溪其以後之新猷，因蔣百里先生之協同策劃，曾接受其制梁任公（啓超）氏之進言，軍事政治，平行策重。於是加派密使，經常出入敘州，從事陳宧獨立活動，此驚人之一幕，卒賴第十六混成旅當局之贊助，成立護國史料中重要一頁之準君子協定。按照成約第十六混成旅，應相機退出敘州，設法西上蓉垣， 扶出陳宧，宣告獨立，同時將軍復加緊調集左翼軍隊，以雷時若（飆）。代劉雲峯氏任梯團長，幷調當時被血頌爲鬼將之黃飛章（毓成），以挺進軍摹長頭銜，增援左翼。協助羅蓉軒，準備大舉。

準君子協定履行之成果，陳宧卒被逼，宣告對袁獨立，擁護共和，一時蓉垣，又復爭用民國紀元年號，袁氏在皇皇若失之餘，除一面下褫奪陳宧官職之所謂上諭外，一面任命周藉琨爲崇武將軍，督理四川軍務新銜，同時任命周部步兵旅長王××升代北洋第十五師師長，責令周王限期率入駐蓉垣，當遠渝州之曹仲珊，更加速撥給周王以當時日爲新式武器之三八式機槍，及六輪式野砲等，婉促周王，浩浩蕩蕩，火速西指，周王爲自抖擻精神，欣然赴命，銜枚急走，晝夜兼程，一鼓將陳宧收編之外圍諸護國軍，正備防於簡陽石橋河之楊莘友諸部，予以擊潰，後乘勢突破蓉垣近郊防禦線，龍泉山脈白鶴寺等各據點，陳氏聞訊當被原率入蜀諸軍，擁出秦關。

將軍聞陳宧出走之訊，嚴肅已久之面部，始微帶輕盈之笑容，鬼將黃飛章正濳蹋周王之後，擊破周王主力於石橋河畔，協同羅蓉軒部，輕導自昆明出征護國諸健兒，在一面報捷中，長驅而入花事正盛之芙蓉城郭。

護國軍入蓉之捷報，為歷史轉變之一巨頁，蓋因茲一勝，撫軍院遂從容成立於肇慶，藉此聲勢，逼使袁皇不得不於荷花殂謝之前，強頒帝制取消之命令，黎宋卿（元洪）因能以副總統資格，繼代大總統職權，宣佈恢復國會，繼承總統。惟黎氏第一着措施，忧於帝制一脈者之挾持，僅能在形式上一新國人之耳目，撤除各省冠字將軍督理軍務之名號，而改稱『督軍』。廢除民政長之制度，而改稱『省長』，首次之明令，即特任將軍為『四川督軍，與省長』，但迴又復頒給冠字之益武上將軍崇銜。

將軍在新職頒佈後，自有一番謙虛禮讓之表示，故北平成都肇慶之三角式策動所在地，無日不有速駕之有線電報，冉冉飛來，成都『至公報』之社評，且曾鮮明標出將軍之職責，過于當日南京留守使之黃克強（興），不容高蹈之論調，至是將軍遂不能不發軔瀘陽，策蹇西上，從容買犢，火速賣刀。

將軍當瀘陽起節之前，曾命令戴循若氏，亟亟督率右翼諸軍，務必進駐渝州，此時蟠據山城之曾虎威所部，眞個形成『不知何處吹笙管？一夜征人盡懷鄉』之普遍心情，而一一強扣樓船，順流東遁。回憶虎威蒞渝之日，交通斷絕之戒備情形，幾若三年后，黨人唐蓂賡氏，張靖國軍聯帥大纛，在護軍簇擁之下，山城古市，遮斷交通達十三小時以上，且必勒令逐戶閉窗垂簾，不及走避之婦孺，亦須面壁肅立，不得顧盼，卒使當時所謂必需輸入品之河水，必須輸出品之肥料，當時形成最為嚴重之問題。在當時經學宗師章太炎（炳麟）之組府空氣中，被擁入此山城之時，尊唐氏為會澤，唐氏誕生而不名，又無怪當時筆者終經石橋河，猝過、被一部外國記者描寫為紅軍有數之旅蓉長朱德之父，為當時靖國軍，在手執紅槽駁殼槍數十名衛士之前呼後擁中，輕快飛入旅長上官房者，又何多讓？

將軍行至資州，即逐漸將隨侍諸部，位置於沿途廟宇，從事整訓。抵達牛市口之辰光，僅隨從一二人，為派出歡迎之偵騎所未覺。直至歡迎棚前，始被高級官吏所發覺，即請停驂，急呼奏樂。肅迎者，俱抱倉卒晉謁之歉意，時將軍喉疾已增，但對紳耆父老，莫不霽光可挹，肅敬有加，仍力疾連呼不敢當不敢當之應酬語。

將軍就職之日，曾一度召集錦侯恢復職務之留蓉省議員，及旅蓉紳耆，舉行懇親式之談話會，履行共和體制上，應行宣布之行政方針，尚可追憶有如左之扼要語。

「…四川省區，在地域上之方里，宅居中之人口，蘊藏下之物產，如以字數估計，無不超出現有火山之扶桑三島，天如假予以年，得在四川父老協和戮力之下，予當以七年之時光，努力蔚四川之全貌，在七年以後，與扶桑三島相彷彿……」

將軍作此言未久，因喉疾愈亟，左右勸

其急作福崗之行，將軍始能趁時，略作錦官風物之瀏覽，此一剎那，當係將軍自北平出走以來，最愉快之辰光。

將軍瀏覽錦官城時之遺著，茲尚可憶記其兩截句，其一，為謁草堂寺（寺在蓉垣西郊）云：『錦城多少閑絲管，不識人間有戰爭！要與先生橫鐵笛，一時吹作共和聲。』

其二，為別望江樓（樓在蓉垣東郊）云：『錦江河畔濺驚波，忍聽巴人下里歌！敢唱滿紅江一闋，從頭收拾舊山河。』

將軍放櫂之辰，蓉垣父老，如被尊為德劭年高之領袖紳耆方鶴齋（旭）諸人，亦俱肅赴東郊，恭致餞之忱，甚之，如走卒販夫，聞將軍之行，亦皆愴然色動。今日如有人，試以此所謂下江人之蔡鍔（川音叫如餓）為人何如者？詢諸四十以上年齡之川民，當無不肅然起敬，誠懇具答；喔！此正吾人永永敬佩之蔡將軍！此正吾人永永敬愛之蔡將軍！

筆者按：蔡將軍謁草堂寺與望江樓兩詩，今日讀之，猶富有現實感，尤以第二詩為然。

清末北征紀程

紹虞

余幼隨宦四川，僑居成都者十有三年，前清宣統元年，甫十七，卽隻身由成都赴北平。三十三年後，追紀當時所經各地風土情形，及生活狀況，殆有「白頭宮女說玄宗」之感。作「清末北征紀程。」

是年七月中旬，由成都出發，循東大路赴重慶，向脚行僱轎夫二名挑夫一名，計錢三千文，合龍洋四元。（每元合制錢七百五十文）途約華里一千零二十里，分十站，日行一站，在途者十日。出發前付脚價三分之一，脚行於價內抽去十分之一成五，計四百五十文；抵內江時給三分之一，（內江距成都約五百里）餘價則於抵重慶後付清。長途挑夫負重以八十斤爲度。（每斤十八兩，合市斤一百一十餘）脚行對顧客負僱去不得拐逃之責，立有保單，訂明一切。

肩余之轎夫二人，皆癮君子，時四川鴉片盛行，東大路沿途之煙館較飯店爲數尤多：每日轎夫例須休息三次吸煙，煙價極廉，每兩不及三十文，聞每吸制錢五文，約得煙一錢五分。食則白飯制錢八文一碗，曰「帽兒頭」，以菜碗盛之，其量則約合普通人家飯碗五至六之多，余時年正壯，每食僅四文至五文，轎夫則八至十二文。豬肉價二十二文至二十六文一斤，去皮骨淨重十八兩，十白切肉足滿一盤，白乾酒則一文一兩。宿則官房一宿一食，制錢五十文，客房二十五文，車夫住「乾號」，僅四文耳，與夫日獲八十五文，（除去脚行佣金）食宿鴉片日費約五六十文，此剩餘之二十餘文，則用以「放加班」，（即僱臨時短夫代役）每制錢一文行二里，或二里半，故彼時之苦力，日之所入，即日之所出，一旦休息，即須向脚行借貸，而認以月息五分之高利，鶉衣百結，面無人色，苟有疾病，則待斃而已，一般社會視此現象，若爲當然，至今四川路斃特多，皆此輩也。

由成都至重慶，僅距成都五十里之龍泉驛，距重慶數里之浮圖關（今更名復興關）山勢較高，餘皆丘陵，東大路沿路皆鋪石，頗平衍，雖天雨亦不甚濘。小站九十里，大站亦無超過一百一十里者，故在途中均極從容，日中休息曰「打尖」，其地曰「尖站」，多係鄉鎮，（川人名之曰場）宿站則多爲城市，如簡陽州，資州，內江，榮昌，永川等。食每餐約五六十文，已雞肉盈前，若費至百文以上，人將視爲豪客，宿時晚餐，例由店供，惟須加菜，一人約給二十文，即可獲一葷一素。余由成都至渝，在途僅費去龍洋兩元，且在途中犒勞輿夫二次。（即買肉食與夫川俗曰打牙祭。）

抵渝寓朝天門之高陞棧，居官房，日索制錢百文，供宿外，日三餐，食則八簋一湯，六葷兩素。彼時之重慶無馬路，出門不數武即須上下石梯。憶余曾數遊大小樑子，商務印書館分店似設小樑子。重慶店面有做西式裝飾者，余初離成都古城，乍睹此狀，雖頗覺新異，但總感不適，且向居華西平原，忽來山市，更以跋涉爲苦，故留此約四日，即買舟東下矣。

彼時川江尙無輪船，余附載鹽之白木船行，取其大而穩也。包一艙約可臥四人地，由渝至宜行六日，船主供食，共價六百文。(菜不在內)若祇求一容膝地，二百文足矣。鹽船於洪水下放，船頭有橹形如大刀，船夫亦名之曰「關刀」，蓋用以殺水勢減阻力耳。船夫約二十人，以掌後舵者爲首，曰「老大」，又曰「梢公」。川江風景之美，國內有名，無待贅述，余此時但覺終日倚船頭，均目不暇接，尤以巫峽瞿塘一帶美而靜，有幽谷佳人丰姿，至十數年後，尙苦憶不止。

祇宜昌，夜色已上，蟄居旅店一宿，次晨未明，即附英商太古公司「洞庭」號赴漢口。房艙價爲五元，伙食在內。宜昌一宿，價爲二角小洋，蓋彼時鄂地已改「洋碼」，故以初出夔門之余觀之，生活程度似已較川省超出二三倍矣。洞庭號船上船員，於夜間恆在房艙外之廳屋作博戲（由宜至漢夜間輪船亦不開行）其聲啾啾，有如鳥音，因初聞甬語不慣耳。行四日，下午五時許抵漢口。

彼時漢口租界，規模略如今日，惟屋舍不如現在華贍，空地特多，屋宇疏落。江邊尙未築堤，除輪船碼頭，尙有木板可行，餘均一片黃沙耳。日租界尤見零落，幾等荒郊野店。前後花樓及郭家巷一帶，略有華人行棧，（租界中華人店舖甚少）華商精華。薈聚其黃陂街一帶。余寓招商局碼頭附近之一小客棧，日費小洋三角。夜間游娼出入極衆，哀人點戲，一齣僅小洋一角。

留渝三日，附英商怡和公司之「隆和」號赴滬。凡三晝夜餘抵滬。隆和號在當時長江客船中爲最新而快者，余買房艙票計四元六角。廚夫爲甬籍，（時長江上下游船中自買辦以至夫役水手，均爲寧波人）以久寓川中之余，乍嘗甬味，自覺不快，乃就船中購廣東香腸食之。計小洋一角，得腸四節，可供一餐之飽。統艙中有賭牌九金錢攤搖寶者，鬧均與船中之水手茶房通，且須納賄於買辦；船在途中上下貨時，博風尤烈，蓋岸上人民均來就之，因「洋船」有領事裁判權，時中國官場視洋人如神，更不敢過問。故每一外輪，不啻爲一租界，爲一魔窟，除聚博外，尚有拐販婦女，窩藏賊盜等事。

抵滬船停於浦東碼頭，乘小船渡江，寓南市之泰安客棧，至爲陋隘。客房食住計日費二角許。寢食不安，得友人之介紹次日即遷寓英租界之四川棧謙記，憶在今日之小花園附近（後則遷至畫錦里口臨馬路）之一弄堂內，食宿日費相若，而較之局居泰安棧時，安適清潔相去遠矣。

當時上海租界區域狹窄，英租界泥城橋以西，房屋寥落，自跑馬廳至靜安寺沿途多水田及叢葬坟墓。僅斜橋附近有小洋房三數所，一爲西人俱樂部，一爲美國海軍俱樂部，餘則西人經營之麵包房，與屈臣氏藥房汽水製造廠而已。南京路以北，祇一北京路尚有少數行棧，路中舖輕便鉄軌，似爲運泥土之用，故時上海士人呼之曰：「鐵馬路」，至今尚有沿以稱之者。盆湯弄均係江北茅棚，蘇州河上均係中國舊式小木橋。過橋則亂葬坟也。衰柳斜陽，景至悲慘。外白渡橋以北，僅沿江零落之矮屋，今日矗立橋側之日本總領事館，尚未興築也。橋旁之公園，當日僅有草地而已，似其鐵門設有警崗，且大書「華人與犬，不許入內」字樣。聞此項侮辱之揭字，至民國成立後一二年始除去云。

法租界，僅自黃浦灘至八仙橋一段有街市，曰公館馬路，（法領事館，滬人稱之曰法領事公館，故稱該路曰公館馬路，實則該路之正名曰法大馬路）以西均為荒蔓之菜園與禾田；今日之霞飛路，當時之正名曰「寶昌路」，惟能望見之洋房僅三幢，一為今貝勒路口之法國巡捕房，過去一為法天主堂所設之法文學堂，一為尚賢堂。（法天主教會設）法租界除少數華人小商店外，幾無所謂市面；南市時尚繁華，英租界亦極興盛，惟法租界橫亙其中，冷落特甚，夜間由英租界回南市經法租界者均有戒心。民國後，法租界特弛煙娼賭禁，又加重保護政治犯，存心繁榮市區也。彼時今之愛多亞路為洋涇浜，上有三木橋，曰洋涇橋，二洋涇橋，三洋涇橋，為蘇州河入黃浦江之主流，但臭惡殊盛，過者掩鼻。沿此洋涇浜，皆滿停糞船，菜船，水菓魚蝦公船，浜之兩岸，近市者為小客棧，鴉片煙館，水菓行，菜行等類行棧，靠浜方面，均為木棚，除少數煙紙小販商外，餘皆上海極下流之娼妓居焉，曰釘棚，此輩塗粉飾朱，形若魔鬼。聞卜晝卜夜，每度僅制錢三數十文耳！自好之士，均不敢徒步經此，懼為所嬲也。

上海當時最繁盛之區曰：英租界四馬路，（正名為福建路）娼妓，酒菜館，書場，戲園，最上等之鴉片煙鋪均聚集於斯。娼妓情形，余時以童子，尚不甚了了，惟於途間恆見二人肩一綠呢紅圍小轎，招搖過市，內皆粉白黛綠乘之，夜間轎後懸「正堂公務」燈籠，路人多以止步觀之者，曰此皆妓女也，余初惑，蓋清制綠呢紅圍身轎，非二品大員不許用，「正堂公務」燈籠，又爲縣衙中差房所常有，二者見於一處，頗感不倫，詢諸滬人，始知信然。尚有粗蠢大漢肩一垂髫幼女，招搖過市者，聞所肩者爲尚未梳櫳之「清倌」，此大漢卽龜奴也，至華燈初上，此輩特多，蓋「倌人」（滬人稱妓）乘轎，「清倌人」則乘肩耳！

青蓮閣時尙爲書場，每日黃昏鑼鼓喧天，惟登台者多爲新出道之倌人，或生意淸冷之「黑倌」若夫花酒鍵者，只徒懸一名牌而已。聞至宣統三年，此告朔餼羊之書場亦已關閉，青蓮閣改爲茶樓，遂爲野雞之大本營矣。惟民國三四年間，青蓮閣門外之市招，仍爲書場，並未改爲茶樓不解。

青蓮閣樓下，茶食店，點心店，小書攤，小銅器攤外，嘗有一凸凹鏡，入者索小洋五分，鄉老多趨之，其收入似頗不惡。其隔壁三數家有一破屋，外懸白布，書「外洋電影」，佐以銅號破鼓，入者索小洋一角，聞此卽後上海擁有夏令配克五六大戲院之奧大利人某，所攜爲一小放映鏡，十數風景片而已！此卽上海電影院最初之發軔性形，今日回憶，頗有味也！

上海當時之交通器具，爲人力車與馬車，但出租之人力車馬車，均屬鐵輪，人力車之鐵輪且特大，行時其聲洶洶，喧嘩不堪，自備之馬車，間有鋼絲橡皮輪者，皆歐人置也。人力車則僅有少數紅倌人所乘爲橡皮鋼絲輪，若偶有一二鋼絲輪人力車，必爲浮薄少年，路人屬目矣。租馬車一日，價爲龍洋二至三元，人力車則一小時小洋一角，全日則連同小費，僅一元耳。此外當有電車，惟僅有二三路，乘客亦不甚多，其經過起迄，今已忘之矣。

上海爲一過路之商埠，無多正當娛樂，除戲院妓館，鴉片煙館書場外，租界中只張園愚園徐園，余此次曾一度遊張園，（似在今日靜安別墅旅館左近）僅草地一片，茅亭二三，兩層小洋房一座而已！小洋房懸一「安塏第」木匾中設茶座，間亦租給他人開會結婚，其側有小池，似就原有之泥塘改造，中有金魚三數尾。愚園徐園則未去，其詳不得而知之。

租界中「清水公寓」，「印度大士」招牌，隨處多有，著名者皆在英租界四馬路，有「煙霞窩」「嘯傲山房」「別有洞天」約十餘家。中設紅木床，大者樓上下床以百計，小亦二三十，可謂大觀也哉！鴉片烟館外均爲糖食兼售麵點之小食店，其裝飾小而精，有「安樂小築」等名稱，今已不復記憶矣！

余在上海住約十日，曾一度入城，至今尚憶上海彼時之縣城街市，尚不若四川任何一小縣鎮之清潔寬廣，與城外之租界相比，眞有天堂地獄對照之感。惟城隍廟百物雜陳，遊人衆多，與成都蕃司衙前相似。

由滬附太古（英商）公司「北京」號北行赴天津，（北京號輪船於民國成立前一年遇礁沉去，太古公司另造一輪號「新北京」，較舊

「北京」爲大。）船小，只千餘噸，行黃海中，頗感動盪。五日始抵塘沽，候潮半日乃入津，沿途停煙台、青島，均未上岸。在津只二三小時，卽附京津鐵路行，在途約六七小時始達。沿途但見一片荒蕪，黃沙蔽天，遠不如江南之草長鶯飛也。

抵北平時，已近夜矣，乃宿於北平前門外西門沿一小客棧中，沿路小巷多無街燈，車馬橫行，初入都門之童子，對此頗感不慣。次晨入城謁余叔墨香公於棉花頭條胡同，儻入前門，卽費時二刻，蓋正遇所謂「插車」也！（前門城洞極小，而爲出入行人車馬必經之路，官吏所僱用之車夫，多爲市井惡少年，強橫不相讓，彼此爭道，以路窄故易於斷絕交通，因一二輛車爭執之故，致後繼之車均形停頓，土名曰插車。前門城門，一日插車有至十數次者。至民國元年，朱啓鈐以京師警察廳長，爲京師市政督辦，始將舊有之前門城洞折毀，改建今式，交通方漸入於正軌）。前門於晨開昏閉，閉後留一孔，出入給京錢三百者，（合制錢十五文）乃開城門可容一人大小，放其出入，若大吏則先以名刺告巡城都老爺，（卽御史）卽掩門而不下門，俟其來而納之，雖車轎亦可無阻，惟仍不得過夜午也。聞此項出入所納小費，爲數不貲，守城塘丁，（兵士）視前門爲利藪，盍宜武山宗文兩門，例不許入，雖偶有偷放，爲數亦少。

北京演劇之風極盛，每日街頭均有某園某日准演吉祥新戲字樣，惟譚鑫培（小叫天）出演，則於某園下加書「特聘內庭供奉譚」字樣，有時且加「繼燭」二字，蓋彼時北京禁演夜戲，惟譚登場有時過晚，准於台前燃小燭十數耳，但散戲最遲無過七時者。

京中此時除使館界（舊名東交民巷，在前門之東角）外，無一馬路，只大淸門至午門一帶御道爲大石板舖隙，尙覺整潔，餘則牛溲馬勃，臭惡不堪，若江南人家下水道然。雖謂首善之區也，不過如此如此而已！

京中生活，較諸上海，便宜多矣，惟較當時之四川成都，則約高一倍。豬肉合制錢約四十文，而米一石，價至二元餘。但僱用一老媽月薪只制錢百文，因窮苦旗人多變姓氏爲人家僕婦也。

余寓叔家，讀書外喜觀劇，憶譚鑫培之戲價爲小洋二角，餘僅京錢五百，（合制錢二十五文）戲院用木凳橫置，觀戲者面相對，而以耳近演台，若須顧視，必側身就之。距台較遠置八仙棹數，曰官座，每棹設六椅，爲顯貴麗曲之所。

由蓉赴北平，爲時約四十七日，費資約六七十金；在途約二十四五日，歷行省六，程則水陸近萬華里也。（完）

未可盡信齋雜纂

朱顏凋

記王式通父子

王逆蔭泰曩在滬業律師，有父執託以案，王索酬甚多，此人怒曰：「而父通緝案，且老夫爲消之，孺子竟不念舊恩！」因大訶而去，王逆慚沮，俯首而已。

其父式通，學術界稱志庵先生，爲清末進士出身，洪憲僞朝，式通求爲弄臣，爲袁皇帝司詔筆，且好談禮儀，袁皇帝嘗謂之曰：「此吾之叔孫通也！」洪憲敗，附逆者皆被通緝，式通與焉。後有人爲說於黎黃陂，除免之。式通自是掩居不敢出，名亦大壞。

徐世昌任總統時，立所謂晚晴簃詩社，集諸老酸，終日唧唧，飾爲風雅，式通依之。世昌出貲選刻全清詩，都六千一百六十家，負責編校者，式通也。因自號曰「晚晴簃詩隸」，隸者，倡優隸卒之謂，其鄙陋如此。

式通以帖括起家，原不解時務，而以會一度赴日考察，頗以此自矜。北政府與日本合組中日文化事業總委員會，式通爲委員之一，向持親日之論，平日之耳提面命，蔭泰之作賊，非無由矣。

式通卒於民國二十年，時論雖恕其往跡，比之侯官嚴復，觀其在學術界之成就，去復甚遠，實不足以並舉也。

蔭泰曾留學德國柏林大學，習法律，歸國後初任北平大學爲講師，後又入北政府爲法制局參事，佻㒓無行，遂交於張漢卿，乃依附張作霖漸爲其辦理外交，曾爲北政府之外交次長。川島芳子在未嫁某蒙古貴族以前，受東京命，游翔于平津，以媚術勾北官，蔭泰頗爲所惑。中且一度傳將婚合，式通時尚未死，躬居津沽，怒而沮之，芳子遂去。時芳子爲敵諜之面目猶未盡顯，聲名亦不似後來之狼藉也。

胡適與台灣

未可盡信齋雜纂

明代征倭名師胡宗憲，爲績溪人，故有人稱胡適爲「抗日世家」，而不知適之尊人鐵華先生，亦嘗有一段抗日之歷史也。

胡適之「四十自傳」，寫其父鐵華先生嚴毅威重，娶其生母馮順弟女士時已四十七歲，順弟女士才十七歲耳。

鐵華先生於光緒十九年任台灣直隸州知州，兼統鎮海後軍各營，次年發生中日戰事，（即甲午之戰），又次年，清廷戰敗言和，決割讓台灣，台地官兵皆憤激不奉詔，唐景崧領衔電北京總署，請以台事付各國公斷，又密電請定爲各國租界，兩電詞皆淒惋，時鐵華先生亦在台，參與諸爭，而清廷拒唐請，倭且派所謂台灣總督樺山資紀來，台民成立民主國，擁唐爲總統，與樺山戰，不勝，唐遁去，鐵華亦踉蹌赴厦門，腳氣病復作，遂卒。

胡適具有抗日先輩之優秀血統，宜其能奮發國事，惟鐵華先生留异適之之台灣詳圖與割台之重要官書，爲他日修抗倭史之好材料，適之其珍護之哉！

亡韓前夜雜景

辰子君近於「世象雜收」記亡韓諸事，令人感結於心，而所記僅至伊藤博文逼宮爲止，猶未詳也。

事在公曆一九〇七年，伊藤既以韓皇李熙乞援海牙萬國和平會事，怒而入宮質問，韓皇俯首不能答，伊藤乃命李完用，說以利害，謂日人怒甚深，欲保全宗祀，舍讓位太子外無他法。韓皇遂發詔禪於太子李坧，坧甚悲，僅允以代理之名，任此危局，伊藤不許，越二日，復迫坧以詔書廢代理字樣。其後則並政權亦奪有之，坧僅擁虛名，延殘喘而已。

一九〇九年，伊藤以治韓威厲，內不自安，遂求去，而將有事於俄，（朝鮮統監職、以曾禰荒助代，）至哈爾濱，爲安重根所擊死。日廷命寺內正毅繼爲統監。寺內爲長閥魁率，謀以滅韓爲功，乃唆韓奸李容九，上陳情書，建議合併，一日，寺內入宮以合併事告李坧，坧悲咽不知所以爲辭，更問，但擲袖痛哭而已。是年九月二十二日，日韓合併條約成立，二十九日正式宣言合併，又次日，日廷冊封坧爲李王，朝鮮遂亡。

今所謂小李王者，受倭化教育已深，納日本皇族著名某美女爲婦，覥顏居江戶，僅惟朝鮮人民飲恨至深，戰前數年，筆者曾見某裱畫肆，懸一待裱之古裝人物畫，一韓人凝立海濱，如有所望，上題一詩，即著名之「欲住不堪住，欲行不忍行，乾坤雙淚眼，何處是秦庭」也，當時為之感惻不能自已，吾人對此「弟民族」責任至重，克服暴倭以後，吾人能親見此「兄弟之國」復國成功，豈不快歟？

手諭非拘票

羅鈞任先生（文幹）於民國十一年，以粵款合同案拘於獄，此世所知也。羅氏任財

數日，在韓家潭妓家，勾串華意銀行經理徐亞爾，命其出面舉發。一面根據徐之報告，入府訴於黎黃陂，以府令逮羅。此案最初，并無原告，亦不經由法院，在法律上，手續錯誤極大。（後來地檢廳卒未予起訴。）

聞當時之北京東城警察署長，至羅寓捕羅等，羅氏極為鎮靜，其第一語曰：「拘票安在？」警察署長瞠目不知所對，少頃，言曰：「有總統手諭。」羅答曰：「手諭非拘票，總統無捕余權！」顧卒為警察署長強挽以去。

羅案既成為一政治戰，當時之司法總長程克以媚附吳景濂，而越權以部令再捕羅。

著名法學家江庸，（時任修訂法律館總裁），以程破壞法令。憤而辭職，且通電全國，痛罵程之無恥，時論快之。

對德宣戰舊話

民國六年，（公曆一九一七年），中國對德與宣戰。

當宣戰之議初起時，總統黎元洪不謂然，以是與段祺瑞牴牾，遂有督軍團入京解散國會之舉，緊接而有張勳復辟之變，段氏擊走張勳後，政權在握，宣戰遂成定局。其時所謂「駐華七使音樂合奏」，每日不以蜜語，灌北府當軸，如德國在山東之權益，協約國先已陪許日本，又復以之愚我，段氏剛愎，堅持戰議。

結果乃成日本支配中國之全態勢，宣戰日為八月十四，廿八日與日簽訂善後借款合同，次年又成立共同防敵協定，段氏親日之政策遂無可挽回。

美日藍辛協定，係簽字於同年十一月間，日本之外交走入順境，所以使之然者，中國之附日參戰，與有力焉。

執政命名考

民十三馮玉祥回師既成。次月，段執政遂出。此在民國政治史上仍為可痛之一頁，蓋北閥舊治並未廓清，故說者每以一九一七年蘇俄革命後之臨時政府喻之。當時段氏之就職通電，即有名之「馬電」，有兩語云「彗起天南，芒擬直北」，對於革命本營所在之粵府，不無左袒，尤為時衆所疑，聞此電出梁逆衆異手。又「中華民國臨時政府制」未製訂以前，關於首腦名稱，各方意見不一，某法學家乃建議仿羅馬西塞祿及法國拿破崙時代例，用「執政」名。

岡村寧次曾為我軍所俘

岡村寧次之名，度國人多有知者，其人在第一次湘北會戰中，為負責敗將，（任敵十一軍司令官，負主決戰任務，）不知其在十餘年以前，已為我軍擊敗一次，且曾為我軍所俘，則孫傳芳龍潭一戰之插曲也。

時為民國十六年，國府甫遷南京，大局未臻安定，又值蔣委員長辭職回里休養，孫傳芳忽認為是可乘之機，祕密於蘇北集其敗卒，重新配備，選精銳者二萬餘。月夜自十二圩儀徵方面渡江，突襲龍潭，截斷京滬鐵路，直下棲霞山。輕裝之卒千餘，且已越棲霞山背，逼南京，中樞震動，神京有不保之勢。幸何敬之率第一軍李德鄰率第七軍，皆在京畿附近，得訊奔援，擊退孫軍前卒，而在棲霞山西部，布陣應戰，凡血戰數日。白健生復自上海馳至，調無錫常州之駐軍，於龍潭東部夾擊，孫軍遂潰。其渡江北竄者不及什一，龍潭棲霞山間遺屍兩萬，穢臭達數十里，為國軍北伐史中之著名惡戰。孫以是一蹶不振，終棄其舊部遁天津，奉經自懺，死於施劍翹女士之鎗下。

孫軍此次之突襲，主動之勢在握，其戰略計劃之優美，何李白諸氏事後皆為之歎賞不置，孫固以能戰名，而技不及此，為之參贊設計者，卽寇酋之岡村甯次也。岡村時任孫之軍事顧問，行軍時且隨孫渡江，旣敗，孫倉皇率其武弁，刼漁船逃去，岡村以落後，又不識路，復艱於爲華語，竟與孫軍總部官佐十餘人，同爲我軍所俘，迨質詢其國籍，囁嚅不能對，有主以國外間諜罪槍斃之者，我軍事當局寬大爲懷，竟赦以不死，未幾，爲倭人所偵知，卑辭保之出。岡村自是銜恨益深，屢唆寇軍部與我爲敵。八一三戰後，且竟提一軍來攻。三十八年湘北第一次會戰，蠶懲之，當時我軍尾擊甚勇，岡村如非早一日北走，頗有二次被俘之可能也。

龍潭戰後，我軍旣俘岡村，檢其身畔，得雜物若干，中有四等文虎章一，裹以絨布，似甚寶愛之者，蓋其任本國參謀本部部員時，北政府所致送之外交贈品也。

琉球人

關於中日戰後，中國諸藩屬地之回歸問題，談者多矣，而鮮有道及琉球者，此地在明清時爲我藩服，史册檔書，皆可舉證，而其時與日本之關係則極稀薄。卽以人種言之，與日本亦無系體可言。中日兩國因琉球而發生之第一次交涉爲公元一八七一年（淸同治十年），琉民四人至台灣，爲台人所殺，日政府向北京交涉。總理衙門毛昶熙最初答詞甚得當，謂台人殺琉人，皆中國藩屬事，與日人無干，日人無權來問。後忽又言，台人多屬生番，我政府未便窮治，遂被日人執爲口實，有一八九四年征台之舉。（領兵者爲日軍人所崇拜之西鄉從道，終無功而還）

。雖結果仍由中日以外交方式解決，而于約書上承認日人之征台爲保民，間接無異承認琉球人爲日本之國民，琉球從此斷送矣，五年後，日本乃廢琉球王，，置爲冲繩縣，正式收入版圖。

琉球人之非日本人，戰後對於此公案必當有合理之解決，然今日琉球人在日本政壇上活躍者甚多，如駐蘇聯大使之佐藤尙武，即其一，此輩之國籍，將來亦將連帶成爲問題也歟？

克太太

克太太者，克林德太太也，當義和團之亂作，克林德以德國公使身份，至總署會議，爲載漪要殺於道。克太太避東交民巷。八國聯軍旣侵入北京，淸室求和，克太太頗預其事。某說部寫克太太凶悍，其實克太太爲一深愛中國之人，性亦靜婉，祇以其堅主拆除湖州會館，遂大傷中國人之心。和議旣成，克太太得卹款，治華屋，留北京不去。民十九，予至北平，猶見克太太坐自備雙馬車，至護國寺市場，購小件古董以去，一中國老婦人爲之伴，或曰其老僕也。戰前某年，新聞祇似曾一載克太太死訊，亦不能盡憶矣。

惡劣

舊日帝王政府，奴視藩屬，毫無政治技巧，舉一事便可爲證。如明季，安南獻「金人」，初爲袍服肅立之象，明廷惡其倨，拒不受，強迫其改鑄一囚服跪伏之象，且於背鐫曰：「安南黎氏世孫黎維潭，不得蒲伏天門，恭進代身金人，悔罪，乞恩。」此事最爲無賴。又清代每逢萬壽賜宴，必驅朝鮮琉球等國使臣，坐全班之最末一席，甚或使執樽罍，賤視之如此，在政治技巧上，實爲最低劣之作法。

福根霍桑與張之洞

一九四零年，德軍閃擊斯干的那維亞半島諸國，先俘對岸之丹麥，復擊破挪威軍英勇之抵抗，再與英國遠征軍交綏而敗之。此路德軍之司令官，爲福根霍桑　卽民國二十年受任我國軍事顧問團團長，申報譯其名爲福根呼順者也。

福根霍桑在華六年，究有何貢獻，不必言，亦不便言。顧其受聘我國，實爲第二次，首次應聘來華，係光緒末年事，張之洞任兩湖總督，聘以爲練兵顧問，曾以馬克支薪之匯價問題，留一申請書之案卷，於湖北督署之檔案箱中。霍桑時年尙青，遇人橫戾無禮，卒與湖北執事者鬨而去。之洞繼聘某日籍教官，卑鄙無恥，着軍服循華俗向張請安，恬不爲怪，或曰：之洞時代之德國顧問，非福根霍桑，乃福根海，（第一次歐戰時，任德國參謀總長）如張乃燕之歐戰史，卽持此說，不知孰是也？

火葬

伍秩庸之提倡火葬，世所知也。康有爲

實亦爲火葬主義者。其「大同書」，取歐美舊說，主張消滅國界，實亦老生常談，顧在四十年前，已頗驚駭流俗矣。書中特言火葬方法之佳，並主於火葬場旁，設一肥料廠，但民國十七年，康死於青島，遺囑無隻字提及火葬。

石濤畫帖與唐有壬

唐有壬死已八年矣，吾人已寖忘其名，乃檢讀敵國「都新聞」，忽見有須磨彌吉郎，（前駐京敵領事）一文，題曰「石濤之山水畫帖」，名曰談石濤，實則談唐有壬，其中正包含一血腥之故事也。

須磨駐京久，略諳華文，好充風雅，兩目閃露，爲外交官中之陰險一型，高宗武爲外交部亞洲司長時，以職掌關係，時與折衝，自言每見須磨之皮笑肉不笑，輒作數日惡，高猶如此，他可知矣！

惟唐有壬在外次任次，頗與水乳，唐固便佞巧黠，知東人好小惠，須磨又頗以風雅自鳴，則時購書畫小件饋之。家藏石濤山水畫帖。須磨嘗假觀，心好之。未幾，有壬爲俠士擊死。畫帖入銀行界吳某手中，送於須磨去職之前夕，（民二六，抗戰前不久事），以唐名義，精裱原帖，歸之須磨。

唐有壬已死，吾人不欲以刻論加之。顧經須磨此一文之回溯，受汚甚矣。汪精衛逆黨之官於舊外交部者，如李逆聖五等，無不作賊，唐如不死，吾人固不保其能獨免，事究微異於逆跡已彰之輩，吾人且已漸忘其名，須磨乃欲追汚之於八年之後，果何意乎？

黃郛

故外交家黃膺白，其名爲郛，「郛」之義猶「郭」，亦略同「殼」，或問「尊名可屬對否？」膺白曰：「有何不可，正好對青皮！」問者均讚其巧智。

膺白最後一次主華北外交，身叢萬謗，而日人詆之爲苦肉計，黃憤極，某次在某處演說，第一語即曰：「我，黃蓋之弟也……」

皇帝辦報

袁世凱稱帝後，上海報紙攻擊之最烈，而以新聞報爲尤甚；蓋福開森（前該報老板）在北京，經常以材料供給之也。袁恨甚，而又必欲得該報讀之。阮忠樞薛大可等乃密議仿新聞報格式，在京另印一報，仍標新聞報名，內容則竄易其詆袁部分，其他仍如舊，排日進之於袁。計先後共耗六七萬金。

讀舊俄野史，有與此絕相似者，則沙皇尼古拉二世，在位時亦嘗自辦一報，專供「御覽」，內容除國內外一般電訊外，其他論文雜件，悉依沙皇之興趣而製成，以滿足皇帝晨間一小時之愉快爲目的，雖揑造，胡說，無妨也。沙皇雖知其僞，亦願而樂之，報紙規模宏大，延攬人才甚多，爲一極充實之陣營，計出版二十餘年，共耗費四萬萬餘美金，皆由俄國國庫負担，蘇聯革命成功後，清算沙皇浪費，遂發現此一事。

庚子宣戰詔書

公元一九零零年（庚子），義和團之役，事雖不足為訓，而意氣昂奮，使敵之得其道，或不至僨事至此。治新史者，稱為北方貧民農民之反帝運動，固不肯一筆抹煞；惟當時之執政諸人，則用心不堪問矣。既對諸國宣戰，亦依例發表宣戰詔書，文詞絕美，如其中有曰「朕今涕泣以告先廟，慷慨以誓師徒，與其茍且圖存，貽羞萬古，孰若大張撻伐，一決雌雄。」為軍機章京連文冲手筆，西太后命大學士徐桐修飾其詞，桐捧詔稿大哭，謂讀之感激心脾，不復能易一字也。桐為贊助義和團最力之一人，宅後有門通東交民巷，桐塞之，別於前門作帖曰：「望洋興歎」，「與鬼為鄰」，為最頑強之仇洋者。

曾左李死於外患

未可聽信齋雜纂

清末政治三傑，曾（國藩）左（宗棠）李（鴻章），晚年皆厄於外患，悲苦而死。同治九年之天津教案，曾以任北洋總督關係，直接負折衝之責，一意主和，焦頭爛額，國人恨之，至去其在天津湖南會館所題之名匾，付之一炬，曾憤惋之極，無可告語，鬱鬱以沒。左氏督師閩海，謀與法人戰，磨拳擦掌，自謂灋升不老，而廷議已決與法人言和，左尚不知，時已病甚，迨見和約簽字之電，痛憤呼罵，遂不起。李鴻章之晚境，較曾左尤酷；時為公元一九零一年，李負責與八國聯軍議和約，內外夾攻，不能自制，遂病，病亟，猶以議約要點口授幕僚書之，一夕，咯血於榻，且暈。和約以九月七日簽字，鴻章以十一月七日死。瀕死，握拳太息，猶以內政敗壞，不能及身而見清明之局為痛。

程豔秋教授

程豔秋以狡童得爲某先生所賞，竟使其爲中樞之「樂官」。「中國戲曲音樂學院副院長」，不論其背景如何，實際意義如何，要爲政府之一員，乃輕以畀程，其侮辱中國之樂政，亦可謂甚矣。究之，程爲一醜鄙不堪之舊式伶人，無論以何種方法捧持之，抗戰之大時代一到，一切魑魅魍魎，無不現形；程亦還其本來面目。不見其鬻歌平津，媚事敵虜，重度其私坊生活：了無愧怍乎？

程嘗於稠人廣座中，大言曰：「人以我程爲伶人，孰知我在外國時，外國人還請我做過教授乎」？蓋程以官費遊歐時，曾一至瑞士，日內瓦之世界學校，曾邀其教授太極拳數次，程遂以是自矜。

國人談舊劇青衣旦角。多以「梅程荀尚」并舉。此四人者，予皆曾與談話，得以觀察其爲人。梅性肫厚，見人吶吶若不能言，稍慳吝，而向善之心頗強，對社會無大功，亦無大過。荀慧生傖氣甚重，但知愛錢，未嘗讀書，故粗魯淺薄則有之，對社會亦無大過。尚小雲最坦率豪爽，殆近於胸無城府，能急人之急，在北平人緣最佳。鬻歌二十年，獨無餘貲，平人呼爲尚菩薩。又以其出貲助人，最少必爲五十金，因亦呼爲「尚五十」。能稍熟於伶界實况者皆禮重之。四人中以程豔秋爲最陰險無行，而獨能欺世盜名，至猶有有以義伶稱之者，不知其拒絕羅癭公後人之賙助，固已久矣。

陝西名將

論陝西產之名將，應自周秦算起，當代軍人不錄。

以歷史年代排序，第一應爲白起，爲三千年前之「閃擊」名家，惜以攻韓魏一役殺降卒廿四萬，爲後世史家所不取。

次爲王翦，其攻趙連拔九城，亦爲滲透戰術之早期使用者。

漢代陝西名將最多，皆以力戰匈奴得名，爲大漢之民族英雄，如衞青，霍去病，皆是，諸人之政治道德，另論。

南征建功，立銅柱而還之馬文淵（援），亦陝人也。

唐李淵而後，陝西名將出者漸少，惟明代却有兩「怪傑」，未便尊爲名將，亦不能抹煞其作戰才力者，則張獻忠與李闖也。

吳佩孚與張其鍠

吳佩孚畢生不與日本妥協，遂能完貞而死，長爲歷史上之「潔人」，蓋張其鍠之鼓勵，與有力焉。張爲桂人，在吳佩孚駐防衡陽以前，兩人猶不相識。張初隸譚組安幕中，以善草文電爲譚所喜。譚吳既對峙於湘南，其鍠謂子玉雖愎，而可與爲善，遂棄譚投吳，致力於兩大進步軍事力量之聯合，卒造成譚吳之默契，而有佩孚撤防之舉。

其後數年，吳佩孚戰勝皖系及奉天系，駐節洛陽，不可一世，日人嘗之爲英美依存派，而隱以坂本之洛陽訪問，刺佩孚意旨，謀所以鉤取之者。其鍠勸吳曰：「公欲爲民國史上之權力人物。不能與國民之意志悖，他皆可協融，惟日本之路線萬不可走！」佩孚韙之。故佩孚雖窮兵黷武，好戰造亂，而民族氣節始終保持，尤以抗日意念，至死不墮，時論賢之，不知皆其鍠之力也。

然其鍠性險狙，又喜攬權，終不能導佩孚於正。民國十五年北伐戰起，其鍠主戰最力，吳幕有主聯東南以自保者，其鍠斥之，謂大帥基礎必且連根盡拔。然佩孚戰敗走四川，其鍠追從不捨，終以身殉，猶不失爲慕義之士也，先二年，佩孚對奉系作戰，以國民軍馮胡孫之回師，全局皆敗，佩孚倉皇遵海道，遯漢口，時其鍠任廣西省長，聞訊立乘輪至滬，將往覓吳，登陸自搯其囊，僅餘小銀圓二，窘極，幸同舟唐姓助以數百金，得買舟西上。此事雖細，可以見大，其鍠縱身犯百孽，而有此一心，賢於吳幕之飢附飽颺者遠矣。

其鍠死後五年，予主京中某報筆政，索楊雲史之筆記，刊之報尾，中有一則記其鍠唆佩孚決鄂水戰南軍事。其鍠之妻見而大忿，往訴佩孚，謂雲史挾私憤，譭死者，願大帥假一手鎗，將往覓楊併命。佩孚命楊勿續載，雲史遂以電止予，稿雖名雋，終腰截矣。民國二十六年，予在北平訪佩孚，談及此事，佩孚笑曰：「雲史文人，好弄筆耳，子武（其鍠字）雖暴，不至此也。」

孟買之謔

故教授胡懷琛先生，短小如媼，而待人盹摯。

民國二十三年，予旅滬，相值於持志大

學，時胡氏方倡「墨翟爲印度人」之說，士林譁笑，胡氏迄不爲動。

予乃戲之曰：「先生考證墨子國籍史，乃忘一事，」胡氏矍然曰：「何也？」予曰：「墨子在印之居地實爲 Bombay 此地本屬蠻人所有，孟軻因反對墨子主張，決定驅逐墨子回國，特醵資代購此地以居之，史稱「距楊墨」者此也。」

胡氏不悅曰：「君果何所見而云然？」

予辯曰：「不爲此，Bombay 何以譯名爲孟買乎？」

顧媽

北平城有兩顧媽，皆爲「名人」，民國二十六年，筆者至平，曾一日而兩見之。一爲賽金花女僕，侍賽十餘年，至賽無餘栗，猶不去，談者義之。筆者訪賽故居，顧媽以賽所遺小銅佛及眉刷見贈，報以數金，遂蹲伏作旗體以謝，實則江南人也。一爲王揖唐妻，鄂妓小阿鳳假母。見之於中山公園，揖唐袍服，顧則高髻，時年已五十，猶塗粉狠籍。

兔變

褚逆民誼留法，以「兔陰期變論」，獵得醫學博士歸，此世所知也。後來數十年，褚逆好參加政治活動，詆之者頗多，「兔陰博士」一名，幾幾成爲褚之別號。既佐汪逆設僞府，其黨從許某，（某藥房經理）初事之甚謹，後忽改投周逆佛海，褚甚恨之，追出為日本偽使，許又以敵人力，求隨行為參事，褚益恨，或曰，此亦兔陰期變也。褚氣塞不能答。

ABC口語首倡者

以ABC代表美英中三大國，而倡為ABC同盟說，世以為始於郭泰祺外長，非也；又以為初見於某國際雜誌，亦作也。

首次運用此詞語者，實為前駐美大使施肇基，施氏在北政府時代，曾倡ABC經濟合作之論，為日本人所嫉。當時池崎忠孝為文詆美國，詞侵施氏，謂其可為中國人稟賦之代表，且詈為英美依存派之始作俑者，蓋施氏在美之外交活動，最為日閥所不喜也。

詩人吳稚暉

吳稚暉先生為當代思想界大師，平日以提倡活知識，反對讀死書，連帶而對於舊文學表示異感，然其國學根柢至深，文藝之素稟亦厚，非一般「乾燥之新理學者」所可比也。曾見其書贈紐惕生一詩：「同舍應徵溯昔遊，豪情勝概兩無儔，推窗依舊秦淮水，祇是相看白了頭」，溫婉有情，知先生亦是詩人，又其早年名朓，即因慕謝宣城之詩而起，中年後始更名敬恆。

副主筆

老羅斯福總統休息後，同業記者，任一雜誌副主筆，當時月薪一萬元，視其總統年俸五萬元，且過之，中國無養得活退職總流之報刊事業，難怪一般名主筆出身之大員。一入公門，便終身不返也。

吃馬肉

拿破崙征俄軍，自斯摩稜斯克一線西撤後，常全日在風雪中行軍。史傳上雖寫拿氏衣貂裘，坐車中飲酒，然而不得不以冷馬肉佐餐，蓋隨同拿氏征俄之戰馬，以大雪滿高原，無法可得飼料，倒斃於途者以萬計，其肉遂成爲軍中普遍食品，雖拿氏亦不免焉。

兩 姬

清慈禧太后，晚年好面諛，臣工背呼之爲「老太太」；輒不悅，「平齋家言」記王文韶事，卽有此語。

英國依利薩伯女王，背後亦有一綽號曰「老祖母」。女王亦不喜，好來塢「女王殉國」影片，寫女王諱老之狀，尤刻畫入微。

教授家庭

有某教授，夫婦皆曾留學國外多年，歸國後，其生活習俗，仍極端「西化」，夫人與教授語，必呼 Dear ，教授與夫人語，則句句不離 Darling。

一日，其家中女僕，出與鄰嫗閒談，衆問君家老爺太太，脾氣如何？僕曰：「我眞說不出這是一對什麼怪物，太太老是管老爺叫「爹」，老爺却一口一聲喊太太「大娘」！

立法委員簡又文言。

吳清源成功史

劉棣懷

凡知弈之士，莫不知有吳清源其人也，然其成名之經過，東渡之原因，亦多聞而不詳，盡余所知，筆述於後。

九歲

吳清源，福建閩侯人，父名玉龍，留學日本，畢業歸國後，服務於司法行政兩界。與予相識於北平，生平無他好，獨嗜弈。一日專函約余赴其家會食，餐後與余弈，時清源年方九歲，依其父側作壁上觀，聚精會神，目不旁視，久立而無倦容，且態度安詳，出言有序，問或爲其父籌劃，頗中肯要。余驚爲奇才，曰，孺子可教也。其父曰，如承不棄，願附門牆。余曰，苟環境許可，當盡棉薄。嗣後時臨其家，一經指撥，輒能領悟。

吳氏父子與余周旋日久，情感益篤，而清源圍棋進步之速，大有一日千里之勢。余又囑其父選購中外名譜，使之自習，流光如駛，瞬息已四易寒暑，清源年屆十三，時其兄滌生長數齡，亦知弈，惟天資遜之。父子三人。恆以一局消永夜，家庭之樂也融融。一日，知余有遠行，函約赴其家宴敍，至則見清源目注一空棋盤，凝神至數分鐘之久，，而詢諸其父，答云，小兒常作此態。余趨前戲問吳子曰，空盤一無所有，何子沉思之深，豈其中另有幻像耶？答曰，此中奧妙無窮，眞有神鬼莫測之機，卽昔日之國手如黃龍士范西屏施定菴，與今日之日本九段秀哉，尙未能窮其變化，日後苟得寸進，吾必於此中探尋新大陸，未卜環境許可與否。余曰，汝志可嘉，有恆爲成功之本，余將拭目以待之。

父喪

未幾，淸源之父以病故，身後蕭條，母欲携家返里，遠道傳聞，黯然神傷。繼念吳子前途未可限量，豈可令其功虧一簣？當卽飛函其母，商請稍緩，另行函懇顧君水如設法，以善其後。顧君爲之介見於段合肥，慨允月予百金，維持家計，並補助其兄妹之學費，返里之議，遂告中止。吳母感義，使淸源拜顧作寄父，顧深亦愛之。

東渡

吳子成名後，島邦人士迭次派員來華，促其東渡，當杜錫珪秉政時，囑余携之同往。余以淸源體力單薄且自幼未嘗離母，今遠涉重洋，客居異邦，使母子心懸兩地。雖人情所不忍，實亦不敢負此重任，致未果行。然日方求之益急，嗣由倭使芳澤重伸前議，吳母舐犢情深，又恐倭人忌其才而有不利，狐疑難決，走商於余及水如。余與水加譬解之，并勸其同往。芳澤亦接受其全家東渡之辦法，行止遂決。當時之貴官名流，得吳子出國之訊，多有餽贈，以壯行色。

吳子瀨越既達東京後，因遵囑，投拜七段源，憲作之門，蓋其人曾一度來華，品格不惡，在日人中爲不可多得者，越日偕吳往訪名醫某氏，爲之檢查身體。醫曰，先天不足，理宜靜養，切勿使之過用腦力，此後每週當來余處一診，飲食起居，隨時注意並告以適宜之運動方法。如是半年餘，吳子體量增加，醫曰，可以出弈矣。

擊敗秀哉

於是瀨越憲作領吳見棋院總裁大倉及弈界名人九段秀哉，並請以三段名義畀吳。惟秀哉反對：祇承認吳子爲初段。其師力爭，願以個人名譽作擔保，雙方堅持不下，嗣經衆人公決，由九段秀哉親自而試。秀哉以衆議難却，擇期與吳弈，授其二子兩局，三子一局。三局之結果，秀哉慘敗，而吳子三段之名義決定，時日人多崇拜秀哉，稱之爲棋閥。後知秀哉因吳子不投奔於彼門，而拜瀨越憲作爲師，蘊藏醋意耳。淸源自戰敗名人後，威名大震，並實行參加棋院之春秋兩季比賽，名列前茅，晉升四段，翌年復晉升五段，而有天元三連星等新佈局之發明，實開空前之紀錄。

壓倒怪童

自淸源列居高段之後，弈思愈益猛進，推陳出新，作風大變，凡與對局者，幾至束手無策。卽當時號稱第一流之名家，莫不孜孜於吳子新法之研討。島邦人士，咸驚歎曰：眞不愧乎天才，實亦棋界之神童也，並又譽之爲圍棋革命大家。當吳子未東渡之前，彼邦有一後起之秀者，名曰木谷實，爲七段鈴木爲次郎之得意門生。年長吳子一二齡，確係當時之傑出人材。倭人目之爲怪童，甚有稱謂繼承名人秀哉之位者，非此子莫屬。及清源降臨後，而萬衆之視線又轉注於吳子一身，以博得怪童頭銜之木谷實，本自負不凡，豈甘屈居牛後，思有以敗辱之。初則妬，繼則驚，終則此怪童已拜倒於神童之前。故後有合著之圍棋新譜，出而問世。

黑將軍

日本棋院因吳子之威望日隆，多有不甘弈界之春光，爲吳子占盡，躍躍欲試，復經新聞界之請求，願出重金，徵求高段，及在野名流，得九人焉，訂期與吳子先後角藝。經多日之鏖戰，終爲吳子占先，倭報力爲揄揚，大字標題，黑將軍無敵天下。於是棋院，又召集會議，公請名人出山，秀哉辭以年老，實亦心有所怯，衆激之曰：一將當前，萬夫莫敵，公如不出，豈非貽笑於稚子，更證我邦之無人，有傷國體。

與秀哉决戰

秀哉以羣議難却，又不肯示弱，允爲一試。惟提出條件四項，一，獎金豐富，二，時間每人所需，改爲三十小時（原訂名人每局，所需鐘點，規定十六小時），三，每星期祇弈一次，共爲四小時，四，嗣後不再與吳子對局。決議通過，登稿之權，爲某報所得，懸獎至萬金。規定勝者七千，敗者三千。神戶大阪各地公園內，懸有木製大棋盤，上嵌紅綠電燈，代替黑白棋子，東京電息傳來，則紅綠電燈，先後齊放光明，觀者如堵牆，蕞爾小邦，注重此道如斯，此我國社會人士所當留意者也。

酣鬥

清源與秀哉弈於棋院之大廳，到者數千人，後來者有向隅之感，環立於台上，僅限於公證人，及高段棋士數十人而已。但每期祇十數子，雙方工力悉敵，吳子試用新陣法，秀哉採取舊戰術，進攻退守，各盡其長，弈至六十餘着，尙未見分曉。一日，秀哉身披新和服，春風滿面，喜氣洋洋，緩步登台，態度極其安詳，羣衆竊竊私議曰：名人今日之動止泰然，必有驚人之妙着，吳子危乎殆矣！即台上之高段，亦作是想，秀哉落子後，局勢爲之一振，此着蓋名人歸後，精確研究之所得，同時觀者，莫不揚眉吐氣，私相論討，百思不得解救之道，有敗於吳子之手者，以爲雪恥在今朝，目光齊射名人面，表示敬佩。秀哉亦顧盼自雄，而傾向吳子者，則反乎是。尤以吳師瀨越憲作，憂慮更深，一籌莫展，頻頻目視吳子，觀其凝神全盤，目不旁視，知其構思深矣。經數十分鐘之久，一子始落，不意此着，竟出乎衆人之所料，亦非名人夢想所及，是時秀哉，笑容立斂，始而紅，繼而慘白，似驟罹急症者，全場沉寂之空氣，爲之激盪不已。吳師驚喜欲狂，名人鎖眉苦思，歷一小時之久，終無善策。

讓步

秀哉終因勝負之關鍵不敢草率應付，又恐超過時間；則以敗局論，進退維谷，不得已要求停戰。然此例不在法定之內，非經吳子私人之許可無效，設今日對方爲彼邦之棋士，豈肯失此良機，以七千之重獎，拱手讓人，則名人必爲所窘無疑？而吳子猶不失我國之風度，慨然允諾，且毫無矜色，秀哉苦笑致謝，前倨後恭，廢然而返。

此局經百餘日之惡鬥，結果雖爲秀哉獲勝一子，然吳子敗亦有榮，時人並讚其禮讓之美德。惜乎吳子今已受愚，竟入日籍，吾人又不勝其感慨矣。

皇姑屯炸車案真象

宗孟

日寇對我東北，謀以鬼蜮技倆，遂其侵略野心，原非朝夕。而其最卑鄙兇殘者，「九一八」事變前，當以「六四」慘案爲最，所謂「六四」慘案，卽民十七之皇姑屯炸車案。此案眞象。頗少見于著錄。世人亦多以其係一人之慘劇，不甚重視。實則其爲日寇野心之暴露，固與瀋變同出一轍也。

「六四」慘案發生後，因當局尚能沉着應付，未授日寇以可乘之隙，故未釀成大變，否則「九一八」醜劇，或將提前三年演出，未可知也。亡友遼湯闞君又安（定保），著有「四十七年之回憶」一書，於遼海故實，頗多敍及，對於「六四」慘案發生情形，更爲詳實。蓋闞君時任遼政務廳長，方代表各界首長迎張氏於榆關，同車歸來，於事變前後，身臨目覩，則所敍自極眞確，乃實錄也。玆節錄於次，實我漫譚。

「國軍截阻，繞路北上，奉軍不支。張氏通電息爭，不應。未幾近逼京津，六月一日通電回奉。……初二日晚，省當局派余代表偕各界首領迎之山海關。各界首領另乘他車，先歸。後方留守黑督吳興權，留余隨張車同返。張略詢地方事畢，余以在座皆要人因退歸他處。……至奉爲六月四日早五時二十五分，正行至皇姑屯東南滿鐵路，忽聞巨響如雷，時正倚窗向外展望，幾被震倒，此時余知炸彈無疑。車上衛隊見張被炸，在車兩旁連放十數槍。…車上秩序已亂，前後消息隔絕。……余以此行任務，爲代表迎張，因往生事處調查。張乘車已被焚，遂徒步至帥府。見劉省長面色如灰，故持鎮靜，因密告曰：「元帥至府，氣息已微，強作囑曰，勿令前線知我死耗，連呼我要走了，我要走了，移時卽逝。黑督登時殞命，閣員多已受傷」。言未了，見宅內人及副官等到正廳安排後事，劉因厲聲曰：「我甫看元帥來，當時不過受震，現已蘇，汝何爲作此舉動」？某副官頗機警，隨應曰：「六姨太太恐不測，元帥在東院安養，來此爲六姨太太準備耳。」劉斥去。因此在場一般文武官吏。知張尚在，一時人心稍定。

「此次之變，因張氏領袖軍民有年，其勢力足以統治東省，才亦足以應變，張去，軍民無主，且隨來重要人員，均在張左右，又往前回省各機關首領，自省以下，向接至皇姑屯站，陪至新站下車。此次下野東歸，尤應照例往接。並計到奉必在夜間，所有張及重要人員，一切首領，一舉而殲之，內陷於無政府之狀態，外則張楊兩軍團長及吉林張督，支持敗軍，遠在關內，進退維谷，聞變必潰，三省秩序大亂矣，治安必不能保持。乃此次各首領在新站迎接，而張之死知者僅重要首領數人，毒計已施，陰謀未遂，不幸中之幸，可謂千鈞一髮矣」。

按此時遼省爲現任監察院副院長劉海泉先生，支持危局，頗爲不易。直至六月二十一日張漢卿微服返瀋後，始公開發喪，其間日方文武，日來慰問，竟被瞞過。迨八月七日發殯，日又派林權助來弔，復密以易幟相詢，而「九一八」之變，遂又種因於此矣。

一根絃的樂器

有一根絃之樂器乎？曰：有，月琴是也。月琴本兩絃，裏粗而外細，等於胡琴。但此器爲人專奏者甚鮮，在京戲文場上，已淪爲配音之器，隨二胡之後，作胡琴之助。唯其如此，月琴者，亦爲文場上技藝最劣之人。毫無藝術陶養與知識。彼等見外絃之低音，可代內絃之高音，於是乾脆只彈一絃，而其廢棄不用之一絃，無置在琴上之必要，遂亦去之。試檢戲台上之月琴，無非一絃者即此理也。

月琴有兩型，或作圓形，或作蕉扇形，然琴上按柱架絃，其分寸則一，與型態無關。本來其製在胡琴琵琶之間，奏左者手案柱勒絃，右手彈之。雖裏外絃可併爲一，然同時彈之，可成複音，較爲悅耳。僅彈一絃，完全不可取也。

（東方晦）

記蔣百里自戕事

一夢

清末銳意興軍，派袁世凱爲北洋大臣，督練新軍，在十站設講武堂，各省遍設陸軍小學，時爲光緒二十九年，小學三年畢業後，升入陸軍中學，二年後升入保定軍官學校，入伍一年，再正式分科訓練，援以步馬砲工輜各門技術。

保定軍官學校之前身，係陸軍速成學校受業一年半卽出而担任軍職。初由講武堂畢業之趙理泰任速成校長。校中時鬧風潮。適蔣百里自駐德使館軍事參贊任次（卽今之武官）回國，袁世凱頗重視之，遂延其繼趙理泰担任軍官學校第一任校長，故第一期畢業生，皆蔣氏之門牆桃李，今日高級軍官中如何部長，唐生智，魏益三等，皆一期生也。

蔣到校，卽約法三章，一嚴守紀律，二服從命令，三努力學術，頗有振刷之志。惟北京政府尙沿滿清舊習，腐敗如昔，尤以陸軍部員司多滿清時代舊官僚，不知教育二字爲何物，對於蔣氏舉措施多方掣肘。

蔣氏自與軍部齟齬回校後，卽態度沈鬱，每晚輒伏案疾書，勤務兵某機警人也，睹狀心知有異。翌朝，蔣氏召集全校員生訓話，蔣立近大堂後壁，有雙屏可通後院，員生等則環立其前，蔣氏首述奉命辦學經過，及各方掣肘情形，語多沈痛。末並對全體員生，多方勉勵。固不知該勤務已匿潛屏門後窺伺矣，蔣語未畢，遽返身，推開雙屏，立門內側自懷中取出七響手鎗，對正胸口，扳動鎗機。旁伺之勤務，猛向蔣氏執鎗之右手一擊，鎗口略向下偏，故彈由左肋部入腰部穿出，始得全活，倘稍向上寸許，必死無疑。

斯時全校鼎沸，人心悲憤，各會任軍職之學生，電本省都督，聯名通電全國，袁氏大爲震動，給養傷費三千元，並派總統府顧問軍醫總監徐華清，親偕西醫二人前往診視軍部員司則以特殊原因，未受處分然已驚悸萬狀矣。保校一期生某君述之如此，愈特如其大略耳。

從破書上見到一個殉道者的背影

在米亭子舊書房裏，買到美濃部達吉博士的憲法撮要，這在敵國已是一本禁書。博士自以天皇機關說取禍被逐出貴族院後，異常緘默。美國報紙說他是現今日本最沒有保障的一個生命。他的兒子美濃部亮吉，於蘆戰起後不久，就以思想不穩罪被檢舉入獄。實際就是受他父親的牽累。

（篤）

英國人

東靦

以第一次歐戰的故事爲題材的小說，我見得很多，其中也有印象很深的，如下面所提到的一篇，因事隔多年，題名及作者姓名已不能正確地介紹出了。但知是一個美國人人作品，大意如下：

美國參戰後，一個美籍空戰員加入某一個英國航空小隊，在法境作戰，小隊長待他很好，因爲這位空戰員是來自美國的，有許多地方他頗能尊重他的美國習慣。

戰事經過若干時日，這位空戰員得了兩星期的特假期，他躊躇着，不知該怎樣把它消磨了的好。小隊長勸他到英國去休息一下，並且以自己家屬介紹給他，盡短期的地主之誼。

美國人到了英國後，果然受到這小隊長全家的熱忱款待：可是不知爲什麼，這家庭中充塞着一種神祕的氣分，好像有一個不合適於這個美國人的事情發生，而大家在極力忍耐着。小隊長有一個瞎眼的弟弟，（是在這一次戰爭中受傷的），拒絕和這個新來的朋友談到他的哥哥，小隊長的未婚妻也是如此，他們似乎不信任這個美國人眞正能夠懂得那個小隊長一樣。

美國人心裏痛苦極了，一方面受着那熱

烈得無可再熱烈的招待，一方面却隱隱在遭遇着一種精神封鎖。好容易過完了規定的假期，那天早上和他們全家告別，小隊長的父親站起來宣布了，原來小隊長在這個美國人動身來英的第二天就戰死了！不幸的消息和這個遠來的朋友差不多是同時到達。小隊長的全體家屬，意見一致，決定不將這個消息告訴他，並且立志不露一點聲色。

他們以爲處在一個英國人的地位上，是要對美國人負責的，美國人以仗義而參加歐洲的戰事，英國人精神上總覺得對美國人不起，凡是不必要的痛苦，他們都要設法爲他減免。同時，美國人是爲了消受假期才到他們家裏來，軍人從血戰中得到的假期，是頂寶貴不過的，他們寧願忍受喪子失夫的大悲痛，而沉默不言，以免使這個人不能安心適意的消磨完了這個假期。

這篇小說頗能寫出英國的國格之眞顏，我們相信，眞正的英國人，確有這優美的人性，爲了對於別人負責而寧願自己吃苦忍受，此種卓越的精神，在宗教觀念非常強烈的英國民族中，是相當豐富的，我們如果能平心靜氣，把英國人觀察一下，不要感情用事，把那些錯誤的政治家，作爲英國人的代表，更可以理解到這篇小說的正確性了。

同時，這篇小說，是很有助於英美邦交，但過去在兩國社會中，似乎並沒有引起何種強大的反應，英國的宣傳官僚，在這次戰爭中，爲什麼不把這一篇東西利用起來呢？

東西抄

舒展

他是怎樣得到消息的

一九三九年九月一日晨兩點四十分，白宮的電話交換器發出一陣嗡嗡聲。渴睡的夜班接線員將線頭插上，總統寢室內的電話響了。在那些日子裏，因為焦灼而眠不安枕的總統。很快地醒來，拿起床畔的電話。

「那一位？」

「我是畢爾蒲立德，總統先生。」

「什麼事，畢爾？」

「湯尼畢德爾剛從華沙到達目的地。總統先生，好多德國師團已深入波蘭領土」。

吸烟

一位著名心理學家發現為什麼癮君子們難於斷煙。他為了在寫作一本書時取得更大的注意力，乃決心停止連接不息的吸煙。可是沒有了燃煙，磕灰之躭擱，反而比以前寫作得慢些。

他不維沒有忘紀對於烟草的渴望，並且也渴想那種慰藉吸煙者的小動作。擦火柴與其他的吸烟的小動作，在一種順序的行為中，全都是節奏協和的玩藝兒。他們使得頭腦忘却時間，得到片刻的必要的休息。

注意力的轉變和休息同樣有益，目前一位哈里街（香烟公司街）的專家證實了這一點，他說，在非癮君子中間，患神經衰弱的人數要更多些。

新娘須知

日滿婦女協會最近決定在關島等地設立學校，訓練將來前往歐陸擇配的婦女。除了手鎗，來復槍的射擊教練以外，還授以撫育兒童的課程。

羅斯福底接見記者

他總是帶着那種心情，類似休假的第一天的，一位頗爲疲倦而又和藹的老伯伯的心情。他願意儘量地答覆任何人的問題，或者簡單地點一點頭，或睞一睞眼。這些時候，他底夫人總坐在他身邊，靜靜地編織着一隻藍襪子。

那兒沒有言語不檢的一類事情，你不僅可以問他，爲什麼決定這種政策，並且還可以問他，建議究竟是何居心，把整個國家底命運寄託在那個政策上面。舉例說，在他說明他怎樣將美國軍火租借給英國以後，有人請他解釋這種主張的心理，他向後仰一下，揮動着他底烟嘴說：『這樣打比吧。總統有一個鄰居。他底房子着了火。總統也有一長段澆花的水龍帶。他不會爲了這段水龍帶要鄰居拿出十五塊錢的。他跑過去，把水龍帶接在水龍頭上。火熄了，隣居道着謝，送還了水龍帶，並且答應修補那上面損壞的部份。」

以後合衆社的記者（比方說）提出一些更進一層的問題，並且是極有關係的問題，於是總統發愁了一時，搔搔鼻子說：『對不起，福來德，最好不要逼我說那個。過幾天，我準給你一點消息。』

你明白，一個大國的負責元首，對一百來位新聞記者，說出他底政策的祕密，然後，靠在椅背上，反駁他們底批評，爲自己辯護。這種事情在世界上其他的地方是不會有的。

茶與德國

德國向來不是一個喝茶的民族，可是現在也注意到這種芬芳飲料的價值了。問題是如何在英國封鎖之下變得茶的供給。

然而要勝過戈貝爾是不行的。他提倡使用新的代用品，蘆筍茶。把蘆筍實磨碎用以當茶。這是拿破崙戰爭時代的古董玩藝。

一位美國作家說，假使德國人眞會嗜茶，那麼未來的歐洲和平還有些希望。「嗜好喝茶的人們，通常是快樂而滿足的。他能成爲好鄰居。」

戈林愛好頹廢藝術

德國「印象主義」之父的藝術家諾德，一生經過第一次世界大戰，魏馬共和國，第三帝國。當一九三七年納粹在慕尼黑舉行一個備受指摘的「頹廢藝術」展覽會時，諾德的作品自然也在內的。

芝加哥的凱賽琳略美術陳列館曾舉行過諾德底個展。那些畫，（全是水彩畫）會使那位藝術批評家希特勒通身戰慄的。「一個女人底頭」有一張綠臉，黑髮裏冒着紅光。「采鬱金香的小女孩」裏面，面帶愁容的孩子塗成灰藍色，反襯着黃綠色的花。藝術家諾德現在七十三歲了。仍在德國。他是納粹黨員。雖然官方禁止他畫，但他還是喜歡畫什麼就畫什麼，乘納粹不注意就賣掉它。理由是：戈林收買諾德的繪畫。

法國

起初，當我們只接觸到農民的時候，合

作是坦白而公開的，可是自從中等階級回來以後，形勢就變了。他們展開反對我們的激烈宣傳，我們不能不明白這個中等階級在他們底心底上。仍抱英國勝利的希望。

你問我，你以為目前的法國是不是有革命的可能？我想不會，因為目前的法國人是解除了武裝的並且沒有力量。但只要我們一離開這個國家，釋放了構成這個民族底最年青最活躍的部份的二百萬俘虜，革命就會爆發。戰爭並未結束，也未決定。在覺醒中的法國人民底民族意識，正在反抗公認的政治敗北。

突變

假使出於倒楣的，不幸的偶合，英國打

勝了，那就是意大利底希望與計劃。尊嚴與光榮的末日。沮喪的，屈辱的意大利在世界上再也算不得什麼了。它會變成一個茶房，旅館老板，司閽者的國家，爲英國及其友邦美國服役。

首相底一日

邱吉爾先生平均每日工作十七小時，他使得十位祕書忙個不停，每天跟戰時內閣和其他的重要部長會議。

從他起身時起，——通常在上午七時，他就不停地使用他底異常的精力，最後直到就寢，普通是十二點鐘，但有時也遲至上午一點鐘。他底床畔還安置一具電話，——不過放在什麼地方却保守着祕密。

他底一天生活是以慣常的豐盛的英國早餐開始的。粥，鮭魚或腰子，還有鷄蛋隨着土司，果糕和咖啡，早餐完事。他飛快地處理大批信件，他是一個組織名家，很有系統地整理着堆積的文件，他向兩位女祕書口述簡短的一般指示，把次要的事件交給屬僚辦理。

在努力增進弛緩的政府機構的效率時，他制定一種體制，給行動遲緩的人們底手杖上，貼上「卽日行動起來」的籤條。

我說話迅速，同時好把火柴捩成小節，撒在地板上，有時爲了要強調一點他跳起身來，隨後再跌坐到椅子裏去。

午餐跟一羣人同吃，他蜷曲在一把椅子裏，邊吃邊談。在吃飯時要是他高興，他壟斷着一切談話，要是厭煩了，他不聲不響地蠕動着身體，使得同案或女主人覺得詫異，然而他迅速的的微笑總會贏得原諒的。

德國戰地記者

新的德國戰地記者不是一位客人，而是部隊中底一位戰鬥的伙伴。他是一個訓練有素的士兵。首要的條件就是他必須是一個具有特殊技能的士兵，有高度發展的責任和必要的堅強的男性特徵，他們尤其是要具有宣傳家的才幹。

他們在部隊到達的七點鐘以前，就到了但澤，一九三九年九月十四號一個攝影記者和他底裝甲汽車的駕駛員在一條公路上捕獲了三十一名波蘭人。

這種宣傳部隊的英勇事蹟可以無限地說下去，現在的戰地記者所得不過一個士兵的報酬。有一個中央分發局負責作有效的分發。

農人日記

董退思

東鄰嫁女

喧傳了許久的劉家院嫁女，到昨天黃昏時候纔辦成了。不是正式的婚姻，說明了是做姨太太，女的是田家產，進過小學。男的是湖北人，某師部的參謀，曾經娶妻，並生過兩個女孩都夭逝了，沒有兒，男的官羈四方，不能歸家，婆婆又不許女的出來。爲傳後計，沒有辦法，只得取姨太太。

媒婆曾經使他們會過面，女的很高興，特別愛慕那男人的皮大氅和金黃色的嶄新的戎裝。據說，見面之後曾經接連三晚歡喜得睡不着覺。

女家要求了許多東西：大衣，皮袍，皮鞋，粉，胭脂等等，另外還要五千塊錢。媒婆來回磋商了，男家都一一答應了，纔成的婚。爲了五千塊錢的事情商量得最久，男的起初只肯出三千，女的不肯放鬆，終歸添了兩千。昨天結婚原定的上午舉行，因爲五千元是存摺，不是現鈔，女家不肯接收幾乎決裂，經許多人解說都不成功，最後劉女的舅父從城裏趕到，證明存摺和現鈔原是一樣，所以遲到太陽下山，新娘纔上轎。

女家原要求用花轎迎接，後來讓步了，就坐的普通滑竿。

今天新娘于冋門被我看見了。果然穿了一件大衣，和一件羊皮袍。大衣是舊的，棕色呢製，上面已有跡印，據說花了七百元，或者三百元儘可買到。皮袍也着在身上，雖然今天天氣很暖。皮鞋沒有穿，穿的是一雙繡花緞鞋。人們猜，皮鞋不合脚，也有人說是穿不慣。一盒胭脂裏面沒有撲子，內行人猜測又是在舊貨店買的。買的生髮油，不是女人用的水油，乃是男子用的乾油。

我看見新娘子出來的時候，她走前，新郎走後。她雖沒有着皮鞋，然而走起路來昂頭挺胸，頂頂董董很夠威風。她好似說：「後頭穿呢軍服皮外套的，是我的丈夫，誰敢把我怎樣？」羨慕她的人們評論道：「劉姑娘與軍人一夜同床，勝過三年的軍事訓練。」

新娘的短髮也是燙了的，鄉下沒有燙髮的店子，前夜晚纔臨時說，由她的舅媽用燒柴灶的火鉗燙了一下。

賣猪

今天賣了一只肥豬，賣得一千二百元。牽走時，一家人都覺有些捨不得。因為這只豬足足養了一年，看着牠慢慢長大，又慢慢長肥，現在替我賺了這麼多錢，卻要牽牠去殺，當然不免有一些難過。臨趕走時小妹哭起來了。她說：「惟願不曉得路，今夜晚跑起回來，以後就老養起不賣牠」。

我素常是討厭豬的，因為牠一天只是吃和睡，又吃得很多。今天我的見解改變了。

豬的職務是長肉，要吃得睡得纔能長肉，並且越吃得多，越睡得多，越會長肉。我們以爲豬所過的日子舒服，實際錯了。爲着要幫我們生產肉，終年終月住在一間黑屋子裏，睡了吃，吃了睡，也不能說不是一件苦事。你肯過這種生活麽？恐怕你寧可勞動吧。

凡事要看目的和動機，懶和好吃通常說來是壞的，然而就豬說，越懶越好，越能吃越好。

豬對於人功用未必亞於耕牛，牠不知曾經把多少的廢物變成了有用的東西。豬又生得多，長得快，而且很容易養。喂不起牛的小農，和都市的貧民都能喂豬。這些優點是牛所不及的。近來肉缺價貴，大家對於豬更重視起來，難怪常看見一些養豬的撫摸着他們的豬露出一種愛悅的神氣。

時到深夜，小妹還在等大肥豬自己找着路回來，不肯上床睡去，但是她已經坐在椅子上睡着了。

頭巾

老張挑起一担紅薯同我在街上走，忽聽見一個警察喊一聲「站到」！把我們嚇一大跳。待我們掉頭望時，那警察又喊了一聲，「取了」，同時他用在頭上一比。我纔明白他的意思，給老張說：「取下頭上的白帕子」。老張伸手取下來，問我：「爲啥子要取了？」我說，「不許纏帕子，你去買一頂帽子吧。」老張道：「那個買得起帽子喲！這帕子又相應，又熱和，纏在頭上當帽子，綑在身上當腰帶，取下來還可以洗臉揉澡，那些不好？

我問你，爲啥不許纏帕子？」我說，「因爲難看」。老張說：「啥子叫難看。鄉下人人都纏帕子，沒有那個說難看。我這條帕子白白淨淨的怎麼難看？總比那些轎夫車夫的爛衣裳好看吧，爲啥不叫他們把衣服也脫了？我看他們城裏這些稀奇古怪的穿着纔難看咧」。我提醒他道：「他們那些穿着你可買不起哩。」老張氣憤道：「有錢我也不買那些洋牌貨。他們下鄉來，我們也不許他們穿帶那些東西。」我不願同他爭辯了，附和他一聲：「好吧，只要你有那個胆量」。

趕夜路的孩子

我從磁器口回家，天却黑了，還有四五里路，我盡力的放起大步走，走得滿頭是汗。我正取下帽子揩汗水，忽聽見後頭嗬嗒嗬嗒的響聲，一會兒跑上來一個小孩，打一雙赤脚，手提一個未點的紙燈籠，疾速的經我腰下跨上前去了。我喊住他道：「小孩，你到那裏」？他答；「到蔡家場」。「還有好遠」？「三十幾里」。我心想，怪不得他拚命跑。我問他從那裏來，他說，從磁器口來。我又問：「你住磁器口麼」？他答「住蔡家場，姑媽住磁器口」。他忽然哭起來了，滾出兩大顆眼淚。嗚咽的道；「老的上午死了，送信趕姑媽，吃過午飯才從蔡家場動身，現在又回蔡家場」。我一算磁器口離蔡家場恰好四十五里，驚詫的問道：「半天九十里，你能走麼？」他似乎很不經意的答道，「走倒是能走」。他停了一下，又舉起燈籠，指着蠟燭道：「曉得這個點得攏不啊？還是貴傢伙哩，一支花了二毛五」他的心思在痛惜錢去了。我告訴他的家在近邊，留他去歇一夜。明天一早回去。他像大人樣沉思而且哀戚的回答道：「家裏不曉得，怕母親躭心，父親明天就要埋，還有事情」。我只得讓他前走，給了他兩個橘柑，一把花生。我又問他的年齡，他答十歲，但是看他的個子，只像七八歲。他啼啼嗒嗒的前去了。我沉思了一會兒，很覺憐恤他，嘆道；「富貴人家的孩子是什麼樣呢」？待我抬頭望時，他已經跑不見了。

我被狗咬了

我以爲鄉下的耗子總多，那知進城來一看，城裏的耗子更多。不但多，而且大，不但個子大，胆子更大。

我白晝在街上看見牠們來往如梭，在人家屋裏，好似慣養的雞犬，當人前跑進跑出，毫不畏人。夜間經過炸壞的頹垣破瓦，手電一照，看見牠們成羣的穿來穿去，令人毛骨悚然。

一個朋友對我說，重慶的耗子至少比重慶的人多一倍。他又說，假定數目是一百萬，又假定每只耗子每月的損害是一元錢，那末，全年便是一千二百萬元，足夠市政府的經費。這還不算。

同鄉人李三先生（在重慶做教員的）告訴我，城裏的狗多是無主的野狗。他說，這種多狗多耗子的現象是市政府及警察局放任的結果。他主張搜捕全城野狗，宰殺出賣，將售款設置家貓繁殖場，勒令市民家家養貓，不養者徵懶捐。這樣，不但不會有野狗咬人，而且可以救濟肉荒，不但可免物資的損失，而且市民得以安眠。我附議李三先生的意見並且主張第一個殺咬我的那只狗。妨害睡眠傳染病疫及跳蚤等的間接損害。還是起碼的，這耗子的花費就是這麼多……

城裏頭的狗也很多，也使我奇怪。鄉下養狗是爲守夜，城裏養狗不知是作何用。他們都說街上的狗不咬人，只咬叫化子，然而我那天在街上卻被狗咬了一口。我沒有招惹它，我的衣服也是換了纔進城的，起初我以爲牠必是瘋狗，但是街坊都說是好狗。未必牠知道我從鄉下來的麼？

紅橘

今天早上我去河邊，一路上遇着的和在河壩看見的橘柑販子，眞是不計其數，男的女的，老的少的都有，挑的挑，揹的揹，抬的抬，絡繹不絕。他們都帶着很得意的神氣，因爲橘柑一到手，他們一天的職業和生活被解決了。

在街上恐怕無論賣甚麼東西的都沒有賣橘柑的多，不僅是條條街都有，而且條條街都很多。有一天我在一家電影院門前約略數了一下，兩旁排着的賣橘柑的攤子，挑子和雙手拿住賣的，差兩個滿一百！全城算來豈販賣橘柑吃飯的，眞不知有多少人！而且還些多半都是一些貧民，因爲賣橘柑不需幾多本錢，也不要長久擱置資本，而當天就可以變成現錢。除此以外，我想不出別一件東西對於如許多的小販有如許多的利益，燒餅花生也趕不上。

橘柑不僅是做小買賣者的絕好的貨品，而且是消費者的良好的食物和食料，又不僅是人人都喜歡吃，而且人人都吃得起，並且吃下去對於身體很有益。我在一本農民雜誌上看見，橘柑裏面含丙種維他命最多，除了檸檬和橘柑而外，別樣食物都趕不上。據說丙種維他命的效用和太陽的效用一樣的，在冬季太陽少的地方，必須多吃丙種維他命纔能保持身體的健康。

橘柑身上沒有一樣廢掉的東西，橘子的皮吃下去可以利大便，外皮也可以做藥。橘皮拋在地上自然會有人來檢，他們拿去可賣一毛多錢一斤，這樣，橘子還可以幫助一文本錢沒有的乞丐。

橘子的好處眞說不完，又好看，又好吃，又滋補，又便宜，又平民化，又……孔子說，「博施於民，而能濟衆，堯舜其猶病諸。」橘柑可能辦到了。

這次回到鄉下，一定多栽一些橘柑。

窮辦法

舊曆除夕，大雪紛紛，堂屋變成了臨時暖房。主客大小十餘人圍着一籠笑騰騰之大火，花生清茶助興，隨意所之，毫無拘束的胡扯亂說。由前夜黃鼠狼咬雞，談到過年後大娃子讀書，又談到周家的新娘子歡喜得三夜晚睡不着覺。最後還是談到大家常愛談的題目即是物價。

李三娘說，「今晚這樣冷，劉金庭一家人只得一床棉絮，不知怎樣過法。早勸他買一床，總說太貴，如今更貴了」。

老黃道「他纔不得買，人少睡起纔冷，他們六個人一床，熱和得很，買棉絮做啥子」！

我告訴他們：我前幾天在城裏，夜晚出街，需要電筒，本想去買一對電池，一問要十多元錢，沒有買，想起了瞎子模路的辦法，找到一根竹棍，下雨天引路比電筒還好。

小妹在裏面房間玩紙牌，聽見我們談話，一手拿着牌，一手抱一只貓，跑出來唧唧呱呱的道：「看你們要烤火，我們不烤火，也不要熱水袋，這就是我的熱水袋（她用頭對貓一指），暖和得很」。

國家窮了，大家都應該想窮辦法，我只想到手棍代電筒，極其經濟，今天卻又聽見多人同床可以省被蓋，又看見貓兒代暖爐。不過我想鷄也是很温暖的，用鷄做熱水袋還多一層利益，因為鷄還可以下蛋。如果每一個用熱水袋和灰籠的人都捉一只鷄在手上，豈不可以大增生產麼？

嚇人的貴糖

許久不進城，進一回城又添不少的見識。

在鄉下只聽說米貴了，肉貴了這次在城裏可眞看見了一些貴東西，倒使我覺得米也肉也都不能算貴。

別的都不必拿來作比較，單就吃的一類說。米雖貴，也不過合三元左右一斤，肉價也不過倍之。然而米和肉都是能夠飽肚子養人的東西。我今天看見一樣既不飽肚子，又未必養人的吃食，價錢也貴得嚇人。一種巧可力洋糖，每斤七十二元！這糖是像小板栗大一顆一顆的，都用各種鮮麗顏色的錫箔包好，每顆價是一元五角！它是澈底的外國貨：外國原料，外國製造，外國紙箔包裹，外國飛機運到。買主所花的貴價錢，多半是在裝璜和運費上去了。據吃過這種糖的人說，此糖並不如三元多一斤的土白糖甜，然而居然也有人肯出七十幾元一斤去買！

我又過幾家皮鞋店，得知三四百元一雙已經成了普通的價錢。有的皮鞋店還擺着「航空運到」的字牌。難怪飛機忙，都用去運洋糖和外國皮鞋等等去了。

我回到旅店很納悶；為何政府對於米肉嚴厲限價，而對於這般貴東西如此放任呢？這些嚇人的價目豈不刺激人民的心理，影響一般物價麼？聽說一些經濟學家都主張必需品要限價，奢侈品不限價，但是依我看，奢侈品限了價，或率性禁止出賣，斷絕來源，豈不很好麼？必需品不限價，以便獎勵生產運輸，豈不也是有益麼？何況必需品都是本地出產，利權並不外溢呢？

吃了別人的湯

今天在城裏鬧出一個笑活，此刻想起還難為情。

我到一家小館吃午飯，那館子的顧客非常之多，每張棹如有人，而且多半是坐滿了的。只有一張小棹坐了兩位女客，還有兩個空位置，堂倌就招呼我坐下。我只叫了一樣菜吃飯，她們有兩菜一湯，雖是同棹，然而各吃各的，互不理會。但這却與尋常習慣相左，尋常一棹上的菜每樣都可以自由挾取，這種習慣很深，很不易禁住。好幾次幾乎把筷子拿到她們的菜上，幸而臨時止住了。但是也許是因爲我太渴的關係，竟不知不覺的把湯匙往她們湯碗裏舀了一匙，她們四只眼睛把我盯着，撲嗤一口笑出來，我纔忽然想起，趕緊把湯倒囘去，說了一句「對不起，弄錯了。」當時我感覺我的臉飛熱。

雌雄孰美

幾天前，三娃子從學校下課囘家，一走進門就問他的娘道：「媽媽，您說是您好看，還是爸爸好看呀」？他娘道：「都不好看」他不依允：「眞的問您唉，您說吧，總有一個好看些啊」。他娘答：「你說吧，我不曉得」。他道：「爸爸好看些」。我問：「你在胡說什麼」？他道：「眞的，書上說的」。

原來他那天才上了自然課回家，書上講到雌雄淘汰，說雄的動物都比雌的好看，否則雌的不肯同雄的交配。

我客氣地指正他。「從來沒有人說過我好看，你的書上胡講」。他道：「是對的，老師也是那樣講。您看公雞是多麼美，母雞有什麼好看呀？孔雀獅子，一切動物都是公的比母的美，誰說不是呀？公的不美就不能吸引母的」。我說。「動物是動物，人是人，人一定是女的美，沒有男人美的。我們以爲公的動物美，動物自己看來未必是公的美。公雞看母雞一定是覺得母雞嬌媚可愛，不然何必去追她，你看那裏，那只公雞不是在追母鷄嗎！他那裏管母鷄愛不愛他，他有力氣，母鷄就得依從她。何況大家養鷄都是公鷄少，母鷄多，只有公鷄選母鷄，沒有母鷄選公鷄。母鷄不好看公鷄就不要她，公鷄有力氣，何須乎好看。一切動物都是一樣，公的要強，母的要美。人惟一不同處，即是男人的強不僅限於體力，凡是有才具，學問，權位，技能，名氣，財產都要算強。有了這些，何須乎要美」。

我一直往下說，三娃子似乎不甚了解我的意思，也就單身走出門了。

今天三娃子回來，垂頭喪氣的說道：「這回考自然，我得了一個大圈」。我問，「什麼緣故？總是你考得不好吧」。他道：「我照您的意思答的，我說雌的比雄的美」。

★　★　★

我把蚊帳撕了

我最討厭鑽蚊帳，天天夜晚像狗鑽牆洞一樣，鑽進鑽出的。每年到掛蚊帳的時候，我都發愁，不知不覺今年又到這時候了。好久不鑽，鑽起來格外費力，在掛蚊帳的頭一夜晚，我把燈吹了去撩蚊帳，黑漆漆的摸頭不是腦，蚊子已經在腿上咬起來，我急了，雙手一撕，撕開一個大口子，人爬進去了，也不管他，就譬如頭一夜沒有掛蚊帳。

我幼小時原是掛中國式的方帳子，本是很方便很舒服的，後來看見外國式的圓帳子，也跟着學時髦，有一個時期甚至於把掛方蚊帳看來和帶小腳媳婦上街是一樣的羞恥。所以圓帳子雖是又悶氣，又碰頭掛脚的，却也甘願犧牲。

圓帳子稍省材料，但是講到耐用却差得很遠。我的帳子總是用不到兩年就破篾席的四只角鑿破四個窟窿。這一次我的帳子可整個撕破了。

第二天我想起一個革命的辦法，率性翦破他，添配一點兒材料，改造成一籠中國式的帳子。孩子們一看見，都要求改造，他們的心理和我們本來不同，因爲他們一坐下就看見圓帳子，後來才看見方帳子，所以倒覺得方的稀奇。於是四籠小圓帳，便合做成了一籠很大的方帳子。四只床鑲做一塊兒，共用一個蚊帳，開上兩道門，不啻一間全幅紗壁的房間。孩子門在床上打滾，翻筋斗，下棋，溫功課，都喊安逸。

中國原是蚊虫最多的國家，防咬的藝術，應該比較進步，所以中國蚊帳之優良決非偶然，然而中國人倒要去學外國。摹仿趨新，眞是盲目的，我被這摹仿主義束縛了二十幾年，現在才解放出來，難怪民族解放不容易。

我吃了許多虫子

我時常這樣想；蠕虫類應該是很好吃的，沒有骨頭，沒有刺，又軟又嫩，怎麼會不好吃？猪是吃糠的，牛是吃草的，一鷄吃穀菽，魚吃小蝦，而猪肉，牛肉，鷄肉，魚肉皆是人類的上食品，那末吃青菜和果子的虫子，豈不是味道絕美，而且很滋補麼？所以多年來，我很想自己先嘗試。

不過理想是理想，實際上我始終不敢嘗

試，我是最害怕虫類的，連蠶兒我也怕摸得，一條大的脊虫我看見也難受，如何還能吃得進口？

水蜜桃是我最喜歡吃的果子，而同時似乎也是虫子最喜歡吃的。我每年收穫的水蜜桃，一百個之中難找出兩個沒有虫的，吃水蜜桃挑虫子比吃平價米挑稗子沙子還要麻煩。大致幾分是由於懶惰不愛挑的關係，幾分是由於見得太多不在乎。不知是從那一天或那一晚上起，我拿着桃子，不管有虫無虫，撕開皮就動嘴。自此以後，我吃桃子概不看虫。明處暗處一樣的吃。所以我雖沒有故意吃虫子，然而實際吃下去的不知有多少？

我的女兒比我大胆些，她雖是畏鼠如虎，却毫不怕虫，適逢一天，我們因爲做果醬，從一些爛桃子裏頭，鉗出了半小碗的虫子，她跑來看見了，問道：「這些虫子挑出來幹嗎？好嫩嘍！」我答道：「挑出來吃。好吃哩，你要吃麼？」她說：「好嗎！」

雖是她的媽媽很反對，但是我知道這些虫子吃下去至少沒有害處，既是她敢吃，曷不給她一個試驗的機會。我用豬油將那半碗蜜桃飼養出來的肥虫炸了出來，她先嘗了個想了一想道：「好吃！」於是大箸大箸的往口裏送。小三和四妹恰從外面囘來碰着，只看見在吃東西，也不問是甚麼，搶過筷子來就吃，一會兒全吃光了。後來我告訴小三和四毛，吃的是虫子，他們說：「哎呀，好嘔心嘍！」我只望着他們吃，始終沒有管一個。

杜鵑是怎樣啼的

杜鵑特別是在夜間叫得厲害，他是在夜間聽起來格外淒厲，但是夜間所聽見的，總是來得很遠的啼聲。我很想逼近聽一聽着他爲何那樣不怕力竭聲嘶，並要看他是否當眞叫出血來。

在我院子的對門坡上有一株大槐樹，夜裏常有杜鵑在那兒啼叫。一天我在樹腳搭了一個小篾棚，晚飯後，我抓了兩把炒豌豆爬進棚裏，一邊吃豌豆，一邊等着。我等了一個多鐘頭，豌豆吃完了，並沒有杜鵑的音響，我爬進爬出了三四次，末一次看見陰曆二十幾的月亮已經昇上半空，恰從朵黑雲裏鑽出來，時間已經是半夜，還是沒有響動。我心想，算了吧，多半他已經知道樹下有埋伏，不肯來了。我正要回頭爬進棚去收檢東西，忽聽見咕咕陽，咕咕陽的啼聲由我們的後院向這方過來，我急忙爬進去，順手將門關上，門沒有關好，已經看見杜鵑在月光中直對大槐樹飛來。我屏住氣，輕輕坐下，杜鵑碰到樹枝的響聲已經傳到我的耳朵來了。立刻便是咕咕陽，咕咕陽的不停，一聲跟一聲，一聲好似比一聲急，非常清晰，非常響亮。他不停而又有音節的一股氣叫了二十幾聲。略歇了一兩拍，又繼續叫起來了。有時接連五六十聲或七八十聲纔停一下。有時候他換一個曲調呱呱呱的叫幾聲。有時候他在樹枝上從這股飛到那股。但是多半時間只是在那裏依着拍子，一個音調的叫。他爲什麼叫，我猜不出來。他似乎並沒有目的，也沒有動機，不知他是因爲歡喜在歌唱，還是因爲悲哀在呻吟。有人聽他沒有，有鳥和他沒有，他似乎並不在意。我記數他叫了四百多聲，忽然聽見棚有上東西滴下來，我想。果然叫出血來了！我低聲乞求道，「你別叫了嘍！」他越叫越急，好像槐樹上都滴起來了。我知事不妙。掀開棚子就跑。杜鵑大驚，嗶的一下飛了。一面飛一面仍咕咕陽，咕咕陽的叫。我跑到家，滿身打溼，過雲雨也停止了。

我們實行共產

我曾經讀過一些關於社會主義和共產主義的著作，所描寫的大同社會使我十分傾慕，很想邀約一些同志，到邊區或荒島上去，建設烏托邦，而苦於同志不易得。今年的夏季，不須約同志不須到邊荒，竟得到了一個實行共產生活的機會。

我們的大家庭是相當的大，因爲父母俱存，至今沒有分家。在過去弟兄幾人可以各自獨立謀生，所以生活早是分開的。近來物價高漲，謀生困難，都回到老家守着老人的幾畝薄田過日子。此次完全聚齊，大小男女共比羅漢多兩個，於是我們開始了一個小規模的共產生活。現時我們的試驗雖已結束，然而所得到的一些小經驗是頗可以玩味的。

在兩個月當中，沒有吃過幾頓飽飯。棹上的菜雖不很少，然而同棹多是年青孩子，學校出身，吃飯異常之快，搶菜的本領尤其驚人。我素來吃飯很慢，而且有一個揀稗子的習慣，所以常常是一碗飯沒有吃完，他們已經吃完了三四碗，放箸下席了。後來我也只好不揀稗子，並且學會了一個取巧的方法，頭一碗飯只盛半碗，趕快吃完，第二碗纔添滿碗，馬上夾幾大箸菜在飯碗裏面，然後慢慢的吃。這樣我可以吃一碗半，比平日只少吃半碗，習慣了也並不覺得飢餓，我素常有一個貪食的惡癖，菜好時往往吃得過多，腸胃受累不少，近來沒有犯過這毛病，這倒是因禍得福。

一次我買了兩個蒼蠅拍子，本是供廚房和飯室應用，過兩天不見了，又買兩把，當天就沒有了。拍子都給各人拿進了臥房，蒼蠅那集中在廚房和飯室裏面，大家都不在意，我也只好消極抵制，如今我見着蒼蠅不大害怕了。

我們每人發了一把竹篾編的扇子，各人都做上了記號，但是扇子絕不能離手，一離手就會找不着。後來大家都繫上一根長麻線，將扇子吊在頸項上。客人到我家，看見每人身上都掛着一把扇子，不解其故，以爲無非是取其方便罷了，不知裏面有由生活得來的教訓。

天氣炎熱的幾天，糧食很成問題，開水燒不及，壺裏面常常沒有水，因爲沒有水，大家都囤積水，開水一燒出，各人都用小壺或漱口盅倒走了。越囤積，大壺越空虛，越空虛，大家越囤積。熱天受渴比挨餓更苦，我有幾次渴急了，只好喝生水，喝過後懸心吊胆的怕得痢疾霍亂，倒是只有一次瀉過肚子。也許我的抵抗力很有長進。

有一次買一斤餅干回家，一氣吃光了，快的吃三五塊，慢的吃一兩塊，弄到末了哭哭啼啼收場。從此再不敢買糖果點心，惟一的零食品是炒乾胡豆，比較上便宜而且經吃。但是每次炒兩升，至多也只能吃兩天，不多日兩斗胡豆也炒完了。往後，甚麼吃的沒有，倒好，吃零碎的習慣都戒除了。

養了一羣母雞下蛋，而開飯做菜要雞蛋，還須得買去。因爲雞下蛋可以隨便去檢，檢來便是財喜。幾個吃慣生雞蛋或熱水泡雞蛋的，隨時都是留心着的，一聽見母雞喧叫，就會爭跑去檢蛋。後來競爭更激烈了，只要一進窩，便有人在旁邊伺候着，預先下定：「這一個是我的啊，別人不許檢牠」。有一次兩個孩子搶隻雞蛋，把雞毛拖得一地，而雞蛋還未下得出來。

我們的共產生活維持了兩個月，大家都願意結束，只有一個人表示，「隨便」，那人便是綽號「搶菜大王」的。

結束案通過後，我走到一邊，深深的呼了一口氣道：「阿彌陀佛，我寧可一個人到破廟裏做和尙，也不願當這種共產社會的一員」。

不過我回頭想了一想，共產生活却幫助我們改良了好幾種壞習慣。

吾妻

做莊稼的事體，單有農夫是不成的，還得有農婦。農婦不是裝飾品，也不僅是管家生孩子，乃是農夫工作的夥伴。

珊原是生長在都市。和一般都市婦女一樣，她的時間概是莫明其妙的消耗了。她曾經要去作事，但作了事就沒有人管家，管家嗎，又沒有好多事情可管。所以一年一年的光陰過了，總是報不出賬來。

自從我們做上莊稼她就成了一個忙人。

她不但要全責管幾頭猪羊，和幾十只雞鴨，連菜園田地裏的事體都得照料。她最喜歡栽菜，因爲菜的生長快得愛人。有時候她因爲急於要使菜長大，也不怕自己去澆糞。別人問她爲什麼不怕髒，她說譬如是爲自己養的小孩洗尿布。她也喜歡雜糧，播種施肥都是她在督促。現刻正是雜糧收穫的時候，那一個角落，都是堆滿了雜糧和稿悍，我也有一些感覺紛亂，她却是異常興奮。她東指西顧的告訴我，這個吃，那個賣，這個做種，那個喂豬。說完話，有一種極穩定的神情呈現在她的臉上，好似說：「封鎖也罷，物價飛漲也罷，我們都不怕了」。

這幾天眞是忙，豌豆胡豆麥子都要晒，要打，要剁，要選，要收藏。地壩晒着各樣糧，她便坐在階沿看守着。同時挑選豌胡豆，但是忽然屋裏母雞咯打咯打的叫起來，得去檢蛋，於是一羣雞都圍攏來偸食麥子豆子了！

她常愛說：「農場上什麼都有用處，人不吃的喂豬雞，豬雞不吃的喂牛喂羊，牛羊都不吃的做柴燒，燒成灰還可以肥田，眞是沒有一樣廢物」。我道：「農場上不但沒有廢物，也沒有廢人，城市的廢人下鄉也有用場了」。她生氣了回答我：「你再要罵人我不管了」。農場沒有農婦是辦不了的，我怕她罷工，於是賠罪道：「你不要誤會，我是說，你可以勸你的朋友們都下鄉作農婦，做些有益的工作，不要盡在東家談白，西家打牌」。

我覺得當農婦比在銀行或機關當職員還強些，因爲她可以在自己家裏工作，不必上公事房，她做的是自己的事情，不必受人支配。

囤積的嘗試

王三娘是素常愛囤積東西的，我一天對她說：「王三娘，你去年應該多買一些廣柑，現在每個賣三四元了。」王三娘答道：「害怕沒有買！只恐爛起來吃不贏，買來不到一個月就起頭爛，越到後來爛得愈快，一半也沒有救到。再別說廣柑了！我花了三百多塊錢，沒有吃一個好廣柑。」

我安慰她道：「這東西確是不好放，聽說某公司前年收買了幾百萬廣柑，爛了堆集如山，花了幾百元錢，纔請人担到河裏倒了。我看要囤積還是買不容易壞的物品吧。」

「米吧！我去年買了幾石米預備吃一年，後來我打開櫃子一看，虫比米還多，喂豬都不敢用，雞也怕吃得。」王三娘一口氣說完了，似乎還有餘痛。

「米也是不大好放的，頂好是……」

我的話沒有說完，王三娘搶嘴便道：「頂好是什麼？柴鹽等等是不是？都不要提了。我不是買了幾百塊錢松柴麼，堆一大間屋。隔壁住了一些兵，今天來討，明天來要，煮飯不說，還要烤火，至少給我燒掉一半。惟有囤一點鹽更氣死人。買了一百多斤鹽，四鄰都曉得了。恰好鹽漲價，於是李大嫂要借廿斤做鹹菜，陳老婆要借三十斤做臘肉，還有這家三斤，那家五斤，一共借出去不下八九十斤。借了就不還。三斤五斤的又不好去要得，還說我王三娘那樣小氣。

那天我給李大嫂說：「我的鹽已經吃完了，你們買到鹽沒有？」你猜她怎樣回答我？她說，是呀，我借了你廿斤鹽；早是說要還你的，硬買不到，我還你二八一十六塊錢吧。」她們都曉得我買的時候價錢是八角，但是我說，「此刻賣兩塊了。」她說，「我曉得是差不多要賣一塊七八兩塊，莫非，王三娘，你們是有錢人，又不是做鹽生意的，你還來賺我們淡泊人幾塊錢麼？」你看氣人不氣人。果眞就給我錢也罷了，到如今還是一文未給。」

王三娘發完牢騷，賭咒發誓道：「以後絕不再囤東西了，還是存錢好，錢不會爛，放在家裏別人也不曉得。少囤貨，少討氣憂。」

她的一番話把我提醒了，便轉身回家，檢查我囤積的幾刀十行紙，和一些筆墨。箱子一打開，兩只大老鼠一齊跑出來，嚇我一大跳。裏面一大堆破紙滓，抓開一看，底下還有六只未長毛的小耗子。滿箱子耗子屎，十行紙撕破了一大半，餘剩的也是耗子屎染成跡印。我從耗子屎底下將那一大把筆取出，抽開一支沒有尖，兩支沒有尖，幾十支筆全被虫嚙了。

只有廿錠墨，僅僅起了霉，但是還可以用，墨買了半年，還沒有用到半錠，這些墨至少夠廿年用！

鄉居生活帖

許寶駒

朋友們來信說：「你躲在鄉間久不出來，到底幹些啥子營生」？嗟乎！生固不易，營又何補！旣蒙友好下問，因寫鄉居生活帖三則以答之。

紀小花第一

「小花」，是舍間的小犬。這倒不是我客氣，確確實實是舍間的一隻小犬，而決非小少爺之流。

牠好玩的很呢！長相挺富泰：四條小短腿，好像槓不動一個身子，走起路來很有模樣，有點像前清的候補道；一對烏黑的小眼，被額前絨毛遮掩了一半，時時閃動有光；牠的全身毛片長細而潤澤，據說這是西藏所產，我亦很相信，可是至今我還沒有到西藏去考察過，雖然小花惠臨我家已經三個年頭了。

「天有不測風雲，人有旦夕禍福」，何況是小花呢？牠去年居然病了！闔家皇皇然。我自以爲是通曉中醫的，於是先之以四川名產的虫草，繼之以白木耳，參苓雜進，結果使小花奄奄一息。我的十幾歲的小女兒發急了，獻策說：「還是找西醫看看吧！這鄉近牛奶場裏有一位獸醫」，她不辭勞苦的抱了小花前去門診，第一次吃了三包藥粉，第二次又打了一針，小花就依舊蹦蹦跳跳的，其病若失，好像以前是有意坍我的台。我這時眞有點相信洋鬼子的玩意了，對於這位獸醫先生，更佩服得五體投地。近來氣候不正，朋友們生病的很多，我很想替這位醫生介紹，拉點生意，可是總覺得有些不便。

吳稚老說：「老狗變不出新把戲」，這句名言，似是而實非，對汪精衞可以如此說，對我們的小花却又不對題了。我們小花又有了新把戲，每當我離開書桌前的座位時，牠立刻跳到我的座椅上，直挺挺的坐着，前足懸起，兩眼骨轆着很悠閒的賞鑑窗外的風景。這對我，當然是一種侮辱，所幸不過是坐在書桌的前面而已；若是辦公的桌子，那就未免有玷「官體」，我是絕對不能予以優容的。

小花明年已經四歲了，我正考慮給牠結婚。這個年頭，結婚不是一件容易的事，好在「國難期間，諸事從簡」。

紀老南瓜第二

「老南瓜」這是何等誘惑人的名詞啊！又何況是一個十七八斤的老南瓜呢？

菜市上兩塊錢一斤的老南瓜，大家都搶着買。一二得二，二八一十六，舍間這一個老南瓜的價値將近四十元哪！假如一日有「平價南瓜」出現，牠的身價，必然頓高十倍，我很可能靠着它發點國難財」，我這樣高興的想。

我因存了這個奢望，所以對他很下了一番工夫，在階前盈尺之地，審慎的建築起小小一座瓜架，培土，澆水，上肥，晝夜忙得馬不停蹄。果然一支瓜藤，一寸一寸的慢慢爬上來，綠雲漸展，迎着朝陽，於濃蔭中開了幾朵黃花，很透著有點雅靜，花落了，有一支，恰當着我的窗前，結了一個小小的瓜實，翠綠皮上有些嫩黃碎點，小風順過，它微微的向着我搖擺，於是我微笑了，家裏人都微笑了，我們的小花（舍間的一只小犬）亦微笑了。嗟乎！日月如駛，這就是我現在寄託無限希望並且加以尊稱的「老南瓜」。

前兩個月我眞急了！那時不是久旱不雨麼？亦日炎炎，禾穗焦枯，我的南瓜亦受了暑，懶洋洋的躲在架下，患着消渴症，鄉下老百姓都忙着迎草龍，人心皇皇然。我更皇皇然，幸喜天福中國，降下甘霖，我才深深的吐了一口氣。

它現在很平安，由綠而黃，由黃而更黃，確是當得起一個「老」字的尊稱，我早晚向它三次致敬，我認識了自己的光明前途。

但有時候我又担心着想：「南瓜是不是有一天會平價呢」？

紀綠毛雞第三

我首先聲明的是：請朋友們不要誤會，所謂綠毛雞者，不過是用顏色染成的，且僅僅是染了頭頂上的一撮短毛而已。若果眞是天生成一隻碧綠的翡翠雞，那我早就用專機送出洋，和我們的熊貓做伴去了！

我對於雞，向來不免具有成見：第一在

還是先有雞，還是先有蛋的問題未獲得圓滿解決以前，我總覺得牠的來歷有些不明，無法證明牠的身份，第二，雄雞在破曉的時光一鳴驚人，自古傳爲美談，但據說牠是因爲生理上的某種要求而唱高調，我頗覺得有傷風化，古人聞雞起舞，有點多事了。尤其對於重慶的雞，我的反感頗深，因爲牠是黑皮的！黑皮雞，在我家鄉叫做烏骨雞，不但皮黑，骨亦黑，長的特別壯美，赤冠，金眼，鐵爪，全身羽毛如雪，眞像一隻小小的白鳳凰，在草地上躑躅著，如果再配上一棵芭蕉眞堪入畫。重慶的雞只黑皮而不肯黑骨，未免太不徹底，因而引起我的輕視。

最初我對於我家的綠毛雞亦是同樣的輕視，「雞窩裏反正生不出鳳凰來，」我這樣想。但是時代確是不同了！大時代的雞，亦頗知道努力，牠自從來到我家，每天必要生一個圓大的光澤的雞蛋，這對我是一種誘惑，我對雞雖不免具有成見，而對於雞蛋是一向頗具好感的。試看食品中，有炒木樨肉，木樨湯，溜黃菜，臥菓，種種名詞全不是雞蛋，而實際全是雞蛋，蛋的變化是多麼複雜呵！現在蛋價高漲，我家綠毛雞如此勤緊生產，積日爲月，積月成年，這數量的累積，實在增進我的富力不少！況且照這樣努力下去，焉知沒有一天會生下一個金蛋呢？雖然這是童話中的事，但理想爲事實之母，又焉知童話不就是預言呢？

因此我更樂觀了。推烏屋之愛，由蛋及雞，現在我對牠不但不復輕視，而且由衷的表示最大的敬意。

說來又有點傷心！假如朋友們眞要惠臨

舍下，參觀這頗有生金蛋希望的綠毛雞，那您，就不免廢然，而我亦就不免黯然了！語云：「雞不可失，」而我雞竟失矣！

擾擾塵寰，茫茫人海，吳梅村詩曰：「欲弔辭濤憐夢斷，墓門深更阻侯門，」董小宛的生死下落，終成千古疑問！

老鼠是牙醫

德國人將小孩子的乳齒放進鼠穴，對着鼠穴說道：「老鼠啊，把你的銳牙給我；把我的骨牙給你。」據說如此，可免牙病。太平洋的拉拉唐迦島上，小孩子牙拔下來的時候，常常語說道：「大鼠小鼠，這裏是我底舊牙，請你給我一個新的吧」。

——抄自弗萊則博士的「交感巫術」——

鄉居生活彩繪

君左

一

在城裏看不着的桐花，在鄉下是漫山漫谷，花色是淡紫的，五瓣，紅心，遠遠看，像桐花，又像李花，像杏花梨花的混合體，美麗極了，美麗的像一個穿花衫兒的姊娘。

二

或問，鄉居最好的一點是什麼？我答：是空氣，在城裏飛沙走石的滋味，滿身的灰塵，煤氣，黑煙，夠受了吧？在鄉下是絕對沒有的。一天到晚，尤其是黎明，清晨，空氣澄鮮到了極點。我下鄉差不多半月了，鼻孔裏沒有一點灰。

三

各種野花都是香的，最近金銀花又開了，清香撲鼻。蠶豆花開時香，菜花開時香，都過去了，然而香還嬝嬝的。麥穗好像不會有香氣，但行經麥隴，一派青光，這青光中也就含有香氣，或問，當澆菜園的時候，香不香？我答：也是香的！

四

城裏不大容易聽得見吧？就是那杜鵑。這而，杜鵑日夜的啼着他的聲音是『鬼鬼楊！鬼鬼楊！』尖脆而哀傷，尤其是夜間，更尤其在月夜，啼聲的淒婉眞會使你斷腸！可憐，這是一隻苦命之鳥，他要啼出了血，啼出了血還是啼。

五

不久的將來，接着杜鵑的候鳥，大自然的歌者，就是割麥鳥了，她的聲音是「割麥插禾」，或作「一統山河一」。現在田裏的新秧針約有三四寸了。嫩綠像一鋪絨毯，再過十三四天吧就要插秧了，就到農人最忙的時節了。大自然的歌者就會飛出來，唱清歌向農夫宣慰。

六

蠶豆，這裏叫做胡豆，與豌豆同是豆類中的珍品。我們初下鄉，餐餐吃蠶豆，場上買一元二三一斤，到農家採購，新鮮的摘下來是一元一斤，最好吃，最下飯。幾個小孩兒恨不得在蠶豆吃個飽。農家把豆類的葉子斬碎，晒乾做豬食。

七

這一個季節沒有多的蔬菜吃，芹菜，韭菜，冬莧菜，都老了，普通多吃萵苣，春筍初上市還不多，也有些椿芽，此外則只有包菜，蒜苔不常見。藕，有時有買。瓜類則未到時，辣椒秧剛出，農家多吃自己的泡菜。荳芽倒有買，這是值得歡慰的。

八

鄉下只看見勤儉，田坎一邊已糊了稀泥，種黃豆了，有些已發了芽，我前年住灌縣中興場，有兩句詩：「豆徑妨行迹，山容漲客愁」。豆苗長大了，不便走路，然而這是代表鄉間的勤，出恭用篾，刷口用鹽，也可以說，代表鄉間的儉。

九

豬和雞是鄉下少不得的東西。一隻小豬值價四五百元了，肉是漲到八元一斤還買不到，天還沒有亮而肉已搶光，豬在城中是闊少爺，在鄉下是土地主。小雞每對是十一二元，大雞買到每斤十二元了。將來會成一個雞豬世界。

十

離我住的老鷹窩不過一里是永興場，在巴縣西永鄉逢三六九趕場，我已趕了三次了，這一個場，雖小尚不錯，什麼東西都還有賣的，使我最滿意的，就是城裏不容易買到的麵粉，在這裏有的是，洋麵粉六元一斤，土麵粉五元一斤。

十一

永興場上的菜油賣到一斤十元，桐油四元八。蔬菜比城裏貴，比黃橋埡也貴。米價是一百三十餘元到一百四十元。雞蛋由六元十個賣到七元乃至八元了，一切還在飛漲。不知是鄉間染了城裏的病？還是城裏染了鄉間的病？比較便宜的是花生。

十二

鄉下是一個純粹生產者，消費極少，萬事萬物都是生產而設，都為存錢而設。買雞買鴨並不是為享受，而是把雞鴨喂大了去換更多的錢。金銀花才開就把他摘下來，晒乾賣給藥鋪。趕場，在鄉下人看來，只是貨品的交換，不是湊熱鬧。

十三

風景，在衆人眼中是青杠柴或煙柴，我們望遠處的香爐峯，風景眞不錯，農人就說那裏最出煙煤。文學家，詩人，畫家，在鄉下人眼中值不得一塊青杠柴或一堆烟煤。

十四

紫桐花快落完了，白槐花漸漸少了，這一兩天的暴風暴雨，是農人的和風細雨。將萎的小春復活了，我們眞是慶幸着！人擁護抗戰，天也擁護抗戰。今年大家憂慮的荒年，大概可以免了，一定豐收。放翁詩：「斗酒隻雞談笑樂，五風十雨歲時穰。」好味道。

花語集

下走

——表現於文藝上的花象徵

春之部

榆 愛國
茶花（白） 你看不起戀愛
茶花（紅） 你美於一切
茶花（淡紅）
海棠 溫和
柳 自由——西洋
薺菜 我願奉獻一切給你
梨花 愛情
梨樹 安慰

苜蓿 復讎
櫻花 無常 優美
棣棠 崇高
荷包牡丹 一切都依你
櫻草 初戀
桃（樹） 戀是幸福的
桃（花） 在你掌握中
桃（果實） 你的愛情完全虛僞
紫蕨（薇） 愛之夢
紫花地丁 謙讓
紫花地丁（紅） 誠實
紫花地丁（白） 溫柔

綠蘭　雄壯
鼠麴草　不斷的相思
牡丹　富貴　誠實
牡丹（淡紅）　單獨相信我吧
牡丹（大紅）　你得遵守我們的盟誓
牡丹（白）　留意你自己
芍藥　羞恥
杜鵑　節制
捕蟲翟麥　陷穽
燈心草　順服
淩霄　名譽
車前草　白人足跡
紫雲英　愛你的品性
白頭翁　背信的戀愛
栗　正義之刺
七重草　沉默

雛菊　天眞無邪
橙花　淸淡之愛
堇　祕密之戀
紫羅蘭　冷豔
紫羅蘭（白）　貞操
紫羅蘭（紅）　決無二心

夏之部

蝴蝶花　友愛　結婚
天茄兒　虛僞
薄荷　道德　頑固
檸檬　戀愛之味
檸檬花　純潔
夾竹桃　勝利
茄子　眞實

繡球花　愁恨
蒲公英　母性愛
蛇莓　自傷
梔子花　我太幸福了
罌粟　沉醉
罌粟(深紅)　興奮
罌粟(白)　安慰
毋忘草　不要忘記我
蓮葉　豐滿
荷花　幽恨難傳
虞美人　脆弱之愛
虞美人(淡紅)　愛可惜滅退
仙人掌　溫煖
葛蒲　可憐虫
葵花　崇拜
鈴蘭　歸來乎幸福

薔薇　愛情
薔薇(白)　戀之氣息
薔薇(紅)　泣血
薔薇(茶褐)　慇懃
薔薇(一重花瓣)　樸素的戀愛
薔薇(黃)　嫉妬
薔薇(蕾)　蜜月
薔薇(花下有二蕾)　偸情
薔薇(野)　苦戀
菩提樹　結婚禮
橄欖花　神聖
百合　我的心是純潔的
蓼　遺棄
月見草　浴後美人
鴨跖草　夜之幸福
金蓮花　戰利品

金蓮花（黃）　固執的戀愛
石榴花　優美
睡蓮　淡泊
睡蓮（赤）　少女之心
百合　莊嚴
曼陀羅花　虛僞的誘惑
金雞菊　情初開
夜來香　幽幽然的歡喜
紫陽花　冷淡無情
牽牛花　輕薄媚態
薊　權威
石榴　我痛恨你
石榴花　情火
虎耳草　規矩的愛情
紫蘇　復讎
矢車花　優雅

花語集

天竺葵　無時不想你
蕁麻　惟有你的心最毒
鳳仙花　我配不上你愛
鳳仙花（黃）　失戀之苦
酢漿草　欺騙
釣鐘草　恆心
實芰答里斯　熱戀
金盞花　離別之悲
康乃馨　熱心
康乃馨（白）　活潑
康乃馨（淡紅）　少女
康乃馨（紅）　高貴
康乃馨（雜色）　我是你的奴隸
康乃馨（黃）　輕蔑
大理花　感謝
大理花（白）　請再親切些

大理花（淡紅）　歡迎你
大理花（雜色）　只想着你的事
瞿麥　勇敢
旋花　流連
旋花（小花）　夜深沉
旋花（大花）　絕望

秋之部

美女櫻　和合
雁來紅　長壽
荻　閨怨　憂愁
白樺　威儀
艾　祝福
千日紅　不朽之愛
結梗　嬌媚
百日紅　多嘴

溝荻　悲哀
木芙蓉　淘氣
無花果（實）　雄辯

冬之部

繁縷　變心
蠟梅　仁慈
落葉松　厚臉皮
橘子　寬恕
報春花　希望憧憬
水仙　自尊
梅　貞潔　孤僻
松　剛毅——東方
福壽草　幸福
棕櫚　勝利
苔蘇　失戀

向一個唱大面的致敬

司馬訏

你不要謙虛：說甚麼你是「無名小卒」，比不上楊小樓，或者金少山，不配受人家尊敬。你不要謙虛，讓我說出你的偉大處來，你一定會點頭的，一定。

前天晚上，我看你唱「霸王別姬」池座中很熱，九十九度，觀客像一籠快要蒸爛了的餃子。然而你呢？你看：你戴着七斤半的八角盔，披着九斤半的烏油甲，背上外加四面威武旗，大得來像四根松樹。而就在烏油甲的裏面，像還穿着一件比沙發墊子更厚的棉背心呢！你的背後，有人抗着一面大座纛旗，但這並非電風扇，有什麼用呢？

你流汗，流楚霸王所沒有流過的汗！但你還是唱下去，單憑你這一分忍耐，也很值得我們「學習」。

你中了十面埋伏，唱散板。你需要潤濕一下喉嚨，於是背過身去「飲場」，我不能確知，你那把小瓷壺裏盛的是茶？還是豆漿？總之，你唱散板，流更多的汗，你額上所畫的「斷壽紋」，漸漸蔓延開來，我替你揑了一把汗，耽心你變成包公。

大風吹折了你的座纛旗，但你一點也感覺不到有風。你大吼一聲，我知道，你熱得快要爆炸了，你幾乎使我記起了火警電話。

但你還是唱下去！

「想俺項羽乎」！你拋了酒杯；自然，那是一杯冰淇淋，也許就好了。你拋了那空無所有的酒杯，按劍而起，悲聲作歌曰：

「力拔山兮氣蓋世……」

但這有什麼用呢？楚霸王不能科頭，不能赤膊，楚霸王有楚霸王的禮貌。

於是「泣數行下」，但你並沒有眼淚，你的眼淚已經變作汗出了。

但你還是唱下去！

我有甚麼法子給你幫忙呢？我至多只能叫一聲「好」！如果有人再要「重慶太熱了」，我一定介紹他來看你的「霸王別姬」，唵？

杜甫面黑而胖

在成都，曾見杜甫一像，瘦而有鬚，與北平所見一幅不同。蓋畫人無歷史知識，隨意想爲之，以爲既是詩人自必窮瘦，不知杜甫尊貌，絕似肉店掌櫃，面黑且胖，固不「飄飄然」也。故宮博物院陳列杜像，係得自南薰殿茶庫，民國二十年，古董商已公認可賣三萬元。

（林霜）

酒宴抄

蔣苑

假如「營養食譜」之類的東西，就可以使我們面前的茶盤十豐滿起來，那麼，在平淡的晚餐之前，我們來談談精緻的飲食，也不會是如何奢侈的事罷。

戈戈里筆下的俄國地主，胃口總是很好的。在「死魂靈」中，有一個地主，一餐飯要吃掉一段羊後身，乞乞科夫擾了他一頓飯，身上就添了五磅。乞乞科夫的食量又是怎樣的可敬呀！便是在旅行的時候，他也要用燒烤乳豬打尖的。但有一次他在另一位地主家借宿，躺在床上聽主人與廚子商量第二天請客的菜，從煎山雞背起，一邊背了幾十道，乞乞科夫聽到火腿白菜上，實在有些熬不住，他睡着了。

俄國的貴族呢，那就比地主更精於餐事了。在托爾斯太的「戰爭與和平」中，羅斯托夫伯爵家一席晚宴，就足足寫了兩三章。貴族之家，在正席之前，還有所謂「小食」，包括醃鯿，醃鰲，以及小杯酒料，用以引起賓客的食慾的。

而正宴呢，從鱸汁湯，魚包，松雞，吃到波蘿蜜冰淇淋，從乾馬代拉酒，匈牙利酒，萊茵酒，吃到最後的香檳，吃得賓客們臉色發白。而那位羅斯托夫老伯爵的交際談話，最後總是這樣的：「那麼，親愛的，我們吃飯罷」！

中國的貴族呢？雖也吃得很精，但未必吃得很多。以「紅樓夢」爲例，賈寶玉一頓中飯，也不過一菜一湯，——蝦元兒湯，嚥脂黛脯，一碗碧綠的香稻兒米飯，外加兩個春捲兒做點心。

中國的士紳階級，假如我們可以舉出「金瓶梅」來，則西門慶的飲食是頗堪注意的，試以他極普通的請客爲例，菜單上便有：

四樣果子，四碟小菜，又是四碟案酒：

一碟頭魚，一碟糟鴨，一碟烏皮雞，一碟舞鱸公。

四碟下飯：

一碟羊角葱炒的核桃肉，一碟細切的醋酥樣子肉。一碟肥肥的羊貫腸，一碟光溜溜的滑鰍。

又是一道湯飯：

一龍戲二珠湯。（一個碗內，兩個肉圓子，夾着一條花腸滾子肉）一大盤裂破頭高裝肉包子。

又是兩樣添換：

一碟寸札的騎馬腸兒，一碟醃臘鵝脖子。

又是兩碟鹽物：

一碟子瀰葡萄，一碟子流心紅李子。

又是：

一大鱔碗魚麵與菜卷兒。

注意：這只是招待一個和尚，吃的是滋陰辛白酒。

西門官人淸晨吃雞心鴨肝下金華兒酒，這和春梅姐喜歡吃酸筍雞尖湯一樣，把食鹽和性慾揉成一個了。

文士的吃，未免要差些，在「儒林外史」中，杜慎卿是只用一兩個櫻桃就下了酒的，他算是例外。其餘的詩人們就只吃點板鴨，帶湯雞會和醉白魚，而當時的選家們，竟有連香腸也認不得的。

最後要抄到「官場現形記」中招待外國人的菜單了，那是怎樣的豐腆呀！計開：燕菜鴿蛋湯，炙鰣魚，冰蠶阿，丁灣羊肉，漢巴德，牛排，凍猪脚，橙子冰忌廉，澳洲翠鳥雞，龜子蘆筍，生菜英腿，加利蛋飯，白浪布丁，猪古辣冰忌廉，葡萄乾，香蕉，咖啡。酒是白蘭地，威司格，紅酒，巴德，香檳，外帶甜水，鹹水。

你以爲這就夠飽了麼？其實不然。那位營務處的洪大人還連漱口水也吃了呢！

泰王領平價米

約翰根室『亞洲內幕』，對於泰國國王，曾作一小統計，謂其有八十四個太太，三百六十二個孩子。

據一精於心算之老公務員說：這位王爺，如果在重慶領眷屬平價米，計每月可得八十九石二市斗云。

（農）

李鴻章的出洋

石曼

提線戲

西歷一八九六年五月，李鴻章奉了清政府的命令，到莫斯科去賀俄皇的加冕禮，又歷經歐美各國，這在中國近百年外交史上，是有趣味的一頁，也是怪矛盾的一頁。因爲那時正在中日戰爭結束後，李鴻章在政治舞台上受着極利害的傾軋，失去了慈禧太后的寵信，差不多已是投閒置散，而這個在外交戰線上含有非常意義的聘俄一職，忽又在他的肩上，在這表面上看來是很矛盾的。但據梁啓超「亡羊錄」的記載，則認爲這件事，完全是俄國政府在幕後操縱：

「俄使喀希尼知中國掌權於西后，而李鴻章爲帝所嫉而爲后庇也，乃密賄通內監，以游說西后，且與李鴻章約，設法復其權力，而借其力以達俄國之所希望。於是時機適到，有丙申實出俄皇加冕之事，各國皆派頭等公使往賀，中國亦循例派遣，以王之春嘗充唁使，故賀使卽便派之。喀希尼乃抗言曰：皇帝加冕，俄國最厚之禮也，故參列其間必一國之名士，聞於列國之人物乃可，王之春微言輕，不足當此責，可勝任者，惟李中堂耳。於是有改派之事，喀希尼復一面賄通西后，甘誘威迫，謂還遼之義舉，必須報酬，請假李鴻章以全權，議論此事，而李鴻章請訓時，西后召見，至半日之久，一切聯俄密謀遂以大定。（中俄密約蓋奠基於此）」

此時之梁啓超，在政治方面是鮮明的帝黨，於后黨的外交政策，自然要攻擊，而其個人的外交旨趣，又是一個濃厚的親日論者，不過以上的記載，却是相當可靠並未因個人的愛憎，而有武斷，當時俄政府派以接待李鴻章的要員威德，曾發表關於李鴻章使俄時的記事，中多祕聞，頗可爲梁說之證。（威德筆句，中國已有人翻譯出版）

在俄國

李鴻章既以俄人的策動而和俄，兼及歐美各國，則其在俄是必然地要受到盛大的歡迎。

美人林樂知與華人祭爾康合譯的「李傅相歷聘歐美記」於俄國朝野當時如何的恭維李鴻章，有酣暢的描寫，官樣文章不必說：其中有一段，頗極筆歌墨舞之能事，林氏大概節譯自俄報的：

「俄皇升冕期近，臨辛木斯寇售都。各國欽使追隨恐後，傅相之至也，俄皇早爲之潔治館舍，乃爲富比王侯之俄有巴勞輔，以向在中國買茶，曾親偉人儀表，迎傅相往居，傅相遂餅俄皇而就巴勞輔，巴特設盛禮奉迓輶車。甫至門前見一高台彩樓，樓額即嵌傅相像，以示尊迓而表懸誠，入其堂，則四壁高懸中國黃旗，窗門屏幢間，皆書中華文字，又皆吉祥頌禱語，室內則氍毹貼地，排列盆花，十色五光，如在洞天福地，更遣其子婦示覲，捧金盤而獻鹽餅，此乃俄國最隆之禮，非君父子宜得此，今以施諸傅相，其中懷之傾慕，豈尋常所得而此哉！且傅入門之際，所陳樂部，先奏俄國樂章，繼始續奏俄樂，更預飾童子二十四人，衣以紅黃緞服，各手捧散花一盤，排文門內，傅相降車，諸童即排班前導，各以香花布地，特爲傅相藝靴，七旬上相，萬里遠行，忽焉穩步花茵，誠罕有之韻事也，入座後，巴之少女，又獻花球一顆，爲公壽，巴之子女四人，旋導傅相，憩息精舍，入此室處，但見飲宴樓息諸具，無一非中國物，而巴之起居言語，又無一不是中國人，傅相顧同樂之，幾忘身在異鄉矣。」

德國皇帝

李鴻章在俄國享盡了尊榮暨款待後，便於六月十三日出俄境，赴德國。那時德國的皇帝威廉第二，罷黜俾斯麥不久，凡事獨斷獨行，他對於在國際上縱橫捭闔的手段，正感到極大的興味。他熱切地要知道李鴻章在俄國幹了些什麼事，而且要不落人後地，也把李鴻章牢籠住。

李鴻章在德國所得到的待遇，其隆重是不下於在俄國時。德政府派以招待李的漢納根和德柏林，一是在中國做過海軍副提督的（參與過中日之戰），一是正在中國天津做稅務司，兩個人差不多可以說是李鴻章的僚屬，自然摸熟了他的脾氣。所以李鴻章的行館裏連畫眉鳥也給預備了，蔚爲後來外交史上的佳話。（李曾和俾斯麥相見一次）

除了德政府以「殊禮」招待外。德國的軍火商人，也像帶了狂似的，天天在包圍着李鴻章，而且想盡了法子以取得他的好處，目的無非想做一筆生意。他們不懂得中國的政治組織關係，他們老以爲李鴻章是以首相資格代表國家出洋的，有着充分的權力，可以替國家增加軍備，這個迷夢，一直到李鴻章離開德國時纔打破。那時候的英國某報，諷侃得甚妙：（根據光緒二十二年萬國公報譯報）。

「李中堂銜命使歐，其念念不忘者，惟在聯絡邦交。彌縫罅漏，非有訂立盟約之責。亦無訂購器材之職，乃行旌既至德都，德人款接殷殷，若有情難自已者，中堂一一受之，亦覺與高彩烈。然德人之所以冀望者，非中堂之所能允許者也，故當主者款洽之際，中堂恆言，今幸德見製造之美，回華而後，必將備細言之，凡有所需，必求諸德。味其言外，並叮嚀德人，勿空費而嘆失望也，吾實非開單備器而來也。而德人不悟也 今中堂舍德而去，始漸有夢醒之意。直至中堂將出德境時，諸德商尙殷然望曰：庶幾惠顧我乎？」

德皇後來。也甚以這次逾格的款待爲失態，因爲在李鴻章的口頭，既一無所得，且即爲俄人所笑。一直到李鴻章回國後，向淸政府建議，補充外交陣容，保黃遵憲爲出使德國大臣。黃那時正任着駐新嘉坡總領事，按資格升調，並無不合，却被德皇拒絕了，淸政府不得已，改以呂海寰使德，李鴻章這一次很失面子，據說就是德皇的報復。

倨傲

李鴻章由德而荷，而比，而法，於八月間到了英國。這西方一老大帝國，在外交上，是慣以驕倨與傲慢爲其「保護色」的。規行矩步的紳士氣，養尊處優的貴族氣，使李鴻章一入了她的國境，便覺得氣團大異。倫敦泰唔士報，迎頭就給了他一個悶棍。（根據光緒二十二年萬國公報譯報）

「吾英視中堂之來，爲願與大陸之國之大臣，具關繫於廣通商務，自宜如款待良朋，禮從優異。但不可俄德二國之貢諛獻媚，貽笑於人，人亦不可以逾格之尊榮責望於我。英制，遇他國私覿之大臣，（謂非有訂約聯盟之任也），未嘗盡視爲貴官，亦未必盡加以異數：中堂，華官也，道出吾英，初無宜受隆禮之故。且其在津時，待吾英固屬寬厚，然其爲英謀者少，爲華謀者多，（錄者按：此語頗費解），英似亦無甚宜申感謝處」。

英國輿論，對於李鴻章之論調，大都如是。而那時英國全國盛傳，李氏此來，實挾有談判增加關稅的使命，這又是英國商人所不高興聽的。英政府十足的擺出了「你愛來便來」的神氣，先就給李鴻章以精神上的一個重大打擊，他後來在英國所作的外交工作，沒有一件結果是圓滿的，未始不是受着這種態度的影響。

李鴻章在當時的中國大僚中，固然是一個比較有外交頭腦的人，但其人實在並沒有充分的外交知識，對於歐美的國情民俗，也非常隔膜，據「李傅相歷聘歐美記」中所載，他入英後，鬧的笑話頗多。

這並不是他在俄德時眞能持重，而是處在一個花團錦簇的環境裏，不容易看出他的破綻來。在英人的倨傲的交際上，便覺無往而非咎病，舉兩事，以爲例：

一、李鴻章參觀水雷製造廠時，要求試放一個水雷，廠長拒絕之，而且嘲笑地說道：「此雷一放，你要粉身碎骨了！」

二、李鴻章向一個電報局長打聽他夫人的年齡，局長怫然不答，李還要問，局長說：「這是我所不能告訴你的，假使你一定要知道，請自去問她罷！」

還有一個笑話，就是李氏後來到美國去，向一個紐約記者發表談話，因英人限制華人入境一事，而大罵愛爾蘭人的不當，這篇談話，經報紙發表後。引起愛爾蘭人強烈的反感。他的專車到了華盛頓本來預備有轎子，而因爲那時的車站巡警長，是一個愛爾蘭人禁止車站上的小工，替他抬轎。美政府派來照料的軍官，再三向那個愛爾蘭人解說，都被拒絕了，美國是一個平民國，這樣的事，是不算什麼奇怪的，李鴻章可受了一次大窘。

這一次隨李氏出洋的重要譯員，是北洋道員羅豐祿，一個英國留學生，他的「譯事」，大概很能勝任，可是因此而被英國報祇把他幽默了一下，「李傅相歷聘歐美記」，譯倫敦特報之一段云：

「羅君之來吾英，有不得不令人羨慕者，聆其傳譯之言，旣巧且妙，不知君之在華與在天津也，得有何種名譽，然在此間，辯才無礙，善達主意，以成英文，兼能化數語而作一大論，美哉君乎！」

替中國大考官任譒譯工作的人，讀了這一段巧妙的諷刺文字，大概都有徒喚奈何之感。

圓明園公案

李鴻章從英國到美國，又至坎拿大流連幾日，便於是年九月十四日起程回國。不久即有「李鴻章着在總理各國事務衙門行走」的上諭，這是一個無關宏旨的職務，而歐美各國政府不知道內情，以為清政府又要重用李氏，路透社所發的電報，且竟肯定李氏是以首相而兼理外交。可是只過了一天，又有上諭，嚴責李氏私入圓明園，為大不敬，着交部議處。各國政府如墮五里霧中，何以數日之間，李鴻章升沉榮辱會變化的這麼快呢？

關於圓明園的公案，一般只知道李鴻章是上了權閹李蓮英的當（蓮英勸鴻章去報効重修圓明園，以恢復慈禧太后對他的感情，鴻章聽他的話，私去勘察，以致獲罪），但據梁啓超的『亡羊錄』，則指此事爲中俄密約的尾聲：

『其年七月，李鴻章尙游歷歐洲，其議定之中俄的密約草，達於北京，喀希尼直持之以交涉於總理署，全署皆爲驚愕。皇上覩而大怒曰：是舉祖宗發祥之地，一舉而賣與俄也，堅持不肯畫押，喀希尼乃復通西后，加甜蜜之言與恐嚇之語，不經由總理衙門……至八月間，喀希尼逼迫中朝，其勢益急，故爲束裝就道，驪駒在門之狀，雇搬運行李車數輛，置於俄使館門前以示意；乃告總署曰：若此約不批准，則卽日下旗回國。西太后爲所脅，日日敦迫皇上，皇上之實權本在西后手，安能批其逆鱗哉！於是以西歷九月三十日揮淚而批准此密約，俄使喀希尼卽日攜約而歸於俄。密約批准之時，李鴻章尙在英國，及其歸也，謁西后而自入圓明園，坐此受薄譴，非譴此舉也，謂其擅以祖宗陵寢之地許他人也。』

明年，又因爲蘆漢鐵路事，引起國際糾紛。英使奉了該國政府的密令，反對清政府與華俄道勝銀行簽訂蘆漢合同，英使也以下旗回國，恐嚇清政府。而這一次中俄間的動作，長順着李鴻章在俄議定的那一根綫索來的。事後，清政府閣僚之反李一派，因此更加重對李之攻擊，於是上諭再頒，李鴻章連『總理各國事務衙門行走』的差使，也免去了。說者謂其歐遊歸來，官運極差，不過出了一趟洋，見識了許多新奇的事物，接受了多意許外的殊榮，這在個人生命史上，終是最絢縵的一頁。（完）

有史以來時間最長之會議

格蘭斯頓主政時的英國，是製造政治插曲最多的一個時代。有一次，英國國會爲了討論愛爾蘭生命財產保護法案，竟連續不斷開了四十一個小時的會，英國史上，記載着它的年月時間，是從一八八一年一月三十一日星期一下午四時開起，到二月二日星期三早晨八時止。好多議員老爺，開會時是臉兒光光的，散會時却已是滿臉鬍鬚了！（鈞）

黃遵憲使德被拒記

同雅

中國第一任專駐德國的公使，可以說是黃遵憲，雖然事實上他並沒有到任。

按照外交習慣，互派公使，本來必須以取得駐在國的同意為條件，但事實上已成具文，因為一國政府遴選駐他國的使節，對人選是舉有一番斟酌的，而且在發表以前，大都已非正式的通知過對方政府，如果不贊成，那麼就避免發表。國際上遣派使節，很少在發表以後還被拒絕的事實發生，（注意，並不是說是絕無，若干年來的國際史實上，儘有若干先例），倘或有之，很足以傷害這一個國家的體面，每每影響到兩國的邦交。

但在四十年前，中國却碰過德國一個釘子！

那時候是滿清政府時代，國際地位本來很低，德國皇帝威廉二世，正是登極不久，囂張萬狀，平日以醜詆黃皮人為能事，一種兇頑的自大心理，迫使他對於東方的認識更隔膜。

他拒絕中國使節的事實經過是如此：

滿清政府派駐歐美各國的使節，本來是採取兼任制，並不是每一國派一使，而遣派一使兼任若干國家，如英法意比是一個公使，俄德奧荷是一個公使，美西（西班牙）祕

（祕魯）是一個公使，事實上只算是三個公使，一個駐英（那時是龔照瑗）一個駐俄，（那時是許景澄），一個駐美，那時是楊儒），其他各國不過附帶照管罷了。甲午戰後，法國政府首先表示不快，說中國政府把法國政府當做二等國家，要求專派公使，滿清政府答應了，將原任駐英法義比使館的法文參贊慶常，調作駐法公使。於是德國也援例請求，威廉二世自詡有干涉還遼的大恩，他希望滿清政府派一個地位較高的人駐使德國，他譏笑法國接受一個小參贊做公使的事實，是一種失敗。

同時在中國國內，可憐，外交人才正在非常缺貨，政府竟想不出一個適當的使德人選。

滿清政府便趁原派各使節滿期的機會，將全部使節調整一下，預定改派羅豐祿使義，伍廷芳使美，專派黃遵憲使德，已經非正式的取得三國的同意了，發表以後，威廉二世忽然命令他的駐華公使擋駕，他的理由是：「黃遵憲過去在新嘉坡總領事的任上，曾因債務被一個英國人控告（其實黃已反訴勝利），滿清政府為什麼把一個給英國瞧不起的人派到德國來，德國是無論如何不接受的」！

滿清政府經不起一嚇，立刻把黃的任命撤回，改調許景澄去。

同時滿清政府又覺得對黃遵憲不起，便放他去做長寶鹽法道，黃就是中國有名的詩人黃公度，著有人境廬詩鈔，頭腦很新穎。是中國最早以蠻語入詩的詩人。

重慶——無花的都市

千

一　無花的花園

新起的茶室，都叫做花園，然而是去花的花園。白檯巾上，擺設着花瓶，插着水仙，然而是無花的。

無花的花園，象徵着什麼樣的人生？花園裏的茶客，也許自有其精神上的花園吧？茶中有茉莉，鬢邊有絹蝶，他們彷彿就看見春天了。

「花園都市之花園啊！」瘦的詩人，把眼淚擦在無花的水仙上。

二　看盆景

站在玻璃窗外，看盆景。

聖誕節業已過去了，店夥還沒有打掃櫥裏的雪。迎面是一盆石山，很有點像南山，因為同樣沒有森林。山腹有一所花黎胡糙的小房子，是洋麵捏成的。看來既不像洋房，更不像古廟，很有些像「金字塔」百貨商店，這一點最能看出重慶藝術家的匠心。

一盆萬年青業已變色，應該送上「黃葉樓」了。一盆壽星橘顯出短命的樣子，由於營養不足吧？牠的果實，小得有點像警察制服上的銅鈕扣。南天竹身上纏着紅綢，這恐非沈三白始料所及的。羅漢松頹然地倒在瓦盆裏，她不能開出像牡丹一樣富麗的花。

三　沒有賣花聲的都市

重慶雖有小樓，雖有深巷，但無賣花聲。

「買夜來香呀，晚香玉，茉莉花」有人聽見過這樣的賣花聲麼？悠長而有節拍，簡直是一首朗誦詩。

昨夜墜地的山茶，今日又重返故枝，而且做出含苞欲放的樣子；重慶的花偏懂得「花落春仍在」的。

偶過大陽溝，想起暗香浮動的成都花市來了。

蒜的生命力

室人種蒜，遺其小者剝之，穿以細竹籤而環之，如列齒然，置以磁碟，盛以淸水，逾宿而嫩芽生，數日而靑苗長，一週而成林，儼然盆景矣，夫被剝削，受創傷，宜其萎死，然偉大之生命力終不斷，稍假滋養，仍然勃發，嗟乎！蒜猶如此，人何以堪？

（意國）

四川一個斷頭將軍的瑰奇的傳記

千

一　石達開的子孫

將軍姓石；正如行伍中所常見的名字一樣：諱「肇武」。階級是陸軍少將，做到步兵旅長。

自從一個外國傳教士尊稱他爲「中國的羅賓漢」後，他開始對自己出身的傳說表示留心。

「我要拿出我的家譜來」！

他幕中一位姓唐的參謀，忽然接到了邀請。那個參謀有一次因爲多喝了一盃酒，偶然提到他的祖先「唐軍門」，軍門少年從征太平天國，替他們留下一顆傳家寶：石達開玉印。

他會見了他的上司，有一個問題正等待他解答：

「請問：我是你的甚麼人？」

「自然：你是我的長官。」

但他的親熱得到最奇異的回答：

「不，我是你的仇人！」還有更奇異的解釋：「你知道我是石達開的甚麼人？我要你還我那顆印！」

比銀幕上剪接的手法還要快，那顆「傳

家寶」立刻換了主人，我們的主人公撫弄着那個鐫有「瑟王之寶」的翠綠色的東西，喜孜孜地拍着他父親的肩頭道：

「記着：我們就是石達開的子孫」。

二　危險的求婚者

我們主人公的趣味很廣泛：愛酒，英雄都愛酒。酩酊之際，最能表現他高尚的「軍事品質」。嗜賭：跟牌的本領絕大。愛好戲劇，成都的頭等戲院中都有他的常年包廂。但他認眞看戲的時候是很少的，因爲他所要看的是台下的戲。他又是一個精明的汽車司機手，就只一點，常常把「福特卡」忘記在街上，直到記起來時，已經隔了三天。

他自然也愛女人，但太太並不比張宗昌將軍爲多。他有他的「女人哲學」：「女人像花一樣，愈是新鮮愈香。」

我們這位「花的神父」在賞遍了「錦官芙蓉」之後，他看中了一朵「校花」。

口口女校的傳事房，某天接待了一位手捧鮮花的來客，我們不難猜出他是誰。聲稱：

「請出你們的「校花」來，我要向她求婚」。

迴避這個危險的求婚者，全校的學生都綴了學，那位校長先生因爲還沒有超過「危險年齡」，一口氣跑到了上海。

不久我們就聽見那位「校花」結婚的喜訊，但地方並非在成都，而是在巴黎，新郞也並非石將軍，另是一位工科學生。她的逃婚頗有傳奇味，出國的旅費，就利用了石將軍的聘金。

三　危城中的喜筵

成都巷戰是我這篇傳記的插曲。巷戰史上，最偉大的攻佔皇城煤山一役，我的主人公正担當着左翼。他爲成都人留下至今難忘的戰績。手溜彈在人家的帳頂上，機關槍子把民房打成了希臘雕刻。

戰局變化得太快，「安川軍」的推進，使我們主人公不得不追隨大軍作「勝利的退却」，最後防線在邛崍城，對於這個新防地，我們主人公表示了無上的欣悅！

「好出色的地方！」

我們不要誤會。他是在讚揚軍事地形，他欣悅的最大原因，是有人告訴他邛崍是卓文君小姐的故鄉之故。

「安川軍」包圍了邛崍，我們的主人公却正忙着安排他的「最後的喜筵」。就在新婚這一夜，敵軍攻入了西門，正在滿城「搜索石肇武」的時候，石將軍却輕便地走入了敵營。

關於這一點，後來他有很好的解釋；「打仗要認眞麼」？譬如一位有名的儒將，生平就被擒三次，因爲敵軍統帥是「老同學」，見面只說得一句；「又遇見你？」

他的想像並莫有錯，敵軍將領都叫他「石大哥」，他們請他喝白蘭地，愉快的乾杯之後，「石大哥」就被款留進優待室。

四　將軍的頭

優待室裏充滿了濃烈的大砲台煙香，我們的主人公正安閒地發着瞑想：他偶然想到了成都，想到了窖藏在煤山足下的五千個帆船銀元。他就莫有想到：成都報紙忽然銷數陡漲，因為刊出了「石肇武已被生擒」的消息。

敵軍將領來找「石大哥」談天，他們談成都正在舉行的跑馬會，談公益劵的頭獎號碼，談完，從身邊掏出一封電報給他看。

「（密）着將石匪肇武就地正法，並將首級押送成都示衆——善後督辦A待印（刪）」

做傳記的人不能寫出我們主人公沉重的

心情，一個末路英雄的心情。

「好出色的地方」！刑場就在文君井。我們這位「石達開的子孫」，結束了他精粹的一生。

人頭押運到了成都，在少城公園開了一個大規模展覽。一匹白布長招說明這是「石匪肇武之首級」，他的廿四位姨太太，雜在觀衆中和他作最後一別，說不盡是悲是喜。

看展覽的人忽然發現了一個奇蹟，原來石將軍還睜着眼睛，冷瞧着看展覽的人們；女觀客愈看愈心驚，她們都以為他正盯着自己！

花鳥之國

大風

從飛機上看成都——尤其是少城一帶，簡直是一幅奇異的蜀錦。那是由無數的花園聯綴而成的，不由你不歎一聲「眞錦城也」

代表着成都之精魂的，正是花和鳥。

成都的中等住宅，大抵附有花園的，即便很小，也還有幾樹雜花，幾盆蘭草。成都的破落戶子弟——這種人承父兄餘蔭，被稱做「十七老爺」之類的，當去夾衫，買一盆美國萬年青的事情是常有的。名士們分韻做詩，就常常以花爲題，淸寂翁林山叟，有一首詩裏說：「花自黃瓦街邊發，柳向紅牆巷裏栽」。還齋老人朱青長搖頭，認爲「這不很好」，替他改爲「花明黃瓦街邊樹，柳綠紅牆巷裏樓」，改得好否，我們不必管它，但已經看見這個花園之城的街景。

成都二月的花市，是有名的，花棚中有各色牡丹，每一品種，都有一個美稱，如「紫燕雙飛」「黃絹幼婦」之類。素心蘭是閨秀們的素心之友，芙蓉花是風流蜀王留下的佳種。秋天則有碩大的菊花會，搜羅佳種以千計。有名的『西太后菊』，曾經參加獻金會。一個外科大夫，是有名的「菊迷」，他晚年不常看病，偶一看病，只收菊花，不收診金。

有花的地方就有鳥，花是鳥的故鄉。喜鵲噪晨窗，告訴你嘉賓將至，烏鴉的聒噪，則為不祥的預言。因鳥音而趨吉避凶，這是成都人「生活藝術」之一章。

養鳥之風，在成都很流行，這恐怕得力於旗人子弟。一種是消遣，屬於「為藝術而藝術」一派。一種則是賭博，以鬥鳥定輸贏的。成都四門均有雀會，你可以看見這樣稀奇的名片。

東門雀會會長
張 雅 亭
鳴仙成都

四門會長之外，還有總會長，為玩鳥界之權威，担任着四門鬥鳥評判。能征慣戰的鳥，都有「將軍」的頭銜。最大的雀市，則在中山公園，百鳥都備，最普通的是鸚鵡與畫眉。一張雕琢精緻的鳥籠，其價值足與一所平民住宅相抵，人在那種花市鳥語中，往往會想起朝鮮的亡國來的。

一枝淪落蜀中的笛

草

這是一個「音樂的悲劇」，一枝笛，淪落在四川，他的一生，正如他顫動的發音一樣，蒼蒼涼涼的生，蒼蒼涼涼的死，剩下來的却是永恆的寂寞。

說到這枝笛，就要牽連到崑曲入川的歷史，但我所要談的，只是這枝笛。大約是吳棠罷？從北京帶來一個小崑班，於是四川有了崑劇，這崑班名「蘇弋班」，最初是專為官府唱堂會的，後來吳棠去蜀，這劇班便流落戲部，變為職業劇團，但所唱的已經不是「遊園驚夢」，而是「姜太公斬將封神」，以及滿台烟火的「西遊記」之類了。

最後連「西遊記」亦無人看，劇人便作廣陵散，只剩下一枝笛，其人姓王，行二，吹得一口好笛：為川班三慶會所收容，川劇老伶，也有一兩個能唱崑曲的，如周虎臣的「刀會」，康子林的「醉隸」，偶一登揚，就仰仗這枝笛。

老伶死，王二遂無知音，改業收荒，在會府擺一小攤：醉後喜摩挲其笛，偶一吹「行路難」，同業厭其噪，後貧病以死：留下那枝不值分文的笛。

張季鸞遊蜀，會召川劇名伶賈培之，周慕蓮等作崑曲清唱，席間苦於無人吹笛，有人想起了吹笛王二，其時他已經窮死五年了。

成都花會的真魂

司馬訐

從祠堂街到通惠門，是長達五里的人力車篷線，車頭與車尾相接，組成一部最新奇的列車，前鋒已經到十二橋，後隊還壓在少城公園，這就是成都二月花會的進行曲，「出城都是看花人」，成都人呼之爲「趕青羊宮」。

青羊宮還保留古農會的規模，首先看見的是農具市，其次是懸着葫蘆做商標的種籽市，桶市，雀市，鐵器市，竹器市，瓢市，最後則是書畫市，筆硯市，中間穿插着賣狗皮膏藥的，賣虎骨酒的，唱西洋鏡的。……老聃則倒騎牛背，在雕鏤精緻的八卦亭上，冷眼瞧着未必是爲着朝拜他而來的遊人。

接引遊客最多的地方爲二仙菴，有玩具市，刀剪市，梳篦市，玉器珠寶市，古玩市，扇市，鞋市，綢緞市……此外是小食攤的連營，花會最有生命的一角，張着大於屋頂的油傘。熱香四溢的糖紅薯，叫做「三砲響」甜而結實的糍粑。溫江豆花與雙流蕎麵，冷而硬的蕎涼粉，以及入水即熱的「神仙湯元」。

菴外是餐館茶館組織成的田野市街，餐館編松柏爲籬，懸着雪白的窗紗，偶然會透露出女客的一角紅裳。茶館則滿坑滿谷是人，如果你站起來招呼一個熟人，竹椅立刻就展翅飛了。

若果說這兒是萬國春裝展覽會，也並非誇張的；長袖與短袖，從高領到矮領以至完全無領，丈夫的皮鞋上還加着呢罩，太太業已宣佈裸脚了，圍春綢項巾的是女學生，手提馬鞭的是大少爺，而三少奶奶爲裁縫所誤，一件「印度紅」的夾衫，沒有經過針線，用漿糊黏成的，——穿了再縫。

花會的眞魂就在此，男人看女人，女人看男人看她。一顆發癢的心，像斷了線的輕氣球。

眞正的都市却在冷僻的一角，花農編竹爲棚，畫地爲圃，有盛開的芍藥，牡丹，芙蓉與山茶，最珍貴的「春劍」素心蘭是非賣品，雖以百金不能換得一枝。

誰能不飲一壺春酒就賦歸去呢？城內人家只剩了看家的楊柳和無人的空樓。

站崗

據馮玉祥將軍自作傳記，他十二歲時候就在劉銘傳的「銘軍」裏吃餉，正式入伍，是十六歲時的事，入伍第三年，正是庚子外患結束，慈禧光緒由西安回鑾，路過保定，由淮軍爲之站崗保衛，馮將軍也是衛士之一，親眼看見帝王專制的淫威，與當時親貴皇族的腐敗生活，他於是動念革命，這一次站崗，是馮將軍四十二年革命生活的起點。（明）

大川飯店案全貌

大風

岩井領事要到成都的消息，使成都社會起了一陣「地皮風」，（成都語）九一八那一年，把順和街日領館的招牌下來拋在御河裏，從領事館的地窖中搜出四十八套春宮來，這些愉快情景，成都人是記得的。「又要來了」？大家都希望如「四九兩軍攜手對外」一類的新聞一樣，是一個不可靠的新聞。

「成都並非商埠」的理由，並不能勸阻岩井先生的大駕，廿四年一個秋天的下午，終於有四個日本人光臨了成都。「事件」發生以後，成都人深表「遺憾」，但「遺憾」的原因是：四個人當中莫有岩井。

不可諱言；彼時成都的「反日運動」還來不及「做」好，標語貼上牆壁之後，就以爲大功告成。

「事件」發生在這一天的黃昏，（民國二十四年的秋天）成都官員看完了「菊花大會」才回公館；靜蕩蕩的騾馬市街上，忽然捲起了人潮，我們不能數清有多少人，總之：世界上最知名的導演家，也不能處理這樣偉大的場面。說他們「暴動」是寃枉的，因爲他們的口號不過是「看看日本人」而已。

大川飯店的頭等房間裏，款留着那四位友邦的嘉賓，他們當然不知道：一點鐘後，就要赴成都人為他們接風的「最後的晚餐」。

朝日新聞記者渡邊，正在據案作書，那是一張明信片，他寫給誰？後面你自會了然。瀨戶尙是漢口瀨戶洋行的經理人：從他突出肚子上，你不難明白他的身份。這時他正在整理貨樣單，看他臉上的笑容，大約要和成都的高等社會做一票大生易。

日日新聞記者深川，從就要變成垃圾的皮箱中取出一本寫生簿來，那上面是他的好手筆，用鉛筆描繪的巫峽山水。但你若果眞的的當山水去鑑賞，不免就要上當了，因爲他所繪的是軍事地形，和希特勒的祕密地圖差不多。剩下來的還有一個志波，這時正泡在洗澡盆中，除了「間諜」兩個字，我們不能找出更適合於他的「身份」。

人的浪潮擁進了大川飯店。

渡邊先生的筆寫道：

「吾愛：余等於反日標語墨瀋未乾之際，進入危險的成都，然空氣縱極惡劣，余一介書生諒亦無妨也。……以向你致敬爲榮的……」

他擺正身軀，開始寫他的簽名式。

但就在這時，人潮擁上了二樓。只聽見一片喊。

把房門大打開，讓「暴民」看看友邦的來客，也許就莫有「成都事件」了，可惜他們不肯這樣辦，沙發寫字台臨時都做了防禦工事，他們要死守這頭等房間！

這個防線的突破是想得到的，四位戰士，從破門中搶出來，當先的志波開了一槍，但成都人莫有讓他開第二槍，人潮吞沒了那四個人，然後變成一道飛瀑，由二樓直瀉到天井。

一千個人的聲音，凝結成一個「打」，大川飯店應聲而成粉碎。當大家打到無可再打，進行拆卸房架時，彈壓部隊趕到了，開了一排槍，有三位無名勇士中彈，變成了「蓉案兇首」。

第二天官方發表公報：「成都昨晚發生暴動，昨日來蓉遊歷之四日人中，有二人行蹤不明」云。

原來志波被捲出大門時，得警部課查救上了汽車，瀨戶尚能操流利的華語，人家聽見他尖聲問「日本人在那里？」就讓他逃出了危險圈。

失蹤的深川當時已經打得稀爛，渡邊的屍體是在附近一家糖果店的床上發現的，他逃入那個人家時，曾獻出他的鈔票和錶鍊，他得到掌櫃的一聲回答，就是：「日本人在這里」！

這幕悲劇的全部代價是兩百萬元，還有志波先生臨去穿走的一件秋香色華絲葛軟夾衫。

「三國演義」旅行

霖

翠雲廊

川北多古柏，綿延十數里，蜀誌稱「翠雲廊」。

柏傳爲張飛所植，事雖荒誕，然對保護森林殊爲有效。川陝道上行商，多負小釜以自炊，沿途伐木爲薪，獨不敢犯此柏，蓋懼當陽之威也。

丞相祠堂

丞相祠堂，已不可尋；今成都外南之武侯祠，實昭烈廟也。杜工部所詠之丞相祠堂，地距昭烈廟五里許，宋人倡君臣一體之說，因廢祠，併入昭烈廟，今之武侯殿，原祀阿斗，武侯遷入，阿斗乃被趕出家廟，在錦官城內作寓公焉。

昭烈墓

昭烈廟兩廡有蜀漢諸將塑像，東廡以趙雲爲首，西廡以龐統爲首，無魏延，但亦無姜維，昭烈墓在廟後，蒼松翠竹，陵園頗美，墓中傳有萬年燈，殊荒誕。據可靠考查，所葬惟劉備弓劍而已。

蜀漢故宮

成都貢院，傳爲蜀宮故址，清康熙中，嘗發現古磚，上有「臣諸葛亮造」字樣。又傳萬里橋爲趙雲監造，成都竹林巷，有子龍洗馬池。黃忠墓在成都外西，接近筆硯塚，馬超墓在廣漢，蔣琬墓在綿陽。

金雁橋

金雁橋在德陽境；蜀將張任拒劉備雄師於此，是地固無險可守，劉備攻之兩年不下。使張任生於今日，當亦可作凡爾登守將也

。落鳳坡卽在附近，有龐統祠，風景淸麗。

劍門關

「劍門天下雄」，雙峯如劍，高聳天際，下爲關口，勢極雄偉。川陝公路修築時，某工程師於並非絕對必要之情形下，將關門塡塞，於是所謂劍門者，但有細雨，不見騎驢。關右尙餘姜公祠，供人憑弔而已。劍峯之上，有地名營盤嘴，爲姜維之瞭望台。登臨其上，可望昭化煙雨，「張翼德戰馬超」之葭萌關在昭化。

桓侯廟

閬中桓侯廟極巍峨，有樓曰「敵萬」，甚

壯麗。

神殿上豎一朽木，俗傳爲張飛旗桿，閬人刮木屑以爲藥，木將斷，廟祝作欄杆保護之。廟後有衣冠墓。殿前楹聯多爲屠幫所獻，史稱張桓侯雅好君子，乃竟爲黑市肉商奉爲祖宗，不亦冤乎？

杜甫喜捷之淚

杜甫聞官軍收河南河北詩，其起句云：劍外忽傳收冀北，初聞涕淚滿衣裳，往年粗心讀過，但覺其起勢軒昂耳，此固老杜手法，初未覺其異。及來川後，每聞國軍捷訊，恆顛倒報紙如家書之不厭百回讀，乃知公當日在蜀羈遲；蓋毫無修飾，所作率然出口之語。於是其頸聯乃云，卻看妻子愁何在，漫卷詩書喜欲狂矣。以下四句，白首放歌須縱酒，青春作伴好還鄉，即後巴峽穿巫峽，便下襄陽向洛陽。一氣呵成。均老實話也。而亦其落淚之由。

聞捷落淚，不純是喜極而悲，此種情味，固不必起老杜於九泉而問之，會心者自可恍然。但此一把眼淚，隨唐明皇入蜀者，不見人人均有。蓋在長安快活着，在錦江亦快活着，未嘗知人間有苦，即亦不解不苦之可喜也。

（水）

唐宋詩中的四川風物

熙斌

唐宋詩人和四川最有關係的應推杜少陵和陸放翁，他們旅居四川的時間很長，都在五六年左右，他們的詩很多是旅川期內作的。從他們的作品中看看當時的四川風物，到是一件很饒興味的事。

詩人生活離不了酒，少陵後來便因飲白，吃牛炙以致喪生。少陵也和其他詩人一樣，詩中常常提到吃酒，可是我們却不能夠從他的詩中看出當時四川有甚麼出名的好酒。只有放翁詩告訴我們當時的四川名酒是眉州的「玻瓈春」。放翁詩提到「玻瓈春」的很多，如「玻瓈春滿琉璃鍾，宦情苦薄酒興濃」，「玻瓈春作江水清，紫玉簫如雛鳳鳴」。又蜀酒歌：「十年流落狂不除，遍走人間尋酒爐，青絲玉餅到處酤，鵝黃玻瓈一滴無，安得豪士致連車，倒餅不用盃與盂」。放翁對於「玻瓈春」的欣賞愛好，可以從這首詩想見。但放翁生平最喜歡的酒，還不是「玻瓈春」，却是當時漢州（今陝南）的「鵝黃」。他曾有句說：「兩川名醞避鵝黃」註云：「鵝黃」漢中酒名，蜀中無能及者。蜀酒歌：「漢州鵝黃鳳雛，不驚不搏德有餘，眉州玻瓈天馬駒，出門已無萬里塗」。可知「鵝黃」性醇而味不烈，顧名思義，恐怕便是現時的黃酒。「玻瓈春」清如江水，烈如天馬駒，奔放千里，大類現時的瀘州大麯。原來放翁對於酒的愛好，是先酒醇而後濃烈的，這確是一般詩人的性格。

說到吃，我們雖知道少陵因吃牛炙喪生，但少陵一生對於吃喝並不注意，這固然與他處境有關，而他襟懷高遠，性格耿介，也自有非常人可及之處。茅屋爲秋風所破歌：「安得廣廈千萬間，大庇天下寒士俱歡顏：：何時眼前突兀見此屋，吾廬獨破受凍死亦足」，可見少陵絕不是一個個人享樂主義者。一天他在綿州看打漁，大家把打到的魚作膾送酒，他歸來作詩，很感慨的說：「干戈兵革鬬未止，鳳凰麒麟安在哉，吾徒胡爲縱此樂，暴殄天物聖所哀」，這主張很和現在的戰時節約意義相吻合。放翁處境和少陵不同，對於飲食一道不似少陵刻苦，放翁醉中歌：「吾少貧賤眞癯儒，食食嗜味老不除，……長餅巨榼羅杯盂，不須漁翁勸三閭，牛尾膏美如凝酥，貓頭輪囷欲專車，黃雀萬里行頭顱，白鵝作鮓天下無，潯陽糖蟹徑尺餘，吾州之蕗尤嘉蔬，珍盤飯飣百味俱」，放翁這食譜雖非珍錯，也便不是尋常烹調了。這兩大詩人的性格儘管有些差別，他們的詩卻告訴我們當時四川，最有名的食品是綿州東津的魴魚作膾。

少陵觀打漁歌：「綿州江水之東津，魴魚鱗鱗色勝銀，漁人漾舟沉大網，截江一擁數百鱗……饔子左右揮霜刀，膾飛金盤白雪高，徐州告尾不足憶，漢陰槎頭遠遁逃，魴魚肥美知第一，既飽歡娛亦蕭瑟」。放翁東津詩。亦說「打魚斫膾修故事，豪竹哀絲奉歡樂」。綿州即現時的綿陽縣。當時綿州東津的魴魚是這樣的豐富，東津魴魚作膾又是這樣的名馳天下，可惜現在已經汩沒無聞了。照放翁詩所說，東津打魚彷彿還是當時一種民間故事，有些來歷的，現在也無從考證他的意義了。

魴魚膾之外，少陵詩還提到西蜀的櫻桃，野人獻櫻桃詩：「西蜀櫻桃也自紅，野人相贈滿筠籠，數回細寫愁仍破，萬顆勻筍訝許同」。現時我們所看見的四川櫻桃自然很難北平南京的比美，恐怕少陵所見的也不會十分出色罷。放翁提到瀼西黃柑，溪口梨，慈竹筍，白山茶。瀼西即今奉節縣，溪口，白山均川境，在今何處待考。「瀼西黃柑霜落瓜，溪口赤梨丹染腮」，「盃羹最珍慈竹筍，餅水自養山茶花」，「釵頭玉茗妙天下」。（自註：坐上見白山茶，格韻高絕），放翁這些詩句，讀後眞有些令人口角生津的。

時移世變，兩千年前，詩人所讚美的美酒，佳餚，名茶好菓，現在都已經一一成爲過去了，惟有詩人的詩依然膾炙人口和歲月常新。

千年前的成都及其他

熙斌

病中多暇，曾就少陵和放翁詩之涉及當時四川風物者，寫成短文，題爲「唐宋詩中的四川風物」。惟此兩大詩人向有涉及當時的成都景況和都江堰水利的吟詠，亦足爲川省掌故珍談，故續成此文，以就正讀者。

現在說到成都，人多譽爲小北平，其實成都的繁榮遠在北平之前。李太白「蜀道難」已有「錦城會云樂，不如早還家」之句，錦城即成都，可見成都在唐代已經是一個令人留戀的都市了。到了放翁時代，成都的繁榮更爲可觀。放翁詩提到成都的很多，「成都行」和「夢至成都」兩詩刻意描繪當時成都的繁華姝麗，天下無雙。從這兩詩我們可以知道當時成都的社會生活和自然風景。例如「成都海棠十萬株，繁華盛麗天下無」，「政爲梅花憶兩京，海棠又滿錦官城」，「成都二月海棠開，錦繡裏城迷巷陌」，原來宋代的成都是這樣的花園錦簇的花都，現在我們知道成都最出色是桂花和梅花，梅花之盛，江南鄧尉不足比數，桂花之盛，國內更無能出其右者。惟宋代獨以海棠稱盛。

說到當時成都的社會生活，試讀「宦途元不羨飛騰，錦里豪華壓五陵，紅袖引行遊玉局，華燈團坐醉金繩」(夢至成都)，和「

青絲金絡白雪駒，日斜馳遺迎名姝……易求合浦珠千斛，難覓錦江雙鯉魚」（成都行）。這些詩句，風流綺旎，躍然紙上。那時候成都上層社會，生活的侈靡可以概見。

宋代的成都雖然是一個紙醉金迷的所在，但當時對於武備仍然相當重視，且看放翁詩，成都大閱：「千步毬場爽氣清法西山遙見碧嶙峋，令傳雪嶺蓬婆外，聲震秦川渭水濱」。南渡以後，整軍經武，似具決心，可惜只限於局部，終未能挽狂瀾於既倒也。

不錯，四川有好酒，好食品，天氣也好，「蜀天常燠少雪霜，綠樹青林不搖落」。這是放翁歌頌四川天氣的句子，此外還有繁華盛麗，令人留戀的成都，可是我們的詩人對於四川還是有他不滿意的地方，他嘆說：「兩年劍南去塵土，肺熱煩促無時平，荒地昏夜蛙閣閣，食案白日蠅營營」，誰說身體不健康，不應該埋怨四川，但惹人生厭的蒼蠅確是可以詛咒的。

少陵和放翁雖是文人，對於當時有關國計民生的都江堰水利都十分留意，少陵石犀行：「君不見秦時蜀太守，刻石立作三犀牛，自古雖有厭勝法，天生江水向東流，蜀人矜誇一千載，泛溢不近張儀樓，今年灌口損戶口，此事或恐為神羞，終藉堤防出衆力，高擁木石當淸秋，先王作法皆正道，詭怪何得參人謀」，力闢迷信，推崇人力。少陵的見解不只在當時高人一等，在現在還是很可稱道的，因為現在中國雖說多了一千多年的進步，依然還有許多人相信念經禮懺可以息災救國呵！

到了放翁入蜀，那時候川江雖還沒有現

代的輪船行駛，可是按時測量水位的制度似已成立，放翁詩，「雨昏郡郭逕三日，吏報江流忽數囘」，並自註道：「江每漲，吏輒報或三四至」。可見當時川人不只重視灌溉的水利，還注意到交通的水利。放翁對於都江堰水利的觀感和少陵又是另一個方向，離堆伏龍祠詩：「寥廖後世豈乏人，尺寸未施讒口衆，要官無責空賦祿，軒蓋傳呼眞一閧」，少陵是從我技術上着眼，他却純從行政的困難着眼，他以爲一個有抱負有見解的行政官吏如果不能夠力排衆議，任勞任怨，決不會在政治上有所成就的，你如果怕得罪人，不肯負責，便只好高車端座，前呼後擁，到處出風頭而已。這樣的人員，可惜[illegible]只放翁那時候有，現在也還到處皆是。

房侍前無英雄

揚雄死，人謂桓譚曰：子嘗稱揚雄書，豈能傳於後世乎？」譚曰：「必傳，顧君與譚不及見也。凡人賤近而貴遠，親揚子雲祿位容貌，不能動人，故輕其書。「揚雄在我國學術史上，佔有重要位置，而在當時，很爲人輕視，其輕視的原因，已爲桓譚揭出，桓譚所說的賤近貴遠，與白居易所說榮古陋今，都是一般人的通性。此不獨對於著作家爲然也，即對於功業家也是如此，許多勳業赫奕之人，自其朝夕左右之人觀之，了無異人處。西人謂「房侍前無英雄，」所以後人笑子產曰：「孰謂子產智」，諸葛小史，亦謂：「諸葛公未有過人處」。

（李宗吾）

黃敬臨食譜序

李宗吾遺作

我有個六十二歲的老學生，黃敬臨，他要求入厚黑廟配享，我業已允許寫入厚黑叢話，讀者要還記得，他在成都百花潭側，開一姑姑筵，備具極精美之殽饌，招徠顧主，讀者或許照顧過。昨日我到他公館，見他正在凝神靜氣，楷書資治通鑑，詫異道：你怎麽幹這個事？他說，我四十八歲以後，即矢志寫書，已寫十三經一通，寫新舊唐書合鈔，李注文選，相壽禮記，坡門唱和集，各一通，現打算再寫一部資治通鑑，以完夙願。我說：你這種主意就錯了，你從前歷任知事，退爲庖師，自食其力，我聞之不禁大讚曰：『眞吾徒也』，特許入厚黑廟配享，不料你在幹這類生活，須知：古今幹這類生活的人，車載斗量，有你插足之地嗎？不如把所寫十三經等，一火而焚之，撰一部食譜，倒還是不朽的盛業。

敬臨聞言，頗以爲然，說道：往年我在成都省立第一女子師範學校，充烹飪教師，曾分薰、蒸、烘、爆、烤、醬、鮓、鹵、煨、糟，十門教授學生，今打算就此十門，條分縷析，作爲一種教科書，但茲事體大，亦無暇晷，奈何？我說：你又太拘了，何必一時就想做完善，我爲你計，每日高興時，任寫一二段，以隨筆體裁出之，積久成帙，有暇再把他分出門類，如不暇，旣有底本，他日也有人替你整理。敬臨深感余言，乃著手寫去。

敬臨的烹飪學，可稱家學淵源，其祖父爲其子聘婦，非精烹飪者不合選，聞陳氏女在室，能製鹹菜三百餘種，乃聘之，卽敬臨母也，於是以陳黃兩家烹飪法，冶爲一爐，淸末，敬臨宦游北京，慈禧后賞以四品銜，供職光祿寺三載，復以天廚之供，融合南北之味，敬臨之烹飪學，眞可謂集大成者矣有此絕藝而祕不傳人，豈不大可惜乎？

古者，有功德於民間祀之，我嘗笑孔廟中七十子之徒，中間一二十人可述外，其大半則姓名亦在若有若無之間，遑論功德，徒以附孔子末光，高座吃冷豬肉，亦可謂僭且濫矣。敬臨撰食譜嘉惠後人，有此功德，自足廟食千秋，生前具美饌以食之，此固報施之至平，正不必做附惠的教主，而始可不朽也，人貴自立，敬臨勉乎哉！

為文明戲呼冤

夏衍

「文明戲」這三個字，在一般人口中已經是一個罵人的名詞了，它代表了一切戲劇上的惡德：「非藝術性」，「抵級趣味」，「粗製濫造」，「不守規律」，換句話說，在今天看來，「文明戲」，已經是一種對藝術不忠實，不嚴肅的墮落性的「娛樂」，而為文化界人士所不齒的存在了。

我們不想替「文化戲」的「不嚴肅性」辯解，但，我們要指出的是「文明戲」也還有它極嚴肅的另外一面。這，就是「文明戲」的戲作者們始終關心着人民，關心着國家，關心着社會，也可以說，他們始終不會自命清高，而自己置身于民族，國家，與社會之外。

這是可以用事實來證明的。試看一下「文明戲」首創者汪笑儂所編所演的是些怎樣的劇本。在徐慕雲著的「中國戲劇史」中寫着：

「在那時候的中國人，外有列強累積的加緊侵略，內裏的政府又是日趨腐敗，對於平民之甘苦一向是不聞不問，所以他常常利用戲劇來做他的工具，以發洩他心中的不平，他曾經把自己比為柳敬亭」

他演的戲，是「黨人碑」，「哭祖廟」，「六軍怒」，「桃花扇」，「張松獻地圖」，沒有一齣不是「對國家民族的生存作竭力的呼喊」接在汪笑儂之後，上海的潘月樵，夏月潤，任天知，漢口的劉藝舟，張雪林等，也都用戲劇作爲工具，來暴露了滿清黑暗，灌輸了革命思想，特別是用自己的鮮血寫下了中國近代戲劇史之一頁的王鐘聲，很明白的用了「社會教育」這四個字，來作爲他所創立的「春陽社」的標語，他們在當時自任爲革命軍的別動隊，冒生命的危險，演出了發揚民族革命意識的許許多多戲劇，我相信今天還有許多活着的人可以替他們作證，他們對於辛亥革命所盡的功績，決不會因爲他們後繼者的生活墮落而減少光輝的。

在前清，「文明戲子」的地位也許比現在還要「下賤」得多，除出幾個領導者之外，「文明戲子」大部分不會受過高等教育，當然不會當過大學教授，他們是「低微的人」，但，「低微的人」心裏却永生着中國人的靈魂，他們以中國老百姓之憂爲憂，以中國老百姓之喜爲喜，他們甘于在泥塗中打滾，在荊棘裏潛行，劉藝舟，任天知，乃至鄭正秋諸位「文明戲」演員在舞台上慷慨陳辭的時候，我相信祇要有一點良知，有一點民族意識的人，沒有一個不會肅然起敬的，——他們是中國人，他們的心永遠地爲着中國人的命運而搏動，他們的血永遠爲着中國人的苦痛而沸騰，他們是有權利把他們的名字毫無愧色地寫在中國近代戲劇史上的。

「逍遙」于抗戰之外的人就沒有權利來批評抗戰，同樣，自外于抗戰文藝以外的人就沒有權利來批評與抗戰共休戚的文藝，且別說今天的話劇已經和文明戲有了雲泥之別，卽使是「文明戲」吧，有血氣的中國人相信：它比逍遙于抗戰以外的「文藝」作品更嚴肅，更有血性。

哲學是最謙虛的名詞

斐洛所賨亞 Philosophy 一詞之原義由「愛」與「知」兩字合成，即愛慕知識之意。相傳最初用這字的，是蘇格拉底。蘇格拉底攻擊詭辯學派之以智者賢者自居，乃自稱曰哲學者，以示他非知識之所有者，僅爲一意慕知識者而已。從此可知哲學在最初乃最謙虛的一種態度，不是如今那些半瓶醋，讀了幾本哲學概論，便翻弄名詞，高視闊步好像奉命當了眞理專賣局的局長一樣也。

哲學史上，還有蘇格拉底一件故事，也可以作爲哲學的註脚：或問蘇格拉底：人說你的哲學裏面有許多知識，是的麼？蘇格拉底答道：我的哲學其實並無所知，不過，如果要說我的哲學比人家所說的多一點知識，那就在我能够知道自己並無所知。

（走）

上古宮殿內容如何

——貢獻給畫家及佈景家

布衣

上古宮殿，是如何形狀，此於遺留之圖籍中考查之，誠不難摸索。至宮殿陳設，則圖籍甚少述及，吾人僅可於周漢所傳文字，略加推測而已，上海攝古裝影片，衣冠道具，毫無是處，不值一談。近因觀張善子正氣歌圖及屈原劇佈景，頗引起鄙見若干，謹略陳之，就正博雅。

六朝以上，席地而坐，自毫無問題。故宮殿之上，必厚陳茵席，以便跪坐。既是茵席厚陳，除君后外，恐均不能着履，故古代權臣，得「劍履上殿」者僅蕭何董卓曹操劉裕四人。除蕭外，皆為巨奸，可見穿履上殿，乃非分之舉。然六朝以來，無此錫典，大概人人着履上殿矣。以是，殿上有席而無椅，其事殆確。

無椅矣，然亦不見殿面平鋪直敍，至少尙有一牀，為人君座位，商君書曰：「人君處匡牀之上。而天下治」。君座牀上其體甚明，牀字見於詩經者再，左傳有「登子反之牀」句。周代有牀，牀必登則高於地席可知也。大概上古牀有兩種，一爲坐者，一爲臥者。至坐牀時，是否以膝向前，跪而以臀坐其脚一如坐席，則未敢妄斷。然木牀不若茵席柔軟，就情理言之，或亦如今人之坐式而坐也。（又古人坐車，亦不能跪坐）。

殿中既可有牀，以理推之，當亦可有案。古來案分兩種，一爲木盤，（或有脚）舉案齊眉之案也。一爲几案，長四五尺，高尺餘，有脚，置地上。古人隱几而臥，卽爲此物。吾人試讀左傳史記等書。見君臣相對殿上，有時須放置物件。若無案，必甚不便。有宮殿輿服之時代，此層必當佈置妥貼也。

牀案之外，予又推測，可立屏風，屏風，周謂蕭牆，論語有「蕭牆之內」語，可知此物已早有矣。有牀有案有屏，一殿之上，則小物譬如詩經所言及者，均有法附麗。或構造畫面，或佈置舞台面亦均較易着手。至周秦以上，談歷史者已所難言，宮殿或且無之，內容自可勿論已。

武家坡雜考

舊燕

一 小引

皮簧中之武家坡，為最普遍之戲文，某處唱戲一過，未有漏此戲而不唱者。良以其尚可聽，而全出不過一生一旦（一出與一齣，實有分別，出字早不為談戲者所用，遂漸淘汰）。排配極易也，此戲全齣為彩樓配，花園贈金，三擊掌，投軍別窰，回龍閣，趕三關武家坡，算糧登殿。約八出零碎拚合，統名之曰紅鬃烈馬。其實擒馬一段故事，反多不演，而以四字為名，甚為不通。嘗考其故，則由於此，戲實出自秦腔五典坡。該案劇甚長，須唱三日。京戲無法整個舊來，則拆碎七寶樓台，取其精華，另拚一局，僅略其首尾，實非全劇也。此戲出中，武家坡出演最多。聽之既久，有人常以故事出處相問。讀書與走路之餘不免隨作考證。其結果正亦如宮樣文章，事出有因，查無實據，因摘其要點，名曰雜考。

二 釋名

京劇喜以地名為目，驗檢戲報，觸目皆

是，武家坡正亦如此。然則武家坡在何處？曰並無其地。既無其地，何以名戲？曰由於五典坡之訛也。上節已言之，此戲出自秦腔。秦人舌尖音甚少，天讀作千，水讀作匪。故五典坡之典，亦續作檢。檢家乃一轉音之誤。至不云五而武者，想因其下為家字，人遂冠以姓氏之武耳。至五典坡，現確有其地在西安南門外，曲江故址之東南角。地為一乾溝，南岸有小廟，供薛平貴王寶釧之泥塑像。廟對岸有窰洞二，在小山之黃土坡下，相傳即為王三姐窮居十八年之所。但無論土坡窰洞，不能維持千年。且此在唐代是曲江名勝，為極大之人造池沼，試讀唐人詩文，則樓台花木，不下今日北平三海，豈能容窮婆子安居十八年乎，故完全為好事者所附會。

三　釋人

甲、薛平貴　武家坡中之主角為薛平貴與王寶釧。請先言薛平貴。唐代武人中，誠有姓薛者，除人人皆知之薛仁貴外，尚有薛萬徹，亦伐高麗名將也。後一薛與劇中人無關。前一則間名字且同一字，頗可相混。薛仁貴貧漢出身，平貴亦然。演義上仁貴在柳家莊招親，平貴亦在王府招親。甚至戲文且有汾河灣，與武家坡相似。然則平貴為仁貴之訛乎？但故事搬演，個性完全不同，一為忠臣，一則奪取唐氏天下者。若係仁貴之訛，不應相差若此，況薛仁貴征東，民間傳說甚盛，亦不致訛誤也。故薛平貴當為創造故事者自述之人物，與彼薛不相干。京戲故事中，平貴號平安，籍貫身家均不詳，手邊無秦腔劇本，不知秦腔有說明否？大概不外關中壯丁，戍守西涼者。不佞往年遊秦，曾與秦人言此，彼等有謂係隱射石敬瑭者。然此兒皇帝，後代不妨直率誅伐，何待隱射？亦殊不類。

乙、王寶釧　熊某以此人編劇，在倫敦大賣其野人頭，闊衣飾道具，尚費許多考證，不知其何所根據？其實正史無論矣，即說部及民間故事小刻本，亦無王三姐其人，有之，則秦腔之五典坡唱本耳，寶釧爲王丞相之第三女，故云三姐。由戲詞中考之，此丞相名永（或允）。查漢之丞相，唐之同平章事也。李唐一代，無王永平章其人，後唐亦然。王之另兩位女婿，名蘇龍魏虎，此則如小說中之張三李四，其爲編劇者之信手拈來，更不待論。

四　釋地

武家坡中，薛平貴唱云：「西涼國，一百零八站」。此可謂瞎說。查五胡六十國，以西涼名義建國者，爲李日高，建都敦煌。敦煌至長安，不到三千華里。舊時九十里爲一大站，充其量言之，不過三十站耳。戲中薛平貴在西涼招駙馬，言明係番邦。此恰恰錯誤，李日高乃以州牧竊號自尊，實漢人也。唐及五代，以涼建國者，爲前涼，後涼，南涼，北涼，西涼，唯二至四是胡人。薛平貴招親，正招贅在自己家裏並未出洋，編劇者以黛扇公主爲番邦女子，豈不以凡在西陲皆番邦乎？則此人之不學無術，可以想見。

五　釋事

甲、鴻雁捎書　此雖神話，却有本。蓋爲漢蘇武故事，出漢書蘇建傳。蓋漢使欺匈奴之談，謂漢天子在上苑射雁，得北海蘇武雁脚書也。戲文中不過易漢天子爲西涼國王，易蘇武爲王三姐而已。

乙、拋彩球　今之西洋足球，即我國漢唐之蹴鞠也。天子常率王公大臣，分左右二朋，脚蹴球過竹竿懸網之門，以分勝負。後又以此戲加於舞隊，由女子拋之故詞牌有「拋球樂」。由此，可知名門閨秀，或不免拋球爲戲。但以之選壻，則筆者腹儉尙未於唐宋筆記中見之。

丙、反長安　武家坡中，薛平貴白：「我那時取了大唐天下」云云。此所謂大唐，建都長安，爲李唐無疑。但唐之末世，雖藩鎭屢反長安，然涼夏諸鎭，未有暗襲都城者。李克用以沙陀兵入長安，是逐黃巢光復唐室，非反也。故此戲於史實毫無所本。

丁、算糧　按唐爲府兵制度，兵由郡縣徵集，分府部署。雖非徵兵，然與募兵自別，其糧餉之發給，自不歸中樞直接辦理。王丞相並未出征，王無扣薛平貴餉銀之理。京戲中，蘇龍魏虎爲薛直接長官，如有尅用錢糧之事，亦不應至相府私下算帳。尤不應由王三姐出面，請問今之抗屬，得至孔公館算帳乎？且薛平貴已在西涼招駙馬，叛國多年，何能反向唐營要糧：故此事於理至不可通。惟道白中有吃錢糧之語，殊可證明薛平貴係一募兵耳。

六　一點小辨證

凡文藝產品之出現，不問品格高下必有其背景。五典坡雖爲完全無理取鬧的秦腔戲，亦必有其出產之原因。其毫無根據，既略如上考，何以在關中盛行，且變爲皮簧之紅鬚烈馬，是不可以不察也。據筆者所推想，此戲文不見於南北曲，顯爲明清之間之作品。以其富於長安地方色彩，又知必爲秦地產物。戲文自始至終，描寫一征夫受壓迫，離家井，繼之以報仇，大兵作皇帝，痛快收場。又可知爲「丘八劇本」也。

時間空間與作者之身分，假設如上，進一步，可探討其編戲之由。是蓋帝制時代，貧漢應募兵之招募，遠戍甘邊，受上司之尅扣餉銀，憤而出此。或其人亦有家室，因年久信聞斷絕，不免懸念，竟至疑妻不貞，故由武家坡一出，以反映之。至彩樓記花園贈金等，完全爲作者之幻想。舊禮教時代貧苦，武人自有此反封建不得之苦悶。然此時人究竟反封建不能徹底，薛平貴可以造反，而王三姐守苦十八年，却不許偷漢。尤其甚者，作者完全在洩私忿，而幻想亦反映甚濃。貧漢得丞相之女不足，且須招駙馬，招駙馬不足，又利用番王無嗣，承襲王位。承襲王位不足，還要反上長安一作天子，處處如意，一至如此，此正如買儲蓄獎劵者，幻想頭二三獎一人全得。天下決無此事，却不妨有此想法。然唯其如此，充分的自私自利，乃絲毫無民族觀念，且處事亦極不平。丈夫可以停妻再娶，妻子不能犯奸矣。而先行官乃可以降敵，元帥不能扣餉。即以王三姐本身言，思想亦極矛盾。當然不相之女可以戀愛叫化子，當貧漢之妻，雖孤守寒窰十八年，亦不應「來到大路邊」。雖然，在過去二三百年中之某一時期，此等辦法，正亦可以反映一部分不安本分者之心理。其與水滸之爲憤書，道路不同，理則一也。最後余以爲此戲思想太不純正，應當禁止。

德國古菜單

納粹亦見而垂涎否？

德人福利德爾（Egon Friedell）所著現代文化史述有十六世紀日爾曼人之貪食好飲：晨六時沐浴以前進煮鷄蛋及乳酪，七時至八時間進鷄蛋牛乳布丁及酒，九時進烤餅小魚或蟹及湯。十時至十一時間爲午膳，有食品五種至七種。下午二時沐浴之前進小鷄餅，三時至四時間進煎鷄蛋及小鷄，晚飯另有四五種精美之菜，八時臨睡前又進果醬麵包，酒及糖等。

又附載尼阿勃爾格醫生錫爾款待麥稜薩之菜單包括猪頭和牛腰加醬汁，鰭魚，五個鷓鴣。八個其他野禽，醃鷄，調味梭魚，野猪加胡椒醬，阿月渾子及藥製蜜糖，醬餅及蜜餞等等。蓋其時撒克遜工人膳食每餐有肉類菜蔬各兩種，一磅臘腸值小銅幣一枚，一磅牛肉值半個辦士，宜乎其爲酒池肉林也。（稼夫）

「大獨裁者」今論

姚蘇鳳

從影片和卓別麟先生來說，「大獨裁者」的喜劇的成就不能不說是「淘金記」與「城市之光」的「以下」的作品：可是，從「大獨裁者」的教育的意義和宣傳的效果來說，我不能不稱許它爲卓別麟作品中的一個前未之見的偉大的進步。

除了卓別麟先生固有的笑料以外，這個影片的故事幾乎可以使觀衆想起一束舊新聞紙上的電訊報導或一本舊雜誌中的「內幕故事」：當時，我們不妨想想：對於希特勒，或墨索里尼，或戈林，或他們周圍的一羣，縱使也嘗感到厭惡，但誰會像看了卓氏的表演以後那樣受到那深刻的諷刺力量的啓發與感動？

這個故事的諷刺力量與其說產生於卓氏的豐富的發奇的想像，不如說產生於卓氏的完整的現實的把握。無疑地，他已用最犀利的一擊擊中了大獨裁者的要害，那就是說，他根本否定了那個大獨裁者的健康的人性，他根本推倒了那個大獨裁者所幹的一切事情的似乎合理的存在。

我要如此說，我讀到過許許多多痛斥希特勒的文字圖畫了，然而，一般的說，在某些部分却反畸形地表現了希特勒像神話裏的

「魔師」乃至傳奇裏的「英雄」（你不會聽，人講過這樣的話麼？——「希特勒這傢伙眞可恨，但是他也厲害！」）在卓氏的故事裏却一點沒有這毛病，觀衆所收到的乃是完完全全的憎，完完全全的可笑可憐，而其效果乃足使人對於大獨裁者「由來」不但「發一大噱」，而且會從共通的愛好眞實，愛好和平，愛好自由的自己的人性裏種植對這種人物這種制度以及這種被造成的危險的情境的深深的抗力。

僅有一個遺憾：以此時看，這影片的力量已經因爲迅速的時間的開展與世界的變更，而顯得力量的較爲薄弱了。我想：當大獨裁本身已經在慘酷的戰爭中顯示了他的猙獰可怖的面目時，卓氏的這一幅「漫畫」也就自然而然地漸見黯澹。但是，觀衆們都應該知道這個影片的誕生的時日，而因之，觀衆們也都該明白這不是卓氏的過失。

卓氏這個作品已經替好萊塢造就了一個光榮的業蹟，也已經替美國和同盟國的人民完成了一份偉大的工作。

——對卓別麟，世界上的人誰不喜笑？

對希特勒，世界上的人誰不憤怒？

說偵探小說之進步

吳羽白

偵探小說在文藝領域內，是有他獨立的範疇的。他是科學發達以後的產物，同時也是工業國家的產物，因他不但需要廣博的科學知識，而且尚涉及心理學罪犯學邏輯學等專門學科。

自一八四一年，愛茄愛倫坡（Edgar, A len, Pae,）創作了第一篇偵探小說——麥根路慘案（即猩猩殺人案）。——遂由萌芽而發榮滋長，而風行全世界，使偵探小說成了衆大的重要的讀物。

我國人對於福爾摩斯，聶克卡脫，多那文，飽亦登等歐美偵探家的名字，均已耳熟能詳。在約十餘年前坊間歐美偵探小說曾一度流行，不但福爾摩斯全集，譯出了兩三種之多，即反偵探的「罪徒小說」也有好幾部全集出版。例如法國的樊德摩斯全集，亞森羅蘋全集等。

在歐美出版界，表現偵探小說逐漸進步的趨勢。新的偵探小說已由神祕不測驚心動魄的描寫，進而爲注重學理描寫內心的科學記述。南海馮六所譯，發表在小說世界裏的倫敦綵尸記，及紅鑽石可爲前者代表。而七八年前程小青譯的斐洛凡士探案，可爲後者代表。

斐洛凡士探案是美國人所著（筆名范達痕 Fen Dine）的偵探小說●抗戰前由世界書局出版，有六七種之多●其名稱爲貝森血案，金絲雀，姊妹花，古甲虫，黑棋子，龍潭慘案等，在一般偵探小說中，可目爲最進步最優秀最合科學之作。作者所創造出來的凡士，爲一最富有人性，最合理的業餘偵探家。

抗戰以來，上海出版界另有一種較好的偵探小說出現，名爲哀茄華雷士探案，由秦瘦鷗譯出，二十九年上海春江書店印行●書

共六種，曰天網恢恢，萬事通，幽屋血案，殘燭遺痕，四義士，泰山島。筆者祇獲睹「萬事通」一種。

書中主角，曰沙奧門。他的作風與凡士專重現場供述之方法不同。他是憑藉搜集情報之方法，製成許多記錄片子，以供統計歸納。而凡士是憑藉廣泛的科學智識，重在演繹推理。兩者均係實驗主義的產物。以較之舊有偵探小說的專憑幻想，臆測，其進步是顯然的。

入秦草

孤桐

鷓鴣天

赴蘭州飛機中

一瞑人如片葉浮。要從西北見神州。回頭下望人寰處。乘興堪為萬里遊。　雲外日。隴邊秋。金城依舊枕黃流。山如牛背偏多骨。田似魚鱗不見疇。

玉樓春

在蘭州何競武官舍作

五泉山下人初定。素月流輝人語靜。橫空連院眼中明。千里大河門外迴。　山河猶是秦時影。舊業雍王全不賸。（雍王章邯）我來未計作麼生。涼露一天先試冷。

臨江仙

平涼城外柳湖，左文襄讀書課士處，門首懸文襄所書柳湖書院四字，園中柳樹略存，獨最大者一本，方斫伐在地，泉暖為高寒地帶所珍異，文襄篆書暖泉二字刻石，元有小亭覆之，今移置牆隈矣，不有導者，無從覓得。適客有求書者，吾為寫一絕云：「左公當日息湖邊，翟轂冰斯壯暖泉。喜却後人能愛惜，量移牆角字依然。」客去徘徊，更成此闋，蓋是夜以車滯宿亭舍也。

一桁斜陽衰柳。戒人剪伐先戕。召公曾此暗神傷。風詩如不在。何處識甘棠。　丞相慣工小篆。暖泉兩字堂堂。矮亭遮覆太尋常。却移牆角下。說與伴栽桑。（文襄當日闢邊以勸人種植爲第一事）

臨江仙

贈胡宗南

部曲柳營百萬。賓遊代舍三千。登壇威重入門便。英雄多本色。韜略自先天。　君是天南一柱。我來劍外三年。相逢却在茂陵邊。忝爲長揖客。未敢識燕然。

玉樓春

在驪山溫泉作

驪山高處生佳矚。渭水尚縈秦塞曲。祖龍墓下有鴻門。太息當年空逐鹿。　溫泉水滑人如玉。想像楊妃新賜浴。羅囊遺恨到三郎。比似斬袪多一哭。

玉樓春

登驪山高處觀新題記

柏人誰與通消息。此舉無名煎太急。依然華嶽塞寒空。王氣千年同鬱律。　江南懶憶傷心碧。曲水平蕪秋一色。驪山姑當將山看。何必鑿殘無罪石。（逸芬按，旭初先生評此二闋云：「此與上湯泉之作，皆筆力橫絕。」

玉樓春

長安道上鋪秋葉。客思深時風景別。窮巖今古有淒煙。版築公私皆壞堞。 我來恰是蹇時節。殘柳荒橋天欲雪。城南霸水舊風流。賸與牛羊爭日夕。

鷓鴣天

伯英寓室懸有太炎贈句云：「虛名眞誤百年身，亂世文章抵一塵，猶有故人憐舊雨，白頭莫嘆尙如新。」八年前事也，憮然賦此。

亂世文章抵一塵。于今天道更難論。長公故自魁元祐。身後誰知端禮門。 千古事。逐年新。人言祖法盡沈淪。已然顧藉渾無有。初解虛名不誤身。

鷓鴣天

壽劉鏡屏六十（益陽劉璠之父璠時于役西安）

跡隱何如心隱賢。桃花江水武陵源。八方澒洞風塵日。一老磯頭自靜便。 兒輩事。世間緣。神州大業在安邊。饒君甲子輸君識。判斷江山六十年。（務觀句）

減字木蘭花

長安道中雁字

赭霞箋好。寫盡長安今古道，盤鬱斜斜，比似懷師更到家。　昨宵咄咄。作意書空人太拙。楚客徘徊。書寄衡陽又却回。

鷓鴣天

得蕭嫻書爲其夫壻江達言事　嫻善書二十年前在廣東見之時不過十餘歲也

大字雄奇小字腴。黃庭親見寫成初。匆匆二十年華過。猶憶榕陰捲袖餘。　郎意苦，父書癡。魏公援手舊含胡。驚心老滯秦關客。却答文姬隴上書。

玉樓春

寄高一涵蘭州

共君白社揮毫日。未計衰殘同作客。玉關萬里壯神皋。也爲詩人開霽色。　人生快意當前決。那有東西與南北。蜀州今日在蘭州。落筆便須參甫白。

鷓鴣天

遊八仙庵即興慶宮故址庚子西后駐蹕於此前有長安酒肆石刻李太白呂純陽醉處

興慶宮中夢上皇。梨園子弟最堪傷。天留武媚千年後。能把禪房作御床。　無限事。九迴腸。長安酒肆舊猖狂。雙槐不肯干霄上。怕向原頭看夕陽。（庵有唐槐高不及丈）

臨江仙

在長安酒肆作

百篇斗酒口稱臣。却船強臥爐茜。元來李白屬狂人。豔陽疑太酷。麴米怕眞醺。（艷陽醅酒見夢窗句）我却西來從蜀道。當前誰是文君。長卿今日已無褌。香殘風滿店。衰柳歛黃昏。

玉樓春

蘭州與同人登五泉山十日後由西安寄包少拯

西風檢點奚囊去。吹却方回腸斷句。入秦却憶五泉山。白草黃雲天欲暮。　夢中未覺泉聲住。秦隴關山分似誤。天生西北壯神州。那用東南矜北固。

瑞鷓鴣

寄髯翁

千年文物歷秦川。人傑相因衛國賢。那有周南留滯客。不隨陰嶺謁三原。　憶從衛八莊前過。杜老題門總廢然。我為主人長在外。不戚看竹便遄還。

陌上花

題景梅九紅樓夢發證。

梅邊一夢。夢中驚見。花鬟無數。鬟上佳人。醒後問歸何許。人間載得情多少。春色向來誰主。笑東坡漫說。一分流水。二分塵土。　是風流舊案。天生情種。恐把平生辜負。借得杯來。醽醁紛紛爭注。紅樓更比青樓幻。鏡裏行雲行露。祇石館半塊。空來色往。未須深據。

鷓鴣天

汪松年刊布李宣晴詞五闋於西京日報拈此紀之並柬旭初

自許平生楊敬之。逢人愛說不須疑。項斯當日無名句。橫掃今看女匹禪。從錦水。到天西。汪倫欣賞也同時。雙卿淒調人難信。潄玉風流我却知。（逸芬按，宜晴爲青海女子，妙工詞翰。旭初先生于此闋注云：「豈易安後身邪？刊布數闋，頗盼七日寄示」）！

鷓鴣天

飲稱酒處張君云曾陪劉禹老流連甚久因爲此詞寄禹生渝州

前度今番事不常。天涯著得幾劉郎。我來初上慈恩寺。便夢徵之在大梁。人道是。酒須嘗。想君危坐鏽爐旁。柳街依舊風悠颺。曾否吹成滿店香。

八聲甘州

呂方子自桂林寄其鄉人新刊匏園詩集來展卷多感爲拈此兼示朱琴可

正長安落葉捲西風。却懷去年遊。記吟邊放眼。單椒刺月。八桂飄秋。此處城烏塞草。朝暮一天浮。滿水橋邊問。似恡西流。二十年前回首。更因詩撩起。無限離愁。看匏園行卷。宿淚漬猶留。算吾儕長浮天際。未須知何許有歸舟，狂如故。恁無聊處。揭調甘州。

玉樓春

易均室著藝海楊塵小識蹇稊夫人以精楷寫之爲拈此解題於卷端

滿懷松雪無痕跡。字與畫眉同一筆。歸來賭茗笑難禁。也爲徐熙花鳥泣。人間勝蹟終銷蝕。今古華戎渾一迹。翠蓬淺處偶藏弓。何必楚人真自得。

唐多令

爲郭昌錦題澠池會盟壹

露蝕土花臺。吳雄與滿揩。看江山勝迹重開。咫尺澠池吾未到。問撫缶。也興哀。碧血濺黃埃。書生語壯哉。信文章總是童騃。携笑河南俞學政。將犬子。比雄才。（曲園有澠池懷古詩）

踏莎美人

霸橋柳

千載離情。幾番詞客。憑誰指點憑誰說。詩中折柳似相招。未必詩人都到霸陵橋。衰草連空。栖鴉點墨。於今我在長安陌。長安陌上總魂銷。不待朝來灞水映青袍。

蝶戀花

歸途擬乘小車先赴成都因約均室在漢中見面

嬾學南鵬天作背。蹴地徐行。醉倒長安市。楚漢紛爭唐破碎。要馳千里閑憑軾。頓轡不妨歸蜀計。鐵馬西風，大散關前地。

白社故人期一至。呼燈共話揚塵事。

鷓鴣天

未到秦中意致賒。秦中乍到便停車。好遊元止山陰興。又況新來懶病加。　憐日暮。望天涯。長安風物賸啞啞。小詩偶憶韋端巳。一一歸巢却羨鴉。

風蝶令

過張季鸞墓

一代觀摩友。當前隔絕人。寢門未久哭劉賁。漫說霸才無主始憐君。　幽顯長安路。迴環玉壘雲。年時笑語倘相親。今日惟持詩卷過秋墳。

鷓鴣天

贈趙次驛兼憶伯先

几硯精嚴見性情。牙籤萬軸自成城。邠卿充國隨緣在。也解屯田也解兵。　談往事。若平生。蟠胸韜略付燈檠。何人京口誇醇酒。存歿于今總不驚。（「伯先京口誇醇酒」，三十年前陳獨秀存歿口號。）

鷓鴣天

壚戶猶掀風入樓，帽簷長壓一冬愁。出門慚與鴉爭路。潤袂難移雪滿頭。　書罷讀。句窮搜。無人靜館發吟眸。翔來山雀緣何事。故向窗前噪不休。

鷓鴣天

兩湖會館題壁館爲光緒元年左文襄所置

節相開邊氣不驕。楹間手澤尙如新。十年九綮千行柳。誰是湖湘後起人　萍偶聚。絮何因。可堪孤旅歎蕭晨。階前不少南冠客。漫話鍾儀錯入秦。

鷓鴣天

元人鄭子經著衍極一書，評論書法極做妙。從趙次脾借讀覃谿批校鈔本，批語：「妙哉！今日始聞蘭亭多用篆法，東坡所謂「他日徒參雪竇禪」者也。」云云，頗堪注意。此本光緒乙酉爲江建霞師所得，葉菊裳在廠肆失之交臂，辭意悻悻，戊子歸潘文勤，又有劉聚卿審定章，乙巳（光緒三十一年）羅振常跋之，流傳有序，書極珍貴。惟讀之於書法轉難捉摸，不禁發書而嘆！

手不工書意解書。解書却怕細工夫。蘭亭篆法販天道。俊語須教善體無。　參雪竇。入鴻都。偶然神悟抵河圖。覃谿一去無消意。　聚訟歸寰板片粗。

鷓鴣天

贈張翊初

湖海交期四十霜。張公九尺鬢毛蒼。霸陵却愛田園好。醉尉嗔來也未妨。閒對坐。淡相忘。酒酣先自唱秦腔。天生鐵腕無揮處。餘事還堪褚遂良。

千條嗚咽東流水。只許淝淮作楚聲。

玉樓春

閒來却得忙情緒。客不知名相爾汝。字如風葉滿街飛。詞似口涎隨意吐。　西來一月從人度，太白終南都未去。非關腳力老來差。怕對名山無好句。

瑞鷓鴣

去年秋末發衡山。樓被宵過冷水灘。今歲殘冬深夜急。又乘急傳出長安。　浮生却是奔波慣。亂世纔知放浪難。一霎飄風吹去也。白雲猶自不教閒。

瑞鷓鴣

鷓鴣天

遊薦福寺作

百丈浮屠十丈塵。永寧門外立黃昏。中唐故實歸芻主。薦壓無功鬼不神。（相傳寺門兩旁吳道子畫有鬼神）　鴉擾樹。樹篩雲。千年唯見土花淵。綠垣未改周遭勢。不貯城南半點春。

鷓鴣天

劉公畏以詩來自署西楚老兵用拈此行酬之公畏壯肅之孫

莫問清門幾許清。風流文采自平生。元戎舊有輸臺恨。（指壯肅撫台灣）獨遺諸孫號老兵。成敗事。古今情。酒酣閒話故彭城。

發寶雞作兼柬均室

此行擬續錦城遊。紫柏山中訪漢侯。未料一麾成錯迕。碧雞振羽卽巴邱。餘年恰比蘇儋耳。再謫還同柳柳州。已是五年安置地。重來無喜也無憂。

跋孤桐入秦詞草

疑始

孤桐六十後始爲詩詞，而爲之特勤。一年以還，尤致力於倚聲。天才奔放，意境迴絕，信手拈來，自然合律。入秦諸作，雖已漸趨綿密，顧得助江山，爲多神來之筆。時賢或謂體近蘇辛，或謂抗手碧山草窗，固多未當：卽孤桐引竹垞倚新聲玉田差近句自喻，亦殊未足以盡孤桐。孤桐詞直是孤桐詞耳，豈一家一派之所能限哉。先師侯官嚴文惠序吾詞稿有云：文章之至足樂者，在以我役文，不以文役我。孤桐之詞若詩，蓋信能以我役文者已。質之孤桐，倘亦以爲知言歟？

辰子詩

辰子

峨嵋山雜詩

散髮晴山出此臺，猶餘寸磧立蒼苔。兒僧動色談饑虎，曾踏寒流入寺來。（大坪寺）

索食羣猱坐晚場，一時春笑滿樓廊。八間待火千家急，看擲猴齋黍十筐。（洗象池觀猴）

苦向穠山借晚烹，一鐺殘對意難名。却憐小閣洸洸地，賣水孤僧說兩京。（神水閣）

深葦猾石不成蹊，涉盡長流路轉迷。說與謳人應一歎，黑龍江在斷橋西。（黑龍江棧道）

萬樹開眉山露筋，向陽花谷有餘醺。大峨絕景君應記，蝶健於鷹亂入雲。（萬年寺道中）

髑齒羣峯列下方，作情篁竹點春場。辟圖大史炎炎在，未許殘碑說宋唐。（洪椿坪）

天風浩浩雨無痕，更擁寒袍上一墩。萬里江山千疊霧，不知何處是崑崙。（金頂）

眠牛坐鷺各成閒，壓屋藤瓜綠待刪。村醞作香三五店，天留餘筆寫黃灣。（黃灣）

觀湘劇白蛇傳因憶雷峯塔

醜石成園謝獨登，疏花屢笑意難勝。八

間此劇悲今古，總爲情蛇怨酷僧。

夜話

清宵飴柝出江城：猶是西遷故客情。嚴石萬年同一紀，深燈淺雨話前生。

江津

東流涉磧自戚灣，大舶巍巍去復還。六尺榕陰天未晚，有人低唱念家山。

隻影嚴城守劫灰，艱難此縮付誰開。掩襟矜坐殊無語，看墜桐花入茗杯。

唇膏

貨路塡山更塞川，從天倘有鳥能傳。此情好與何人說，一寸唇膏十萬錢！

過豐台

西闕落日鬱深哀，羅馬胡兒去復來。都道朔方春事好，賣花聲裏過豐台。

重見賣餳叟

輕衣破帽走春堤，日日街頭笛一枝。莫更臨流傷綠鬢，賣餳翁似少年時。

憶西湖之一夜

冥心孤賞夜堂堂，壓漿風猶惻惻涼。歸路酒家燈在否，斷橋西畔月如霜。

祖堂寺過雨

呢燕無窠奚所思，棠梨滿地雨絲絲。紅雲一鉢春三尺，正是山螺欲活時。

河上

打槳重來一惘然，長河清寂幾經年。擘雲一雨初涼定，看盡流螢過別船。

台城月

孤城歸牧角聲孱，垂暮登臨記此間。未醒大同隆治夢，溼披涼月看鍾山。

玄武湖口號

煙迷玄武門前路，綠上湖神寺後濠。細

雨滿天春未老，掉歌聲裏買櫻桃。

紅燈

閣上何人執爵登，可憐無骨寫崚嶒。天申往事誰能說，紅盞南街柿子燈。

匝地胡吹入漢營，猶傳新語說收京。凭欄無限蒼涼意，祇有紅燈說太平。

棲霞落葉

微吟無定曉風遒，大葉銜霜滿寺樓。會得江山黃落意，寒魚衰雁十分秋。

棲霞看紅葉

繡轂棲霞道上馳，沿山已見葉如脂。十

年痕影江村路，憶坐漁船看水時。

千年潭水白於銀，百尺巖花紅欲春。負手澹觀寧不解，眼前都是采楓人。

聽董蓮枝歌聞鈴

危樓寂寂夜鐙青，茗畔謳歌雜醉醒。客漸白頭君亦媼，銷魂一曲雨淋鈴。

吳塘

人定更沉水草香，寒搖雙槳過吳塘。太平橋上濛濛月，未改珠簾昨夜黃。

一笑

一笑褰帷汝在斯，隔車傳語不成詞。相逢猶是春顏色，總憶籠燈夜博時。

西湖晚歸

小艇搖搖送客歸，晚湖寒意滿春衣。南山多少無家燕，苦學斜鷗作海飛。

懷麟伯師

卷慢聽鶯舊夢溫，病中刻憶是師恩。寒詩密密親批點，逝水芳時忍更論。

利涉橋河房

小閣崢嶸出水邊，搖波星影一淒然。迴廊十笏聽簫地，酒醒香微憶去年。

古林寺

門落松陰鎮日關，微風如拂塔鈴嫺。茶餅日換龍潭水，久與前溪絕往還，

臥病中央醫院

靜極翛翛大野瘖，不眠心意總蕭森明窗十二紗如水猶見蒼然夜紫金。（窗外即紫金山）

陌上醫姝緩緩歸，輕裾如雪晚風微。閒情織作田家夢，白鳥一雙水際飛。

憶復園

復園燈火森然緣，凍夢乘風出大荒。萃髮欲如鷄酒約，五更微雨下寒塘。

西湖雜詩

南湖開遍花[illegible][illegible]，惟有高莊樹不花。小市陰陰人寂寂，倘[illegible][illegible]叟話春茶。（紅櫟山莊小坐）

漸覺濃晴出早鶯，重來花塢不勝情。江南三月春如海，聽盡寒山伐竹聲。（花塢）

西嶺斜陽作晚天，內湖多少未歸船。鳳林鐘比春波滑，捉得清聲水一拳。（孤山）

夕堤煙雨最蕭騷，澹寫春痕入望遙。應有落花人獨立，思君夜夜白家橋。（西溪有感）

覓取遲春事事非，振衣前路看依稀。萬山愁疊青無語，猶有炊煙導客歸。（小和山道中）

千年塔影壓春陂，畫裏長留絕世姿，慵倚斜陽感一掬，隔湖看汝細腰時。(保俶塔)

古柏營

舊居痕影此低徊，憶取兒事事哀。滿巷斜陽簫一囀，前街春叟賣餳回。

舟過黃州

入奩仿佛白星稠，拍枕潮聲漸漸柔。惟有江風寒不盡，五更吹夢到黃州。

挑花雪

西垌春意正潭潭，却轉深寒理未諳。凍落桃花三萬樹，宵來微雪滿江南。

花神廟

寂寞死生君莫問，失羣兄弟各饑飛。馱鈴無語花神廟，送盡寒鴉未忍歸。

寒日過亡兄厝地

故園華陌已成田，舊夢兒嬉在眼前。貧厝一棺遷未得，不知歸葬是何年。

祭掃頻年總失期，碣門一拜意如癡。人間歌哭眞無地，立到斜陽澹絕時。

幽鐘

危巖作㒒第三層，薄可淹遲意未勝。待覓幽鐘無着處，夕陽紅照踞門僧。

倉門口謁麟伯師不遇

小園寂寞見朱櫻，總覺師門日益青。深屋低簾三尺地，當年此處拜先生。

血歷史75　PC0644

新銳文創
INDEPENDENT & UNIQUE

西方夜譚：
抗戰西遷文人文藝彙編（復刻典藏本）

編　　選　張慧劍
導　　讀　蔡登山
責任編輯　洪仕翰
圖文排版　江怡緻
封面設計　葉力安

出版策劃　新銳文創
發 行 人　宋政坤
法律顧問　毛國樑　律師
製作發行　秀威資訊科技股份有限公司
114 台北市內湖區瑞光路76巷65號1樓
電話：+886-2-2796-3638　傳真：+886-2-2796-1377
服務信箱：service@showwe.com.tw
http://www.showwe.com.tw
郵政劃撥　19563868　戶名：秀威資訊科技股份有限公司
展售門市　國家書店【松江門市】
104 台北市中山區松江路209號1樓
電話：+886-2-2518-0207　傳真：+886-2-2518-0778
網路訂購　秀威網路書店：http://www.bodbooks.com.tw
國家網路書店：http://www.govbooks.com.tw

出版日期　2017年3月　BOD一版
定　　價　380元

國家圖書館出版品預行編目

西方夜譚：抗戰西遷文人文藝彙編(復刻典藏本) / 張慧劍編選；蔡登山導讀. -- 一版.
-- 臺北市：新銳文創, 2017.03
面；　公分. -- (血歷史；75)
BOD版
ISBN 978-986-5716-91-2(平裝)

855　　106001399

讀者回函卡

感謝您購買本書，為提升服務品質，請填妥以下資料，將讀者回函卡直接寄回或傳真本公司，收到您的寶貴意見後，我們會收藏記錄及檢討，謝謝！

如您需要了解本公司最新出版書目、購書優惠或企劃活動，歡迎您上網查詢或下載相關資料：http:// www.showwe.com.tw

您購買的書名：______________________________

出生日期：________年________月________日

學歷：□高中（含）以下　□大專　□研究所（含）以上

職業：□製造業　□金融業　□資訊業　□軍警　□傳播業　□自由業

□服務業　□公務員　□教職　□學生　□家管　□其它_____

購書地點：□網路書店　□實體書店　□書展　□郵購　□贈閱　□其他

您從何得知本書的消息？

□網路書店　□實體書店　□網路搜尋　□電子報　□書訊　□雜誌

□傳播媒體　□親友推薦　□網站推薦　□部落格　□其他__________

您對本書的評價：（請填代號　1.非常滿意　2.滿意　3.尚可　4.再改進）

封面設計____　版面編排____　內容____　文／譯筆____　價格____

讀完書後您覺得：

□很有收穫　□有收穫　□收穫不多　□沒收穫

對我們的建議：______________________________

____

____

____

請貼
郵票

11466
台北市內湖區瑞光路 76 巷 65 號 1 樓
秀威資訊科技股份有限公司 收
BOD 數位出版事業部

（請沿線對折寄回，謝謝！）

姓　名：＿＿＿＿＿＿＿＿　年齡：＿＿＿＿　性別：□女　□男

郵遞區號：□□□□□

地　址：＿＿＿＿＿＿＿＿＿＿＿＿＿＿＿＿＿＿＿＿

聯絡電話：(日)＿＿＿＿＿＿＿＿＿＿ (夜)＿＿＿＿＿＿＿＿＿＿

E-mail：＿＿＿＿＿＿＿＿＿＿＿＿＿＿＿＿＿＿＿＿